北京文化藝術基金
BEIJING CULTURE AND ARTS FUND

本书系北京文化艺术基金 2018 年度资助项目成果

入场与在场

网络文艺批评的新视野与新维度

彭文祥◎主编

知识产权出版社
全国百佳图书出版单位
—北京—

图书在版编目（CIP）数据

入场与在场：网络文艺批评的新视野与新维度 / 彭文祥主编 . -- 北京 : 知识产权出版社 , 2020.4

ISBN 978-7-5130-6826-0

Ⅰ . ①入… Ⅱ . ①彭… Ⅲ . ①文艺评论－中国－当代 Ⅳ . ① I206.7

中国版本图书馆 CIP 数据核字（2020）第 043088 号

责任编辑：李石华　　　　责任印制：孙婷婷

入场与在场——网络文艺批评的新视野与新维度

RUCHAGN YU ZAICHANG—— WANGLUO WENYI PIPING DE XINSHIYE YU XINWEIDU

彭文祥　主编

出版发行：知识产权出版社 有限责任公司　网　址：http://www.ipph.cn

电　话：010-82004826　http://www.laichushu.com

社　址：北京市海淀区气象路50号院　邮　编：100081

责编电话：010-82000860转8072　责编邮箱：lishihua@cnipr.com

发行电话：010-82000860转8101　发行传真：010-82000893

印　刷：三河市国英印务有限公司　经　销：各大网上书店、新华书店及相关书店

开　本：720mm × 1000mm　1/16　印　张：15.5

版　次：2020年4月第1版　印　次：2020年4月第1次印刷

字　数：220千字　定　价：58.00元

ISBN 978-7-5130-6826-0

前言

2014年，习近平总书记在文艺工作座谈会上的重要讲话指出："互联网技术和新媒体改变了文艺形态，催生了一大批新的文艺类型，也带来文艺观念和文艺实践的深刻变化。由于文字数码化、书籍图像化、阅读网络化等发展，文艺乃至社会文化面临着重大变革。要适应形势发展，抓好网络文艺创作生产，加强正面引导力度。"2015年，《中共中央关于繁荣发展社会主义文艺的意见》强调：网络文艺充满活力，发展潜力巨大，要大力发展网络文艺；要坚持"重在建设和发展、管理、引导并重"的方针，实施网络文艺精品创作和传播计划，鼓励推出优秀网络原创作品，推动网络文学、网络音乐、网络剧、微电影、网络演出、网络动漫等新兴文艺类型繁荣有序发展，促进传统文艺与网络文艺创新性融合，鼓励作家艺术家积极运用网络创作传播优秀作品；要充分发挥新媒体的独特优势，把握传播规律，加强重点文艺网站建设，善于运用微博、微信、移动客户端等载体，促进优秀作品多渠道传输、多平台展示、多终端推送；要加强内容管理，创新管理方式，规范传播秩序，让正能量引领网络文艺发展。这一个重要讲话、一个重要文件不仅正式提出了普适性、规范性的"网络文艺"概念和命名，还对促进其发展提出了提纲挈领的方向性、指导性意见。

时至今日，随着"互联网＋文艺"的深广发展，网络文艺创作生产呈现出数量庞大、潜质深厚、前景繁盛等鲜明特征。据中国互联网络信息中心（CNNIC）发布的第44次《中国互联网络发展状况统计报告》：截至2019年6月，我国网民规模达8.54亿，互联网普及率达61.2%，其中，手机网民规模达8.47亿；在使用时间上，我国网民人均周上网时长27.9小时，人均每日上网达4小时；特别是，在网络应用方面，网络视频（包括网络剧、网络电影、网络综艺等），网络音乐，网络游戏，网络文学等网络文艺典型形态的用户规模/网民使用率分别达7.5877亿/88.8%、6.0789亿/71.1%、4.9356亿/57.8%、4.5454亿/53.2%……由此观之，高度重视、密切关注方兴未艾的网络文艺创作生产是当前网络文艺理论和批评面对的重要课题，也是网络文艺理论和批评自身建设和发展的必然要求。

就网络文艺的创作生产来说，以网络剧、网络综艺、网络电影为例，据国家广电总局监管中心发布的《2018网络原创节目发展分析报告》：2017年度、2018年度，全网共上线网络剧分别为206部、218部，且在不断寻求突破与发展的过程中，网络剧的创作生产还体现出明确的专业化、规范化、品质化趋向；在网络综艺方面，爱奇艺、腾讯网、优酷网、芒果TV等21家网站上线播出的节目分别为197档、385档，其中，多版本节目、衍生节目井喷发展，节目总数量翻番，同时，各大视频网站都自觉将深入垂直用户、打造精品节目、提升节目水准作为发展的重心；在网络电影方面，全网共新上线作品分别为2200部、1526部，其中，数量的下降表明网络电影在经历爆发式成长后进入了“减量提质”的转型调整期。总体上说，近年来，在政策引导、市场推动和行业自我演进等多重力量的综合作用下，网络文艺创作生产呈现蓬勃发展的良好态势；作为一种新兴的艺术形态，网络文艺已成为了当代中国文艺的重要组成部分，也成了文化产业发展的重要一翼。

“诗文随世运，无日不趋新。”在当今的数字时代，互联网快速发展急遽、全面、深入地改变着人们的生活方式、思维方式和存在方式，以及人们的思想观念、审美趣味和价值理想等。在艺术活动的领域，互联网思维和影响已渗透到创作生产的各个环节和层面，就突出的表现来说，大致有三种情形：一是一些传统艺术样式在传播、接受等方面搭上了“互联网+”的快车，如书法、摄影、绘画、戏曲、音乐等；二是“互联网+”改变着一些传统艺术样式的创作、传播、接受、批评和再生产等机制，如电影、电视剧、电视文艺等；三是在“网络文艺”的总名下，一些新的艺术形态得以诞生且方兴未艾，如网络文学、网络剧、网络综艺、网络电影、网络音乐、网络动漫、网络游戏等。具体就“网络文艺”而言，尽管它仍处于发展变化之中，但基于互联网作为一种全新媒介及其所带来的革命性影响，并依据一些典型文本所形成的特征和意义，我们可将其内涵揭示为：受技术发展和媒介变革的作用和影响而禀赋互联网艺术思维，并以新的艺术生产方式来反映社会生活、表达思想感情的审美艺术形式。在马克思主义艺术生产论的理论视域和审美阐释中，“互联网艺术思维”“新型艺术生产方式”“审美艺术形式”是网络文艺三个鲜明的质的规定性，其发生、发展涉及艺术生产力、艺术生产关系和新技术、新媒介、新手段，以及新的创作、传播、营销、接受和再生产机制等。特别是，在矢量合力的作用下，网络文艺创作生产中的诸多要素及其关系发生了引人注目的新变，如“媒介”“世界”“艺术家”“欣赏者”的意义分别出现了由“工具”而“本体”、由“摹仿”而“虚拟”、由“天才”而“生产者”、由“接受者”而“用户”的意义嬗变；在作品的维度，其“表现内容”“审美体验”出现了由“价值生活”而“时尚生活”、由“灵韵”而“新奇”的显著变化；此外还有“接受方式”的“单向”而“互动”、“生产经费”的“资本”而“资本逻辑”、“文化性格”的“阐释文化”而“读图文化”、“价值取向”的“信仰时代”而“选择时代”等。在某种意义上说，这些“新变”不仅在很大程度上重塑着网络文艺创作生产的机制和范式，还逐渐铸就了新的媒介生态和艺术生态。

在《陈垣〈敦煌劫余录〉序》中，陈寅恪先生曾说：“一时代之学术，必有其新材料与新问题。取用此材料，以研求问题，则为此时代学术之新潮流。治学之士，得预此潮流者，谓之预流。”类似地，在新的媒介生态和艺术生态中，网络文艺理论与批评必然要有新的视野和新的维度，而“入场”和“在场”的意义随即得以凸显。

所谓“入场”，即是要立足网络文艺创作生产实际，深入、细致了解和把握网络文艺各主要表现形态的特点，做到贴近现实、有的放矢。事实上，越是介入鲜活的网络文艺实践、越是了解泛网络文艺的全产业链，网络文艺批评就越能接地气和把握时代脉动，就越能发挥影响力。但问题是，在当前传统文艺与新兴网络文艺的冲突、汇流中，网络文艺批评要“入场”却常常面临想入场却难以入场的尴尬和困窘：一是，面对庞大、海量的网络文艺作品和变化多端的发展现象、潮流，如何把握网络文艺的特点并找到入场的路径，乃至进入“场中央”？二是，面对新兴的网络文艺创作生产，原有的一些艺术理论和评价体系似乎已经“失效”，新型的网络文艺批评如何切中当下的热点、脉动及时、有效地发声，并研判和预判未来的发展趋势，进而影响下一步的创作生产？三是，面对传统文艺和新兴网络文艺的张力结构，如何在继承和创新中迸发网络文艺批评审美阐释能力？凡此种种，网络文艺理论与批评无疑要积极面对并强化建构的力量。

就“在场”而言，从媒介变革的维度看，时至今日，“互联网”的意义已远非一种“媒介”或“技术”。对此，麦克卢汉的“媒介即讯息”“媒介即人的延伸”、波兹曼的“媒介即隐喻”“媒介即认识论”等仍具有深刻的启示意义。而在伊尼斯的“媒介决定论”看来，媒介对社会形态和社会心理都有着深远的影响，甚至“一种新媒介的长处，将导致一种新文明的产生”。类似地，像马尔库塞的“媒介即意识形态”、威廉斯和席勒的“媒介即权力”等分析和判断亦可进一步阐释互联网作为一种全新媒介及其所带来的革命性影响。另外，从艺术体制论的维度看，阿瑟·丹托、乔治·迪基、霍华德·贝克尔、皮埃尔·布迪厄等人在艺术“本质”这一基本问题上提出了“艺术世界”“艺术场”等概念，强调了“艺术体制”（Institutions of Art）这一重要问题。特别是，在布迪厄看来：艺术场是一个信仰的空间，它不只是生产出特定的艺术作品，更重要的是它通过种种体制来生产艺术观念、艺术信仰、艺术崇拜和价值观。由此观之，在当前浩浩荡荡的时代潮流中，相比艺术发展中“宣传”的维度和“经济”的维度，网络文艺创作与批评显然更应该自觉高扬“价值”的维度！因此，所谓“在场”，即是要通过有效的网络文艺批评促进网络文艺的创作生产，激发网络文艺在互联网由“最大变量”向“最大增量”转换进程中的独特作用。

时代是思想之母，实践是理论之源。习近平总书记在文艺工作座谈会上重要讲话中强调:“文艺批评是文艺创作的一面镜子、一剂良药，是引导创作、多出精品、提高审美、引领风尚的重要力量”。“要以马克思主义文艺理论为指导，继承创新中国古代文艺批评理论优秀遗产，批判借鉴现代西方文艺理论，打磨好批评这把‘利器’，把好文艺批评的方向盘，运用历史的、人民的、艺术的、美学的观点评判和鉴赏作品，在艺术质量和水平上敢于实事求是，对各种不良文艺作品、现象、思潮敢于表明态度，在大是大非问题上敢于表明立场，倡导说真话、讲道理，营造开展文艺批评的良好氛围。”当前，随着“互联网＋文艺”的深广发展，网络文艺在丰富的实践中逐渐形成了自身显著特点和基本特征，同时，也深刻地影响和带动着当代中国文艺的整体转型和发展。就网络文艺理论与批评来说，鉴于网络文艺创作生产的新动因与新范式，有关网络文艺创作与批评的深入思考有益于审美话语在“传统－现代”的冲突、过渡、交汇中改变某种“失语”或“理论空转”的尴尬和焦虑，重建话语的美学阐释能力与活力，也有益于在积极回应诸多“嬗变”的过程中丰富、完善理论与批评自身，乃至有别于传统而开启当代中国文艺理论与批评的新视野和新维度。

目录

第一部分　批评理论篇

第二部分　文本批评篇

第三部分　发展趋势篇

第一部分
批评理论篇

何谓“网络文艺”

◎彭文祥　付李琢*

从当前中国文艺发展的总体情势看，网络文艺实践丰富多样、活力四射，网络文艺作品深受青年人欢迎和喜爱，以至“网络文艺”成为艺术活动中活跃的生长性景观，也成为艺术研究须密切关注的重要对象。2014 年，习近平总书记在北京文艺工作座谈会上的重要讲话中提出：“互联网技术和新媒体改变了文艺形态，催生了一大批新的文艺类型，也带来文艺观念和文艺实践的深刻变化……要适应形势发展，抓好网络文艺创作生产。”❶2015 年，《中共中央关于繁荣发展社会主义文艺的意见》醒目地强调：“网络文艺充满活力，发展潜力巨大”，要“大力发展网络文艺”。❷在党的十九大报告中，习近平总书记强调：要“加强互联网内容建设，建立网络综合治理体系，营造清朗的网络空间”。事实上，相比以往电子文化与印刷文化的分野，互联网文化时代的艺术实践和美学正发生着更剧烈、更深刻的嬗变。就网络文艺来说，基于互联网作为一种全新媒介的特质及所带来的革命性影响，它在艺术创作、传播、接受和再生产等各方面都具有鲜明的特点，并呈现出引人注目的新形态、新特征和新规律。对此，艺术研究（乃至“网络文艺学”的建构）应作出及时的、有效的美学阐释和总结，而其中的“原

---

*　彭文祥，中国传媒大学教授、博士生导师；付李琢，中国传媒大学讲师、博士。

❶　习近平．在文艺工作座谈会上的讲话［N］．人民日报，2015-10-15.

❷　中共中央关于繁荣发展社会主义文艺的意见［N］．人民日报，2015-10-20.

点”即是要立足实践并于诸多论述、见解的梳理和相关概念的对比、分析中，对“网络文艺”的含义及质的规定性作出界定和说明，以促进理论和实践的进一步发展。

一、见仁见智的“网络文艺”

为什么要将“网络文艺”的含义界定作为艺术研究“原点”？这是学理研究的内在要求，也关乎艺术实践的发展。陈寅恪先生曾说：“一时代之学术，必有其新材料与新问题。取用此材料，以研求问题，则为此时代学术之新潮流。治学之士，得预此潮流者，谓之预流。”[1] 其次，艾略特指出：“在一种新型批评中迫切需要实验，这很大程度上就在于对所使用的术语进行逻辑和辩证的研究……我们始终在使用那些内涵与外延不太相配的术语：从理论上说它们必须相配，但如果它们不能，我们就必须找到某种别的途径来弄清它们，这样我们才能每时每刻都知道自己要表达什么意思。”[2] 面对蓬勃发展的网络文艺实践，艺术研究显然有必要及时地关注新问题、总结新经验，并于基础性的科学探究中提升和强化美学的阐释能力与理性的指导力量。

就现实情形而言，虽然带有普适性、规范性的“网络文艺”概念和命名2014年才正式提出，但自互联网进入中国大陆20多年来，已有不少学者就此展开了相关的艺术研究。通过梳理、辨析相关的论述、见解及其得与失，对网络文艺的认知大致可以逻辑地划分为三种情形。

第一种情形是强调网络的媒介属性，把网络上“存在”的文艺统称为网络文艺。比如，有学者认为：“网络文艺是呈现于网络媒介上的一切文艺样态的作品。”在这种认识中，网络文艺既包含了以网络媒介为载体而产生的特有的文艺形式，也包括经数字化转换、在网络媒介传播的传统文艺形式（比如，数字化的文学、绘画、雕塑等）。当然，这种宽泛的视阈还把“网络”看作是网络文艺的

[1] 陈寅恪．金明馆丛稿二编［M］．上海：上海古籍出版社，1980：236.

[2] 马泰·卡林内斯库．现代性的五副面孔［M］．顾爱彬，李瑞华，译．北京：商务印书馆，2002：8.

基本要素，并引导人们将目光和思绪投诸更广阔的领域，“网络文艺依赖网络受众的观赏和阅读，但也会影响到其他媒介的受众；网络文艺生存取决于网络媒体的生产操作模式，但开始规模化地在传统媒体衍生并扩大影响；多种形态的网络产品造就网络文艺多元互渗景观，但影响着传统媒体的创作和受众。”❶然而，这种见解还没有揭示和说明网络文艺区别于传统文艺的特质。毕竟，将一部《红楼梦》或凡·高的《向日葵》发布到网上并不能使之成为网络文艺作品。至于网络文艺接受方式、生产方式等的泛化及作用和影响力的发挥，自然还得以其自身含义的明朗为前提。

第二种情形则从是否表现了网络文化或精神、气质的层面来认知网络文艺。比如，网络文艺是指将人们的网络生存状况或网络文化作为表现对象的作品。❷或认为，“网络文艺是指具有网络精神的文艺作品，因此，只要具备一定互联网因素的文艺作品都可以称为网络文艺，其中包括在互联网上传播的传统文艺作品。”❸显然，类似波德莱尔对艺术“现代性”一半是“过渡、短暂、偶然”，另一半是“永恒和不变”的感性描述，将网络文化和精神、气质纳入考量是必要的，也触及了网络文艺特质的某些核心层面，可以作为网络文艺媒介属性认知之外的有益补充。然而，就艺术创作与时代生活的关系来说，如果将网络文艺界定为“网络社会人的生存方式的艺术呈现”❹，那么，其含义就太笼统，其作品的外延边界也就太宽泛了。

第三种情形是着重突出网络新媒体的技术性。比如，有研究者指出：网络文艺是“电脑网络技术催生出的全新数字艺术形式”❺；是“在网络媒体上传播、以数码技术为基础，具有交互特征的多媒体艺术形式”❻；是“离开网络便无法存在

❶ 周星等．中国网络文艺的构成景观与发展问题［J］．艺术百家，2016（4）．

❷ 马晓翔等．网络媒体艺术［M］．南京：江苏科学技术出版社，2010：3.

❸ 向志强．网络文艺不会取代传统文艺［N］．光明日报，2016-05-30（14）．

❹ 石恒利，王春光，徐明君．网络艺术教育［M］．北京：人民出版社，2008：74.

❺ 石恒利，王春光，徐明君．网络艺术教育［M］．北京：人民出版社，2008：75.

❻ 汪代明．网络艺术概论［M］．成都：四川民族出版社，2006：46.

的文学艺术，其代表形态就是借助网络超链接和多媒体技术创作的文艺作品”。[1]显然，这种认知强化了网络的“技术性”之于网络文艺的基础性和重要性，但窥此一“斑”无益于“知全豹”，且就网络文艺蓬勃发展的现状和趋向而言，其内涵还有被简化或弱化的可能。

此外，还有一些研究者采用归纳的方式聚合多种不同的意见。比如，将网络文艺划分为三类：“其一是传统文艺的网络化。借助网络传播技术，许多传统的纸质文艺作品和印刷文艺文本经过电子化和数字化后得以在网上广为生产和传播。其二是新型的网络原创文艺。它是用电脑创作、在网上首发、具有鲜明网络语言特点的原创性文艺作品。其三是利用电脑多媒体技术和互联网交互作用创作的超文本，以及借助特定电脑软件自动生成的‘机器之作’。”[2]类似关于“网络艺术”的划分还有：“一类是已经存在的文学艺术作品经过电子扫描技术或人工输入等方式进入互联网络；一类是直接在互联网络上‘发表’的文学艺术作品；一类是通过计算机创作或通过有关计算机软件生成艺术作品进入互联网络。”[3]可以说这些论述更多地带有“描述性”特征，但对于一个科学的概念来说，“规定性”不可或缺。

二、相关概念的对比、分析

在研究方法上，瓦尔特·本雅明的“星丛”式研究强调了概念、命题之间所具有的非同一性的复杂关系。他认为：关于真理、知识、理念等的反思，往往不能用一个概念加以描述，而须有一组相关概念的“星丛”，换言之，观念的思考恰似一个星丛，而思考的对象恰如星星，“理念之于对象正如星丛之于星星”，“概念的功能就是把现象聚集在一起”，“理念存在于不可化约的多元性之中”。[4]

[1] 王卓斐．我国网络文艺学研究热点的回顾与反思［J］．甘肃理论学刊，2007（2）．

[2] 王红勇．网络文艺论纲［M］．济南：山东教育出版社，2014：7.

[3] 王强．网络艺术的可能：现代科技革命与艺术的变革［M］．广州：广东教育出版社，2001：118.

[4] 瓦尔特·本雅明．德国悲剧的起源［M］．陈永国，译．北京：文化艺术出版社，2001：7.

由此观之，网络文艺与互联网艺术、网络媒体艺术、网络艺术，以及数字艺术、传媒艺术等相关概念相互交织并形成了一个语义丰富的“概念丛”，而以之为参照系并分析它们之间的联系与区别，有益于我们更好地理解和把握网络文艺的含义。

（一）网络文艺与互联网艺术、网络媒体艺术

在相关研究中，与“网络文艺”相似的概念和表述还有“互联网艺术”“网络媒体艺术”“网络艺术”等。关于“互联网艺术”，有学者指出：“尽管互联网与艺术的关系错综复杂，但联姻的结果有一点却很明显，即造就了融二者于一体的互联网艺术。互联网艺术不同于‘互联网上的艺术’或‘上了网的艺术’。从传播要素的角度看，它具备如下特征：其一，创作者是网民，尤其是那些对互联网作为新媒体所展示的潜力怀有强烈兴趣的人士；其二，欣赏者也是网民，尤其是那些热衷于通过互联网实现远程参与的人士；其三，形态主要是信息流，其传播有赖于互联网的支持；其四，内容虽然丰富多彩，但经常烙有网络生活的鲜明印记；其五，创造性地运用相关网络服务；其六，虽栖身赛伯空间，但具备对于现实世界的能动作用。”[1]关于“网络媒体艺术”，有学者认为：它是“广泛运用新兴的‘网络媒体’进行艺术构思、创造与传播，体现新技术手段与艺术思维的融合，带有交互式、沉浸感与虚拟现实特质，体现科技进步与人文精神互动的艺术形态；它是以多媒体计算机及互联网技术为支撑，在创作、承载、传播、鉴赏与批评等艺术行为方式上全面出新，进而在艺术审美的感觉、体验和思维等方面产生深刻变革的新型艺术形态。”[2]就这些概念和表述的关系来说，它们的“所指”基本上是相同的对象，但“能指”则在突出网络的技术性、媒介性等方面有所差别；至于“文艺（文学艺术）”与“艺术”，这两个概念也是语义相似、语用有别，尤其是，前者还有其历史的惯性和约定俗成的内涵。因此，鉴于和传统审美话语及当前艺术实践的接续性和切近性，“网络文艺”的概念和命名在当下语境中具有更高的普适性和规范性。

---

[1] 黄鸣奋．互联网艺术［M］．北京：文化艺术出版社，2006：17.

[2] 马晓翔等．网络媒体艺术［M］．南京：江苏科学技术出版社，2010：3.

（二）网络文艺与数字艺术

在发生学上，数字艺术与网络文艺同根同源，两者共同的基础是计算机数字技术。所谓“数字艺术”，我们大致可概括为：利用以计算机为核心的各类数字信息处理设备来表达一定的社会生活、思想感情，并通过与数字技术相关的传播媒介来实现审美接受与互动的艺术形式。从外延上看，数字艺术不仅包括网络文艺，还包括数字图像、多媒体艺术、电子游戏、数字设计、数字摄影等。在这种意义上，所有网络文艺必然是数字化的，属于数字艺术的范围，但数字艺术则不必然是网络文艺，或者说，“数字艺术”更强调一种技术的特性。因此，就网络文艺的界定而言，“数字化”仅揭示了其部分特质，而它还有一些要旨需要进一步揭示和说明。尤其是，尽管“艺术”和“技术”有着千丝万缕的紧密联系（包括人们对现代科学技术抱有多种不同的态度），[1]但作为一种掌握世界的方式和审美的意识形态，艺术有着浓厚的人文色彩并由此而凸显她独特的存在。在当代艺术实践中，借助“艺术世界”或“艺术场”的理论观照，这种“人文色彩”得以更充分地显现。比如，在乔治·迪基看来，“艺术世界”是若干系统的集合，每一个系统都形成一种“制度环境”，赋予作品艺术地位的活动就在其中进行；其“中坚力量”是一批组织松散却又相互联系的人，包括艺术家、记者、批评家、艺术史家、文艺理论家等，“就是这些人，使艺术世界的机器不停地运转，并得以继续生存。”[2]在这之中有两个要素：一是合作性的诸多人参与其中而构成的复

[1] 在审美现代性的意义上，人们对现代科学技术有着复杂乃至矛盾的态度：一面是欢欣鼓舞；一面是反思警醒。比如，莱温认为：“现代艺术是科学的。它建立在这样的一些信念之上：相信未来是一个技术时代，信仰进步和客观真理。它是实验性的：它的使命就是创造新的形式。从印象主义开始探索光学知识一直到现在，现代艺术共同分享了科学的方法和逻辑。”（参见齐格蒙·鲍曼．立法者与阐释者：论现代性、后现代性与知识分子［M］．洪涛，译．上海：上海人民出版社，2000：177）但在另一方面，泰勒指出：“到了20世纪，工具理性的侵占变得无与伦比的明显，而且，我们发现，现代主义的作家和艺术家在反抗一个被技术统治的世界，反抗标准化，反抗社区的退化，反抗大众社会，反抗粗俗化。的确也有像未来主义那样的少数派，他们对技术采取了一种肯定的立场，想要赞颂技术的创造性的能量；但他们也在大规模的工业社会的实际后果中显示出来的被动性和丑陋面前惊骇不已。”（参见查尔斯·泰勒．自我的根源：现代认同的形成［M］．韩震，等，译．南京：译林出版社，2001：712-713）

[2] M. 李普曼．当代美学［M］．邓鹏．译．北京：光明日报出版社，1986：109-111.

杂网络；二是在这些人的活动中，惯例性的理解或惯例本身是艺术活动的基本规则。在布迪厄的分析中，这些要素的意义得到了进一步的提升，以至于他指出：在艺术领域，真正的艺术价值并不是直接由艺术家创造出来的，而是由种种体制所创造的，换言之，艺术场乃是一个信仰的空间，它不只是生产出特定的艺术作品，更重要的是它通过种种体制来生产艺术观念、艺术信仰、艺术崇拜和价值观。[1]由此观之，就进一步说明和揭示网络文艺的含义及质的规定性来说，“技术”的维度诚然不可或缺，但“艺术世界”或“艺术场”的观念则从另一个制高点上铺开了一种新视野，并给予我们方法论的启迪。

（三）网络文艺与传媒艺术

顾名思义，“传媒艺术”突出的重点是“传媒”。所谓“传媒艺术”，“在狭义上，传媒艺术指自摄影术诞生以来，借助工业革命之后的科技进步、大众传媒发展和现代社会环境变化，在艺术创作、传播与接受中具有鲜明的科技性、媒介性和大众参与性的艺术形式与品类。”[2]在互联网迅猛发展、作用和影响力越来越大的趋势下，“传媒艺术”概念的提出标示了一种与时俱进的、概括性的努力和创新，即，以媒介的更新迭代为主轴，意图实现对摄影艺术、电影艺术、广播艺术、电视艺术、新媒体艺术等概念的超越和新总结。在这种意义上，网络文艺自然可视为传媒艺术的一种，然而，其艺术生产方式的特殊性及巨大的变革力量所带来的革命性和生长性，迫切需要艺术研究对其含义有更清晰的揭示和把握，就像摄影艺术、电影艺术、广播艺术、电视艺术等“传统”艺术形式和概念已有相对明确的内涵一样。其次，在传媒艺术的范畴内，“传统”的艺术形式与“新兴”的网络文艺存在着越来越明显的双向影响或相互规定的动态关系：一方面，目前几乎所有的网络文艺表现形态都有其孕育和生长的土壤、基础和温床，所以，不管是网络剧、网络电影，还是网络综艺，其艺术生产和再生产都剪不断、过滤不

[1] 皮埃尔·布迪厄．艺术的法则：文学场的生成与结构［M］．刘晖，译．北京：中央编译出版社，2001：276-277.

[2] 胡智锋，刘俊．何谓传媒艺术［J］．现代传播，2014（1）.

掉与电视剧、电影、电视综艺相联系的脐带与基因，而相应地，鉴于网络文艺是一种“对比性”的存在，网络文艺美学也就是一种“对比性”的美学，即是说，除了要揭示网络文艺的含义，其不同的表现形态的含义也得逐一说明；另一方面，网络文艺极大地拓展了传媒艺术的边界，使得文学、音乐、动画等艺术形式因互联网的作用和影响而衍生出网络文学、网络音乐、网络动画等表现形态并具有了“传媒”艺术的性质和品质（至于在网络文艺的迅猛发展中，还有哪些传统艺术形式会衍生出新的形态尚不得而知），更重要的是，当前活跃的网络文艺发展还越来越显示出一种倾向，即，网络文艺生产和再生产的范式（生产方式、接受方式、审美趣味等）因多要素聚集、交织而成的活力和影响力对传统艺术形式越来越具有渗透、示范、引领乃至同化的作用和效应，因此，“传统”的艺术形式及其概念内涵必然不会是故步自封的，换言之，嬗变已经发生，如果说网络文艺美学需要建构，那么，传统艺术美学则需要重构。

通过以上对比、分析，我们可以看到，在新的媒介生态和艺术生态中，网络文艺与数字艺术、传媒艺术等概念存在既相互交织又相互独立的关系。其简略关系如图 1-1 所示。

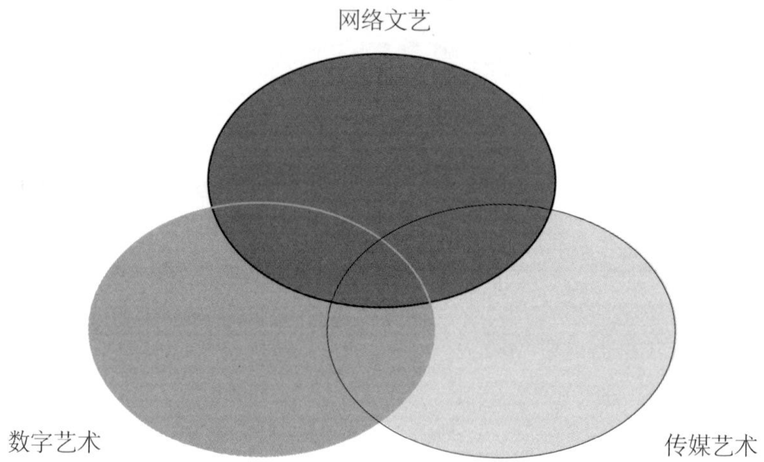

图 1-1　网络文艺与相关概念简略关系

三、网络文艺的内涵、外延与质的规定性

当前，透过“互联网+”的大背景、大格局来审视和思考诸如ICT、创新2.0、内容、IP、话题、类型、资本、众筹、大数据、多屏、媒介融合、移动互联、O2O、电商、衍生品、网生代、粉丝、用户、互动体验、娱乐、萌、快感等，以及生产传播、营销推广、接受评价等艺术活动中的新概念、新元素和新型产业链各环节间的互动交融、聚变循环，我们可以看到，网络文艺实践不仅呈现出丰富多样、活力四射的态势，还呈现出新的经验、新的特征和新的规律。那么，如何尽可能有效地揭示和说明网络文艺的内涵、外延与质的规定性呢？

从新的媒介生态和艺术生态的大视阈中来审视，互联网对艺术活动的作用和影响有多方面、多层次的表现。择要说来，首先是互联网正史无前例地影响、改变着我们的生活方式、思维方式和存在方式，以及价值观念、审美趣味等；其次，在艺术活动的领域，互联网的作用和影响渗透到艺术生产与再生产的各个环节和层面，逻辑地划分，大致有三种情形：一是一些传统艺术样式在传播、接受等方面搭上了“互联网+”的快车，比如，绘画、雕塑、书法、摄影、戏曲等；二是“互联网+”改变着一些传统艺术样式的创作、传播、接受、批评和再生产等机制，比如，电影、电视剧、电视综艺、纪录片等；三是在“网络文艺”的总名下，一些新的艺术表现形态得以诞生且方兴未艾，比如，网络文学、网络剧、网络综艺、网络电影、网络音乐、网络动漫、网络游戏、网络演出等（在某种意义上，这些表现形态也成为识别“网络文艺”的显在标志）。可以说，此一大视阈是我们进一步考察“网络文艺”的前提。

然而，相比之下，识别当前网络文艺的不同表现形态比揭示其内涵容易得多：一是因为网络文艺牵涉到诸多方面与元素而纷繁复杂；二是由于网络文艺是一种新生事物且仍处于发展、变化之中。但基于互联网作为一种全新媒介及其所带来的革命性影响，并依据一些典型文本所形成的特征和意义，我们仍可以在已有相关研究的基础上，并按形式逻辑“差+属”与辩证逻辑“实然+应然”相

结合的方法，探索性地对其含义作如下揭示：网络文艺是受网络技术、新媒体和社会变迁作用与影响而禀赋互联网艺术思维，并以新型艺术生产方式表征时代生活、表达现代性体验和思想感情的审美艺术形式；其外延包括网络文学、网络剧、网络综艺、网络电影、网络音乐、网络动漫、网络游戏、网络演出等；其质的规定性有“互联网艺术思维”“新型艺术生产方式”“审美艺术”三个主要方面。对此，我们可以作如下进一步的阐释和说明。

1. 互联网艺术思维

作为一种艺术形式，网络文艺在创作中自然离不开一般性的形象思维，或者说，要遵循艺术思维的一般规律，但从艺术生产与再生产的全过程来作整体的观照，其思维方式具有鲜明的特点且已溢出“形象思维”的表意框架。我们不妨将其概括、命名为“互联网艺术思维”或“网艺思维”。择要说来，它有四个方面的主要表现。

一是以数字技术为基础。首先，所有的网络文艺形态都是数字化的，且艺术与技术的思维融合渗透到创作、传播、接受和再生产等艺术生产的各个环节与层面。其次，从“新媒体”（准确地说，应是“数字化新媒体”）的角度看，尽管互联网只是新媒体的典型代表，但因为有了数字技术、网络技术的“公约数”，网络文艺拥有了一种无远弗届的广阔环境和空间，或者说，网络文艺由此而得以联系到互联网、宽带局域网、无线通信网、卫星等渠道和电脑、数字电视机、手机等终端，漫漶到数字化的传统媒体、网络媒体、移动端媒体、数字电视、数字报纸杂志等多种媒体形式领域。

二是以互联网为媒介。对社会发展来说，媒介往往具有根本性的深远影响；对一种艺术样式的发生、发展而言，媒介在某种程度上决定着艺术创作、传播、接受等的方式和性质。在宽泛的背景上，伊尼斯认为：媒介对社会形态和社会心理都有着深远的影响，甚至“一种新媒介的长处，将导致一种新文明的产生”[1]。在现象学的意义上，麦克卢汉指出：媒介是“一种‘使事情所以然’的动因，而

[1] 哈罗德·伊尼斯．传播的偏向［M］．何道宽，译．北京：中国人民大学出版社，2003：28.

不是‘使人知其然’的动因”[1]。波兹曼则指出：“每一种媒介都为思考、表达思想和抒发情感的方式提供了新的定位从而创造出独特的话语符号。”[2]具体就电影艺术而论，麦克卢汉认为：电影“使我们超越了机械论，转入了发展和有机联系的世界，”它“表现各种平面的相互作用，表现各种模式、光线、质感的矛盾或剧烈冲突”[3]。本雅明则从当时新崛起的电影艺术中揭示出“艺术在现代工业社会中的一系列替变”，包括“由有韵味的艺术转变成机械复制艺术，由艺术的膜拜价值转向展示价值，由美的艺术转变成后审美艺术，由对艺术品的凝神专注式接受转向消费性接受”等。[4]就网络文艺来说，如同电影艺术或广播艺术、电视艺术一样，它也是由其媒介载体而命名的，但相比之下，互联网媒介带来的作用和影响更具深刻性、深远性。如果从“媒介决定论”（伊尼斯）、“媒介即讯息”（麦克卢汉）、“媒介即认识论”（尼尔·波兹曼）的意义上来审视，互联网媒介不仅深刻地影响着我们的思维方式、塑造着我们的文化、改变着我们的审美化生存，还带来了艺术生产方式、产业链重塑、艺术创新等一系列嬗变，以至于在美学上，我们可以在艾布拉姆斯“世界—艺术家—作品—欣赏者”四要素之外，将“媒介”强化并增列为影响和制约艺术活动的“第五要素”。[5]

三是以表征时代生活中的网络文化与精神、气质为显著标识。随着互联网的迅猛发展，网民数量的急剧增长，网络文化的影响力日益强盛并波及社会生活的方方面面。大体上，网络文艺可视为一种大众文艺，网络文化可视为一种大众文化。其中有亚文化、草根文化与其他文化形态的冲突和协商，也有当下体验与人文关怀的龃龉和展望，还体现出鲜明的时尚、流行、娱乐、大众化等特征和风格。就艺术与生活的现实关系而言，在审美现代性（Aesthetic Modernity）的意义上，可以说，网络文艺是当今表征时代生活的最新艺术形式。之所以“新”（包括司空图《二十四诗品》中所说的“如将不尽，与古为

[1] 埃里克·麦克卢汉．麦克卢汉精粹［M］．何道宽，译．南京：南京大学出版社，2000：175.

[2] 尼尔·波兹曼．娱乐至死［M］．章艳，译．桂林：广西师范大学出版社，2005：18.

[3] 马歇尔·麦克卢汉．理解媒介［M］．何道宽，译．北京：商务印书馆 2000：38-39.

[4] W. 本雅明．机械复制时代的艺术作品［M］．王才勇，译．浙江摄影出版社，1996：2.

[5] 彭文祥．媒介：作为艺术研究解释范型中的“第五要素”［J］．现代传播，2016（6）.

新”），是因为它切合了“精神季风”的一些重要流变：首先，文变染乎世情，兴废系乎时序，“凡一代有一代之文学：楚之骚，汉之赋，六代之骈语，唐之诗，宋之词，元之曲，皆所谓一代之文学。”[1]不仅如此，如果从斯科特·拉什关于现实主义、现代主义、后现代主义作为不同历史阶段审美表意实践理想类型的考察，以及“现实”“表征”“主体态度”三个关节点的启发意义上来看，[2]作为一种复杂的精神活动和情感表达形式，网络文艺已成为当今时代一种由多种叙事话语编织而成的“精神地形图”，借此我们可以描述和辨析当代中国社会生活的形状与性状，并从中观测那些发展的脉络，那些不断更新的动力所标示的趋向。其次，一个时代有一个时代之文艺，一个时代还有一个时代之精神，或者说，任何一个时代的文艺作品都是那个时代社会生活和审美精神的写照，都具有那个时代的鲜明烙印和特征。尤其是，改革开放的时代大潮带来了人们整个生活方式的转变，而作为现代性转型中比思想认识更为重要的基本面或“始基”，现代性体验是人们对自身生存境遇或生存价值的深层体会，是感性与理性、情感与理智、想象与幻想、意识与无意识等的复合交织，它涉及日常生活方式、心理状态、审美趣味、价值规范和审美表现等诸多方面，并可以折射人们的心理、精神、气质或性格结构等的深刻变迁。因此，在审美思维上，深刻地把握个体、民族、国家的命运，艺术地传达人们在时代生活中所真切感受和体会的痛感或快感、沮丧或幸福、困顿或超然、彷徨或希望等，无疑是网络文艺艺术思维的重要表征。进一步说来，就网络文艺的繁荣发展而言，反映时代精神的风貌、引领时代发展的风气亦是其题内应有之义。

四是以参与、分享、互动和个性化为驱动。相比之下，互联网让人们（尤其

---

[1] 王国维．宋元戏曲史［M］．北京：东方出版社，1996.

[2] 彭文祥．媒介：作为艺术研究解释范型中的“第五要素”[J]．现代传播，2016(6)。英国社会学家斯科特·拉什认为：现实主义、现代主义、后现代主义可视为不同历史阶段审美表意实践的理想类型，在质的规定性上，“现实主义既不质疑表征，亦不怀疑现实本身”，“现代主义认为，种种表征是成问题的，而后现代主义则认为现实本身才是成问题的。”在笔者看来，这其中包含有三个关节点：一是“现实（艺术再现或表现的对象或世界）”，二是“表征（作为能指的文化形式、艺术符号或表意范式等）”，三是“主体态度（艺术家、欣赏者对现实与表征两者关系或某一方面的美学立场和评价）”。这种观察为我们审视网络文艺提供了一种富有启发意义的视野和思路。

是青年人）充分表达、表现自己变得更加便捷而有效，同时，在网络文艺的艺术信息交换中，人们参与的可能、分享的意愿、互动的需求和个性化的满足在交互、沉浸的网络世界里，以及由此而生的新的审美感觉、体验、趣味、思维和文化取向、价值选择等之中，变得更加强烈而实在。在一篇关于时下二、三线卫视收视率问题的观察文章中，作者谈及了网络剧与电视剧的关系、“先网后台”模式、广告营收等，还特别提到了电视媒体与互联网媒体思维方式的差别：“互联网思维是一种用户体验至上的思维；电视人却仍然停留在‘受众思维’。可问题是，谁还是单向的信息‘接受者’？！谁还是围在一起看电视的那群‘众’呢？！”如此一来，“英雄老去和美人迟暮总让人伤感，但没有办法改变事实，”以至于“电视台正在走向死亡”。[1]对此，且不问该观察令人惊异的措辞是否真实地表明了媒介的更新换代正在上演着“三十年河东、三十年河西”、风水轮流转的戏码，但有一点可以确定和肯定，那就是“参与、分享、互动和个性化”是网络文艺艺术思维的显著特点。如果将其视为一种“优势”，那么，它还使网络文艺获得了不可超越的强大动力和发展的广阔空间。

2. 新型艺术生产方式

相比以往的或传统的艺术形式，网络文艺最引人注目的也许是其艺术生产方式的嬗变。美国马克思主义文艺理论家弗雷德里克·詹姆逊曾提出“文学生产方式”（literary mode of production）的概念，并就其理论规定阐述了两点：一是文学生产方式是把文学作品中不同因素统一起来，凝聚为一个有机整体的机制；二是任何文学生产方式中都包含和残留着以往几种生产方式的痕迹和“系统变异体”，在一定的生产方式中，甚至可以包含着未来的因素，可以据此实现文学阅读中视点的游移。[2]在网络文艺实践中，“艺术生产方式”的这些特性更加突出。这包括新的艺术生产力和艺术生产关系，尤其是网络文艺生产从创作、作品、传播、营销、接受到再生产机制等各环节、各层面的重新评估，乃至再造。比如，艺术创

---

[1] 罗伯特.居然有80%的二三线卫视“零收视”！电视台正在走向死亡［N］.新剧观察，2017-11-04.

[2] 弗·詹姆逊.快感：文化与政治［M］.王逢振，等译.北京：中国社会科学出版社，1998：79；弗·詹姆逊.晚期资本主义的文化逻辑［M］.陈清侨，等译.北京：生活·读书·新知三联书店，1997:188-189。

作中某些题材类型的优先性、制作与接受中的同步交流与反馈、艺术信息流动中的多屏互动，以及创作方法上现实主义的深化与发展、现代主义乃至后现代主义的借鉴与杂糅等。特别值得一提的是，本应是经济学术语的“用户”在网络文艺中所具有的举足轻重的地位，已远非文学的“读者”、影视剧的“观众”、传播学的“受众”等可相提并论。

相应地，就艺术特质的美学提炼来说，从马克思主义艺术生产论的视阈中来观照，我们可以看到，网络文艺实践不仅重新诠释着“世界—艺术家—作品—欣赏者”四要素的内涵，而且，随着互联网这一“媒介”第五要素的加入，各要素之间的二元、三元关系也呈现出新的审美现代性意义。首先，就单个要素来说，互联网“媒介”在当代语境中呈现出美学、文化、技术、经济、政治、心理、哲学等多维度的丰富面相。比如，艾布拉姆斯称之为“规范作品的首要制约力”的“世界”大致有了“实在世界—精神世界—虚拟世界”的意义演化轨迹；“艺术家”“作品”“欣赏者”也大致有“模仿者—创造者—生产者”“可读文本—可写文本—开放文本”“受教育者—接受者—合作者”的内涵变迁。其次，就各要素之间的二元、三元关系及其意义和功能来说，比如，在“艺术家—欣赏者”的二元关系中，网络文艺的创作者已不再是说一不二的主宰，欣赏者也不再是被动的接受者，换言之，由分体走向合体是两者意涵互动的明显趋向；在以“媒介”为视点组成的“媒介—世界—艺术家”“媒介—艺术家—作品”“媒介—作品—欣赏者”“媒介—欣赏者—世界”几组三元关系中，互联网媒介铸就的世界如何制约着创作者，并通过他/她呈现为怎样的文艺世界？互联网的进一步发展可能会催生哪些网络文艺新形态？在审美表征与审美关系（审美意识形态）的辩证统一中，媒介作为艺术生产力的重要组成部分，如何在形象塑造和审美修辞中发挥作用，或基于互联网的内在性特征，创作者如何选择和创造新的艺术形式，并经个性化的符号、技巧、风格等进行编码和传情达意？在接受环节，网络文艺作品如何成为网生代用户主体感性活动的对象，并在作品意蕴与符号解码的双向互动中激发新的期待，乃至对世界的反应有新的调整？可以说，诸如此类的问题无不显示出网络文艺具有了区别于传统艺术形式的新型艺术生产方式。[1]

3. 审美艺术

从艺术观念的维度来考量，经过多年的实践，我们看“网络文艺”可以有多种方式，比如，它可以是艺术、文化，也可以是商业、工业，还可以是政治、意识形态等，不一而足。在论及“电影”的观念时，克里斯丁·麦茨指出：“人们通常称作‘电影’的东西，在我看来实际上是一种范围广阔而繁复的社会文化现象，一种毛斯意义上的‘总体社会事实’……它是一种涉及许多方面的整体。”[2]可以说，电影观念如此，网络文艺观念亦如是。然而，既然是“文艺”，那么，归根结底，“审美艺术”应是规定网络文艺的基本面，尽管在新的媒介生态和艺术生态中，像商业、政治等其他面意义重大，也不可或缺。进一步说来，在艺术实践中，为网络文艺发展确立此一美学定力或“定海神针”显然具有重要的现实意义和深远的历史意义。

择要说来，它可以规避以下六方面的误区。一是资本逻辑的误区。“资本”的重要性不言自明，但商品拜物教及其资本逻辑的水银泻地会深深地伤害诚信、伦理、思想和理想，乃至与精神生产领域的艺术、诗歌相敌对。二是娱乐至死的误区。“娱乐”诚然是现代生活不可或缺的，但娱乐至死，使文化成为赫胥黎式的滑稽戏，则如同使文化成为奥威尔式的监狱一样，会让文化精神枯萎、凋零。三是神话技术主义的误区。在某种意义上，没有技术上的进步就没有网络文艺，但技术实在无法格式化人们真切的经验和丰富的情感，遑论自现代以来不绝如缕的文化批判和反思中，像“异化”（马克思）、“工具理性”（韦伯）、“诗意栖居”（海德格尔）、“文化工业”（法兰克福学派）、“类像”（詹姆逊）、“景观”（德波）等所蕴含的丰富意义，依然具有深刻的思想张力和启迪、警示作用。四是窄化“主旋律”的误区。“主旋律”不是指表现红色历史、革命战争和英雄人物、时代楷模等的题材。事实上，它是一种精神，一种反映着社会主流的价值取向，因此，不论什么样的题材创作，只要有了这种精神和价值取向，就都可以体

---

[1] 彭文祥．媒介：作为艺术研究解释范型中的“第五要素”［J］．现代传播，2016（6）．

[2] 李幼蒸．当代西方电影美学思想［M］．北京：中国社会科学出版社，1986：1-2.

现、反映主旋律，就都可以奏响主旋律的时代乐章。五是“为艺术而艺术”的误区。艺术贵在创新，同时，在社会变迁和历史转型时期，人们也需要在宏大的历史叙事中分享创作者个体的境遇、体验和感悟，进而共享对于现实世界和自我的理解、同情与希望，但脱离大众、脱离现实地只表现一己悲欢、杯水风波，显然就与艺术的初衷背道而驰，也与审美的意旨南辕北辙了。六是保守主义的误区。网络文艺通常深受青年人的喜爱乃至追捧，而美学趣味的“代沟”或风格话语的“OUT”则常常尴尬地呈现在年老一辈的面前。对此，后者不必也不能杞人忧天、一味保守地“向后看”或情绪化地愤慨“一代不如一代”。事实上，世异时移，变化亦宜，尽管我们恰巧生活在一个复杂纠结而又磅礴恣肆的时代，但终究历史绵延，生活继续，年轻辈自有年轻辈的趣味，后来者自有后来者的精彩。

综上所述，作为一种新兴的审美艺术形式，网络文艺经过多年的、丰富的实践，已具有了鲜明的内在规定性。当然，随着实践的发展，网络文艺的内涵和外延免不了会有所修订和完善。事实上，从电影艺术、电视艺术等的经验来看，一种新的艺术形式的成熟和独立必然要经历时间的打磨和实践的检验，但可以说，“互联网艺术思维”“新型艺术生产方式”“审美艺术”大体上概括、塑造了网络文艺的基本品质。基于此，有两点可进一步补充说明：一是借助深入的学理性阐释和深描，尤其是审美现代性的阐释和深描，网络文艺的这三种“基本品质”有可能成为支撑和充实网络文艺学的基础内容；二是关于“网络文艺”的思考与界定不仅是一种抽象的分析和说明，对促进优秀网络文艺作品生产来说，它还是一种急需集思广益并达成广泛共识的理性认知和实践自觉。

文艺美学视域中的网络文艺

◎邓　文*

伴随着中国经济和科技的高速发展，社会主义新时代的网络文艺发展呈现出一幅异彩纷呈的文化图景：网络文学、网络电影、网络剧、网络综艺、网络音乐、网络动漫、网络直播等网络视听文艺繁荣发展，拥有愈来愈多“可传递的快感”“有意味的形式”，更清晰地彰显出“文艺里的精神”。网络文艺承载着亿万人民群众的文化意识、审美追求和精神风尚，逐渐在新时代中国特色社会主义文艺建设的宏图中勾勒出浓墨重彩的一笔。但相较于传统文艺范式，网络文艺亦有其野蛮生长的一面，即其所蕴含的技术理性。技术理性脱胎于工业文明，旨在追求物质欲望实现利益的最大化，使人从人那里产生“异化”，当人的人文精神和意识形态被“异化”，会直接导致“艺术作品在机械复制时代凋谢的东西就是艺术品的光韵”。艺术品的光韵指涉的不仅是传统艺术独一无二的艺术本性和美学品性，而更深层次地指向艺术的主体性，即人的思想和精神。由此看来，要想抑制网络文艺野蛮生长的一面，需要回归到人与文艺的本源中去。

追根溯源，网络文艺的生成与发展是人对本体价值追寻与观照的社会实践活动。当今社会，网络文艺逐步渗透到人民文化生活的各个层面，既反映着人民的所思所想、所感所得和生活状态，影响着文艺自身属性的变革与延展，又感染并塑造着人民的精神生态。这表明，网络文艺既是人民精神的产物，又是一种能够改造并

* 邓文，中国传媒大学“文艺学”博士研究生。

超越人民精神的特殊存在。从文艺美学的视域出发，网络文艺具备一种“实践—精神”主客体统一的本质规定性，使“人—文艺美学—社会”产生千丝万缕的联系，是一种复杂的社会文化现象，网络文艺的风清气正与整个民族的蓬勃发展息息相关，如何让网络文艺充满道德、温度、筋骨、美感尤为重要。因此，人文情怀、审美意识和价值情怀是文艺美学视域中探析网络文艺无法回避的三个方面。

一、人文精神：网络文艺的核心命题

在我国，互联网已经成为亿万网民共同的精神空间，大众对网络的参与度和兴趣度不断提升，任何一个人都具备成为网络文艺的参与者与创作者的可能性。近年来，随着国家的高度重视与大力监管，网络文艺内容实践更加规范化和品质化。但同时应注意到，我国网民来自五湖四海、四面八方，大多数都是普通群众，由于生存空间和所处境遇的不同，其观念和看法会存在参差不齐的现象，导致仍有一些不符合群众利益的声音出现，部分低俗、庸俗、媚俗的作品显现。如一些网络直播打着以教授舞蹈、声乐的旗号，实则存在过度宣扬人的感性欲望、生物本能的不良苗头，并将人置换成某种符号化、非人性化的空壳。将人辩证统一的自然性、精神性和社会性强行瓦解，正如卢梭所担忧的那样，“随着科学与艺术的光芒在我们的地平线升起，德行也就消失了。”网络文艺说到底是人的文艺，人“德行”的消失并不是绝对会发生的，当人的自然性、精神性、社会性完整统一时，人文精神便得以复归，便可激发出人性中先进性的一面，有利于为网络文艺正本清源。所以，人文精神是网络文艺的核心命题。

我国历来重视和推崇人文，“人文”一词最早出现在《周易·贲卦·彖辞》：“文明以止，人文也。观乎人文，以化成天下。”在此，周文王将人文作为感化天下人的手段，此后魏人王弼、唐人孔颖达、宋人程颐、钱穆、张岱年等都对人文做出不同的疏解。张岱年对“人文”做出了较为全面通俗的注解：“‘人文’指人伦社会规律，即社会生活中人与人之间纵横交织的关系。这段话说，治国者需要观察人文，使天下之人均能遵从文明礼仪，行为止其所当止。在这里，‘人文’

与‘化成天下’紧密联系。‘以文教化’的思想已十分明确。”[1]由此可见，中华民族讲求天人合一、自修自省式的人文精神。在文艺美学视域中，人文精神是合规律性、合目的性的美的存在，人文的表层内涵包括价值导向、思想道德、社会规范和伦理准则等文化意识，其深层内涵则是强调人对各种社会关系的和谐把控，以求世界整体的有序发展与协和大同。进一步来说，发扬网络文艺所蕴含的人文精神可坚持以人民为本、以古人为本、以天下人为本的方法。

第一，要坚持以人民为本。社会主义网络文艺从根本上来说是人民的文艺，坚持以人民为本就是不仅要知道人民的需求与渴望，理解人民情感和思想，结合人民的生活与实践，更要以关切人民、感染人民、引导人民、提升人民为理想追求。当下网络综艺涌现出一系列以人的精神追求为出发点的作品，如《读书人》《圆桌派》《晓说》《观复嘟嘟丁酉版》《演说家》等，向人们普及知识，传播思想。如《圆桌派》以多人对话的形式对当下社会热点、文化现象、娱乐生活等做出分析和点评，力图营造一种充满仪式感的文化氛围，以期让人产生思想火光的交流与碰撞。再如《晓说》则是以高晓松本人为主，以鲜明的观点、独特的视角、透彻的说理向人分享、传播人文历史思想和精神。这种类型的节目兼具一种浪漫主义和现实主义相结合的人文精神，这是网络文艺较之于传统电视综艺的开放之处。但与此同时，网络文艺应该向传统电视综艺学习，更深地扎根于普通人民的生活，走进普通人民生活深处，在人民中感悟生活与社会的真实形态，立足于新时代，传达人民自身的精神底蕴和思想。

第二，要坚持以古人为本。坚持以古人为本，不是说要简单复古，而是以古人之精神，开今人之生面。中国古代优秀传统人文精神激发了一代代大师，沉淀出永不褪色的文化价值。中国优秀传统文化的发展始终坚持以人为本、以人育人、以人化人。当今网络文艺中已有不少作品广泛向传统文化汲取营养，借助了传统文化的元素，在某种程度上来说，亦是对传统人文精神的继承与弘扬。如网络动漫《中国传统文化》《中华传统文化故事》《中国传统节日》等，都旨在弘扬中华优秀传统文化中仁义礼智信、忠孝廉悌忍、和合、大同、辩证等人文思想精

---

[1] 张岱年，方克立．中国文化概论［M］．北京：北京师范大学出版社，1994：2.

髓。尤其在《中国传统文化》这部网络动漫中，还原了孔融、杨修、荀巨伯、老莱子、舜等一位位真实可敬的古人在历史情境中所作出的伦理抉择与道德事迹，当抽象的精神变为具体可观可感的画面与声音，古人的心灵世界能够更深刻地打动、熏陶、感染今人，并引发今人的情感共鸣、激发今人的道德自觉、涤荡今人的文化自信。再如从网络影视剧《知否？知否？应是绿肥红瘦》来看，剧中尽可能从人物形象的塑造、生活场景的设计、礼仪文化的展现、社会伦理的表达等方面还原了古人社会生活的人文风貌，以主君、投壶、马球等文化字眼引领了一把"大宋风范"，让观众对宋代的民俗民风、伦理纲常等方面有了更深入的了解，对家风传承有了更深切的体悟，让人能够受到古人优秀精神的熏陶，主动接受和喜爱优秀传统文化中蕴含的人文精神。

第三，要坚持以天下人为本的原则。当普罗泰戈拉提出"人是万物的尺度"；当文艺复兴如火如荼高扬人性时；当莎士比亚说出"人是宇宙的精华，万物的灵长"时，都向人们展示了西方社会同样有尊重人、关怀人、崇尚人、热爱人的精神传统，这与东方社会的人文精神是会通的。当今时代，"国际社会对中国的关注度越来越高，他们想了解中国，想知道中国人的世界观、人生观、价值观，想知道中国人对自然、对世界、对历史、对未来的看法，想知道中国人的喜怒哀乐，想知道中国历史传承、风俗习惯、民族特性，等"；[1]仅靠官方介绍、民间宣传、旅游互动是远远不够的，而网络文艺在这方面的优势发挥了不可替代的作用。网络综艺节目、网络文学、网络电影、网络图片、网络音乐、网络动漫、网络相声等都能生动、全面、立体地向国际社会展示中国社会和中华文化，让外国人民加深对中国人文的认识和理解，从而吸引他们、感染他们、打动他们，让他们感受到中国人文的魅力，自觉接受中国人文精神。这就要求网络文艺创作不仅要心怀天下苍生，同时要兼具国内外视野，讲好中国故事。梳理、研究、借鉴中国文艺成功获得外国人民接受、喜爱、好评的作品，以找出其唤起外国人民和中国人民共同的精神反射区。如网络微纪录片《了不起的匠人》就是从普通人的视角出发，介绍20位优质匠人的同时，生动地展现了不同地域的风土人情、自然

[1] 习近平．在文艺工作座谈会上的讲话［N］．人民日报，2015-10-15.

风貌，在展现手艺人生和精妙器物制作过程中融入并呈现出中国艺术、文化、美学、哲学思想的各种精神。有特色的是在节目中就有外国人的参与：节目开始介绍的就是来自高原的女神——美国女孩德清的故事，她复苏藏族古老的纺织工艺从“身入”到“情入”再到“心入”的过程不仅深受当地牧民的影响和感染，亦在和当地人民风情的融合中找到了自己心灵和精神的归宿。

二、审美意识：网络文艺的美学特性

网络文艺不仅有人的精神表达，更含其自身审美建构的规律和特性。新时代网络文艺已经成为人民文化生活的重要内容，随着我国文化产业的不断发展，文化艺术消费的逐年增高，人民对网络文艺的审美需求日趋强烈，迫切需要有精神内容、形式美感的优质作品。所以，对审美意识的分析和把握相当关键。总的来说，审美是感性的，“但不是普通的感性，而是一种更高的、经过分辨的、特殊培育过的感性态度，”[1]即含有理性的感性，更高的审美是感性与理性相统一的。审美会带来一种快感，但这种快感“不是低层次的、为生命利益驱动的本能的快感，而是一种高层次的快感，”[2]这种快感具备一种美的兴味和沉思，带有一种愉悦的精神趣味，即情感的升华。具体来说，审美意识还需放置在某一社会语境中进行具体考察，这一时代的社会语境是复杂而多元的：工业文化、精英文化、大众文化、消费文化处在交流互动的形态中，审美日常化生活化、日常生活审美化的滚滚洪流也一并袭来。“虽然审美充斥一切领域而成为生活的基本形式，但是却是一种机械而毫无精神内涵的形式。审美在生活领域的增值带来的是审美价值本身的贬值。”[3]这即是被资本逻辑绑架的“审美”，扭曲了审美的内涵。因此，这启示网络文艺在满足人民日益增长的精神文化需要的同时，只有认清网络文艺内在的审美特性，才能精准而深刻地引领新时代网络文艺的审美风气。文章认

[1] 沃尔夫冈·韦尔施.重构美学［M］.陆扬，张岩冰，译，上海：上海译文出版社，2002：18-19.

[2] 周小仪.日常生活的审美化与消费文化.《文化研究》第3辑［M］.天津：天津社会科学出版社，2002：211.

[3] 黑格尔.《美学》第3卷［M］.朱光潜，译.北京：商务印书馆，1979：15.

为，网络文艺具有如下审美特性。

第一，网络文艺具有雅俗共赏之美。截至2018年6月，中国网民规模达8.02亿，手机网民规模达7.88亿。我国网民结构多元，占比重较多的为学生（占24.8%），其次个体户/自由职业者（占20.3%），企业/公司一般职业员居第三位（占9.4%）。由于受到所处生活环境、社会圈层不同，受教育程度不一，收入水平不同等因素影响，人民的审美欣赏方式存在雅俗之别。在网络文艺中，既有适合较高思想性、教育性、专业性、研究性和艺术品位人群的高雅文艺作品，又有具备业余性、兴趣性、娱乐性、生活性的通俗文艺作品，能够合理满足人民多层次、多角度的精神文化需要。雅俗共赏是检验文艺生态健康发展的重要条件，是衡量优秀作品的标准之一，关键点在于网络文艺雅俗共赏的特性能够让人民更加自主、自觉、积极地去理解、熟悉、接受、喜爱文艺作品，从而让优秀的作品得以普及，并在普及的基础上，增强人民的审美意识和审美判断，提升人民的人文情怀、思想精神、道德境界，激发人民对真善美的向往与追求。诚如习近平总书记《在文艺工作座谈会上的讲话》中明确指出："优秀作品并不拘一格、不形于一态、不定于一尊，既要有阳春白雪、也要有下里巴人，既要顶天立地、也要铺天盖地。只要有正能量、有感染力，能够温润心灵、启迪心智，传得开、留得下，为人民群众所喜爱，这就是优秀作品"。

第二，网络文艺愈发具备现实主义之美。一般而言，现实主义主要包括三个方面的内容概念：对生活真实客观的再现；塑造典型性；拥有描绘完整性和历史性的社会现实；但现实主义的内涵并不是僵化的，而是具有广阔的包容性和多样的灵动性，是随着时代和社会关系的变化而变化的，现实主义的表达可以采用不同的流派的表现手法，关键在于如何书写现实，表达现实主义精神。网络文艺践行现实主义精神的势头愈发强劲，用多元的表现手法"把真实的东西，按照它在精神里的样子，按照它的整体，拿来和客观感性事物调和（统一）起来，以供感性观照"[1]。网络文艺正运用多元的方式，将现实艺术的摹写转化成用艺术真实描绘的现实精神。拿网络文学举例来说，其现实主义精神突出表现在如下两个方面：一方面是玄幻、修真、仙侠等网络小说的内核都具有现实主义思维。这类小说的叙事主题始终围绕世俗逻

---

[1] 葛兰西．论文学［M］．北京：人民文学出版社，1983：146.

辑、生存逻辑、现实逻辑。如网络玄幻小说，作为一种以玄幻世界为背景、展示主人公的生存体验和成长过程的类型小说，小人物一路闯关，不断修炼以提升自身精神认知和力量程度，以实现侠文化、神文化。从深层次的动因来看，主人公终究追求的是一种人文主义信仰。另一方面，网络文学涌现出许多表现现实主义的优秀作品，并实现了网络文学的影视化改编，影响了更多的人。如2005年网络小说《亮剑》不仅开启了网络文学改编影视剧的热潮，更让人感受到了炙热的爱国精神与动人的英雄主义情怀、让人体会到了铁血丹心的伟大与人世常情的复杂，更让人从审美角度了悟了人性之美。再如入选“五个一工程奖”的网络文学作品《大江东去》，通过展现三个平凡普通小人物命运的波折与变化，映射出了改革开放30年来中国社会、经济、生活、思想文化变迁的方方面面。这种语言质朴、通俗感人、情节典型、契合生活、挖掘现实的现实主义作品还有很多，如《复兴之路》《中国铁路人》《上海繁华》《规培医生》《戏法罗》《都挺好》等。

第三，网络文艺蕴含中国精神之美。新时代网络文艺的发展立足于我国博大精深的文化传统、波澜壮阔的历史命运和独具特色的中国国情，既有中国的视角又有国际的视野，既来源于人民生活又超越了民族的想象。但网络文艺最根本的审美构成、审美体验和审美活动还是源自于中国精神的力量。网络文艺与中国精神是不可分割的整体，网络文艺从中国精神中汲取营养的同时让更多人民享受到中国精神美的滋润。首先，网络文艺遵循艺术的创作规律进行审美创造，用生动活泼、简单易懂、丰满圆润的故事内核、人物形象宣扬了社会主义核心价值观的同时也拓宽了网络文艺的题材和形式，升华了网络文艺的审美表现和审美风格，向人民展现了美好的心灵、真挚的情感、伟大的精神。如网络社会主义核心价值观微电影展、《践行社会主义核心价值观公益片》、可可小爱社会主义核心价值观童谣都重在通过精彩故事、诗意笔触、鲜活语言、立体形象增强社会主义核心价值观的吸引力和感召力。其次，网络文艺用“青春网感审美”书写爱国主义情怀，由共青团中央出品的《TG有点甜》，《我的祖国》rap版、《骄傲的少年》等网络视听艺术集音乐、电影、动漫的审美特性于一身，加上青春思维、青春元素和青春审美，对原有的艺术形态做出了创新化处理。这些具有鲜明爱国主义情怀的文艺作品，淋漓尽致地展现了主创者对祖国强烈的归属感、认同感、尊严感和荣誉感，这种深沉的爱国情感与强烈的审美快感相互融合，穿透荧屏，直入人心。再者，网络文艺大力弘扬中国优秀传统文化中的思想精髓。网络文艺中有不少文艺样态继承了传统文化的精神，较为可喜的是，网络文艺能够将中华优秀传统文化融入具体的典型情境和典型人物中，如电视剧《琅琊榜》的主人公梅长苏身上就具有优良传统文化中的道德规范和思想理念，他严守礼仪伦常和君子之道，以仁爱之心、诚信之行、重义之情面对周遭的人和事，始终践行着知、情、意、行的统一。尤其是在中华美学精神的表现上，《琅琊榜》独具匠心。在美学内容上，《琅琊榜》具有文以载道和审美教化的社会功能，承载着治国平天下的家国情怀和崇高理想。在美学表达上，《琅琊榜》讲究托物言志、情景交融，追求意境、气韵的塑造与渲染等中华美学精神。

三、价值情怀：网络文艺的创作之基

近些年来，越来越多的网络文艺作品走向人民的日常生活，一些反响较大的作品所反映的现象与思想会成为现实社会所关注的焦点和热点。艺术作品常常会使欣赏者不知不觉地受到感染，这种感染影响并改变着人民的思想与行为。互联网本身点对点的用户思维就是以欣赏者和接受者为上，随着网络文艺市场化、产业化、资本化、大众化、娱乐化色彩加重，网络文艺重技术娱乐的模式产生，如消解文化崇高内涵、娱乐严肃事件、游戏先贤名家。正如尼尔·波兹曼所说："如果文化生活被重新定义为娱乐的周而复始，如果严肃的公众对话变成了幼稚的婴儿语言，总而言之，如果人民蜕化为被动的受众，而一切公共事务形同杂耍，那么这个民族就会发现自己危在旦夕，文化灭亡的命运就在劫难逃。"[1]因此，回到网络文艺的价值原点——文艺至关重要。文艺作为精神生产和文化生产集合体，与社会、经济、历史、道德、宗教、哲学、科学、民族、时代、传媒等密不可分，共同建构价值社会。网络文艺应具备融此为一体的价值情怀，立志激发民族自豪

[1] 尼尔·波兹曼．娱乐至死［M］．章艳，译．桂林：广西师范大学出版社，2009：133.

感和文化自信，为人民提供有价值、有深度，无愧于时代的艺术作品，实现其自身的社会价值。文章认为网络文艺中的价值情怀主要表现在三个方面。

第一，追求创作无愧于时代的优秀作品。网络文艺活动是多种元素、多重结构、多种精神构成的社会活动。作品是艺术家精神生产的结果，是实现艺术接受和艺术消费的必要因素，作品联结着艺术家、世界、读者。作品是网络作家文艺家立身的根本和职责的所在，当艺术家将自己的生活沉淀、思想积累、艺术理想、情感体验和美学风格投入到艺术创作中去，完成作品的生产、流通、消费、接受的全过程，才能够创造出社会价值。优秀的网络文艺作品不仅能够反映社会价值，还能揭示时代的价值。如网络综艺《奇葩说》，以辩论和娱乐的形式传达时代精神的内核，重点关注人文哲思、社会现实、未来理想、科技发展等时代之问，目的在于倡导人发现时代所蕴含的真善美，从而内化成自己的精神和气质以回应时代。同时，网络文艺的优秀作品还反映着中华民族的创造力与想象力。如网络综艺《最美中国》，利用 VR 虚拟现实技术全景实拍，以全方位沉浸式、熏陶式、故事化的视听叙述方式展现了中国的精神世界、人文风情、传统习俗、自然地理、社会变迁和时代热点，凝练了民族精神发展的历程与水平、浓缩了民族文艺美学的演进与革新。再如，数字新京剧作品《君生我未生》《梨花颂》首开虚拟 3D 全息成像技术与京剧表演相结合的先河，突破了戏曲舞台的表演空间，跨越时间和地域的限制，为戏曲艺术开拓了更广阔的传播空间，能够使更多的人了解、熟悉戏曲艺术的思维方式、美学艺术和文化精神，感受戏曲中所蕴含的传统诗词赋、音乐、绘画、舞蹈、武术等各种优秀传统文化之美，使人民接受并喜爱中国古典艺术范式和美学精神，从而激活人民的文化自信和民族自豪感，促进中华文化的传播。

第二，注重对中华优秀传统文化的继承与创新。中华民族在长期的学习与实践中建构和形成了独特的文化精神、道德理想、伦理规范和审美风范，优秀传统文化的精神特质使中华民族生生不息、繁荣发展。“中华优秀传统文化是中华民族的精神命脉，是涵养社会主义核心价值观的重要源泉，也是我们在世界文化激荡中站稳脚跟的坚实根基。增强文化自觉和文化自信，是坚定道路自信、理论自信、制度自信的题中应有之义。”当下网络文艺十分重视对优秀传统文化的价值承载，出现了一批从中华优秀传统文化中汲取灵感、美感和智感的佳作，这些作品不仅继承了优秀传统文化中的思想道德精髓，传承并弘扬了中华美学精神，还在此基础上实现了创作性转化和创新性发展，如网络综艺《博物奇妙夜》《讲究》《了不起的匠人》《最美中国》《见字如面》等。《博物奇妙夜》是由文化名人、收藏专家马未都主持的一档文化类节目，会邀请音乐家、舞蹈家、表演家、演员、作家等类型的艺术创作者作为嘉宾。节目首季精选云冈石窟、陕西历史博物馆、故宫清明上河图特展和观复博物馆实地取景，由马未都和嘉宾共同探讨和解读古代礼仪艺术、实用艺术、造型艺术、表情艺术、综合艺术、语言艺术背后优秀传统文化精神，节目往往从细节入手，以小见大诠释中华美学精神和人文理想。再如光明网的戏曲网络直播，定位明确，旨在传播中华优秀传统文化，培养戏曲欣赏与戏曲接受的土壤，吸引更多的年轻人参与进来。直播团队带领观众领略了沪剧《敦煌儿女》后台、河南曲剧的田间表演、藏戏、云南腾冲皮影，利用网络直播的直观性、互动性、趣味性让观众受到戏曲文化的熏陶与感染，激活人民保护、传承、喜爱优秀传统文化的精神需求。

在文艺工作座谈会上，习近平总书记指出："互联网技术和新媒体改变了文艺形态，催生了一大批新的文艺类型，也带来文艺观念和文艺实践的深刻变化。由于文字数码化、书籍图像化、阅读网络化等发展，文艺乃至社会文化面临着重大变革。要适应形势发展，抓好网络文艺创作生产，加强正面引导力度。"[1]时至今日，网络文艺仍处在不断变化和大力发展的过程中，以其独特的形式和内容深入并影响了人民的物质生活与精神生活，追求社会效益和经济效益的统一，成为一种具有丰富时代性、社会性、实践性特征的重要文艺样态。网络文艺所携带的时代性、社会性、实践性要求文艺工作者应该生活于现实世界，体验它的各种彼此矛盾的要求，而不可表达仅仅从书本上讨得的情感，而应当展示在精神和道德方面社会最先进的部分的命运，揭示蕴含于现今世态习俗的历史的发展。因此，人文精神、审美意识和价值情怀是网络文艺繁荣发展不可或缺的重要因素。

---

[1] 习近平．在文艺工作座谈会上的讲话［N］．人民日报，2015-10-15.

网络综艺节目的“游戏”表征评析

◎杜　鹃*

互联网技术在中国社会的飞速发展到了让人无法应接的地步，每一个人的生活每天都在发生前所未有的变化。互联网提供了一种被期待和被接受的环境，整个社会在恐惧、惊叹中接受着网络信息带来的一切生活方式的变化。互联网更重要的是为大众提供了可以自由讨论和帮助理解的渠道。网络文艺便在这短短几年的时间里迅速崛起，其影响力更是与日俱增。在整个中国当下网络文艺的阵营里，网络自制综艺在数量、质量的方面都占据着非常重要的位置。2016 年被称作网综元年，网络自制综艺节目呈现了井喷式发展，在播放量、社会话题度上直接与传统卫视综艺相抗衡。腾讯、爱奇艺、优酷、芒果 TV 等国内几大视频网站纷纷投入高成本人力物力到自制综艺节目领域。在瞬息万变的网络时代，网络综艺节目从 2016 年的全面开花迅速发展到了 2017 年的快速整合、超级网综出现，再到 2018 年爆款频出、网综 IP 形成，其数量一直处于增长态势，创作质量和创作类型依然产生着向好多元的变化。从 2014 年初步试水自制综艺到当下逐步显现类型的分化，网络综艺在自制的过程中既经过了资本和口碑的整合，也逐渐摆脱了传统电视综艺的模式束缚，从而形成了一批网络综艺特有的节目形态。这些充分证明网络综艺已不仅仅是一种网络文艺载体，其背后呈现着网络文艺的社会症候，因此，本文将借助“游戏”理论来解

* 杜鹃，中国传媒大学“广播电视艺术学”博士研究生。

读网络综艺的文化表征。

一、一切皆游戏

在西方的文化研究中，游戏是一个外延极为广泛的概念范畴，几乎涉及所有的领域，可以说游戏所能涵盖的领域包含了人类的一切活动。正如马歇尔·麦克卢汉所说，游戏是“人的延伸”。被称为“现代经济学之父”的亚当·斯密就将整个人类社会看作是一个巨大的游戏体系。荷兰学者约翰·赫伊津哈在其论著《游戏的人》中甚至这样论述：“游戏形态赋予社会生活以超越于生物本能的形式。正是通过游戏，人类社会表达出它对生命和世界的阐释。”[1]德国哲学家席勒在他著名的《美育书简》中指出，“游戏”是人类的原始本能和原始冲动，人只有在“游戏”中才能突破社会繁文缛节的束缚。“只有当人在充分意义上是人的时候，他才游戏；只有当人游戏的时候，他才是完整的人。”[2]文化研究中的“游戏”对于人类的行为以及人类社会的发展都有着极为重要的意义，并且随着人类社会的发展，“游戏”在新的文化发展中继续扩展着其外延的意义。而网络正是当下大众进行集体游戏体验的场域。

“如果我们就与艺术经验的关系而谈论游戏，游戏不是指行为，甚至不是指创造活动或享受活动的情绪状况，更不是指在游戏活动中所实现的主体性的自由，而是指艺术作品本身的存在方式。”[3]综观网络综艺的节目内容，一方面，不难发现其内核驱动是借用各种形式的游戏实体来完成。比如腾讯视频播出的《饭局的诱惑》，节目精彩部分就是各位嘉宾一起进行“狼人杀”的桌游，这样将线下社交游戏通过网络终端将线上和线下自然通联，网络受众沉浸于与这些明星一起游戏的真实快感之中。优酷视频播出的《火星研究院》《你说的都对》则是将生活中常见的科学实验进行验证以达到辨真假的参与效果。这些节目都是依据一

[1] 约翰·赫伊津哈．游戏的人［M］．多人，译．杭州：中国美术学院出版社，1997：49.

[2] 席勒．美育书简［M］．北京：中国文联出版公司，1984：90.

[3] 伽达默尔．真理与方法［M］．洪汉鼎，译．上海：上海译文出版社，1999：130.

定的游戏活动来完成整个节目内容。其中，腾讯视频出品的《王者出击》节目更是直接依托于播出当年拥有极高用户量的手机网络游戏《王者荣耀》的游戏内容来进行的实景真人游戏节目。爱奇艺视频推出的《机器人争霸》、优酷视频推出的《这！就是铁甲》是以创新科技为基础，以机器人实体格斗联赛为主要内容的节目，节目中出现的机器人均来自世界各地机器人研发爱好者之手，通过对抗淘汰来决出最终的机器人争霸冠军。在这些节目中，游戏实体是节目的核心所在。另一方面，诸如《吐槽大会》《奇葩说》等脱口秀节目也以营造一个游戏的氛围来展开话题的探讨，参与者都会有一定的角色分工，从而将话题的严肃性降低，将话题的外延展开。再如像《明日之子》《偶像练习生》《创造 101》等选秀竞赛类节目本就是一场场依托于游戏规则和竞争秩序的比赛。

游戏是在某一固定时空中进行的自愿活动或事业，依照自觉接受并完全遵从的规则，有其自身的目标，并伴以紧张、愉悦的感受和“有别于”“平常生活”的意识。[1]对游戏而言，规则是游戏的灵魂。既成游戏就必有规则，规则是游戏的结构性元素之一，同游戏参与者、游戏道具、游戏环境等构成了“游戏”本身。在作为游戏的一部分之前，规则本身就有其独立的理论支撑，可见规则在整个人类行为活动中有着举足轻重的作用。我们也常常把政治、经济、文化这些重要的人类活动领域看作是游戏，并将这些活动所遵循的规则看作游戏规则。对于性质多重复杂的网络综艺来说，游戏规则是渗透到各个层面的，规则构成了节目的框架也游走于细节进程当中。网络综艺具有的一个重要的构成性特征，就是节目内核都会有一个或隐或显的游戏活动。游戏规则不仅影响了节目形态，而且在某种程度上直接决定了节目内容，或者说游戏规则就是内容本身。即有什么样的游戏规则，就有什么样的节目内容。

二、游戏即一切

互联网的本性应该是不仅促进更多人的参与，而且能够促进更多异质群体的

[1] 约翰·赫伊津哈．游戏的人［M］．多人，译．杭州：中国美术学院出版社，1997：30.

参与。网络因而是一个理想的可以扩展个人视野的地方，在这里可以交往到成百上千的陌生人，并遭遇无数的新话题和新观点。[1]因此，互联网所提供的网络虚拟世界给予了人们在现实生活中无法实现的“新现实”，可以实现在现实世界无法拥有的权力。这样的世界可以看作一个游戏世界，能脱离社会现实，凭空臆想抽象。同时，在这样的世界里，游戏即一切。“在游戏场地内，一种专狭的秩序当道。在此，我们接触到游戏的另一相当重要的特征：它创造秩序，它就是秩序。它把一种暂时而有限的完美带入不完善的世界和混乱的生活当中。”[2]

脱口秀节目在整个网络综艺中占据举足轻重的分量。像《吐槽大会》《火星情报局》《奇葩说》等节目中已经形成了一定数量的网络意见领袖，他们作为部分网络群体的代言人“言其不敢言”的人或事，从而满足了节目追随者不吐不快的宣泄感。从本质上来说，节目所营造的游戏秩序是网络受众自我权力实现的一个特殊场域。权力是文化研究中的关键概念之一。以“文化政治学”观念为基础的文化阐释认为，任何事物都是政治的，结果则是权力无处不在。从社会动力学角度来说，对权力的爱好是人类最强烈的动机之一。因此，脱口秀节目很自然地成为亿万网民吐露心声的场地。比如腾讯视频出品的《吐槽大会》已经播出了三季，节目以一位明星为评论目标，邀请多位嘉宾对这位明星的缺点、丑事甚至隐私进行披露，将现实社会给予这些明星的光环瞬间打碎。在这样的场景中，明星与草根没有了界限，游戏成就了这一切。脱口秀节目作为网络综艺极为重要的一种节目形式，在其背后有着特殊而重要的文化表征意义。

游戏最重要的特征之一就是它与平常生活的空间隔离。一个封闭的空间为它标示出来，物质上的或是观念上的，都从日常环境中被圈划出来。在这个空间里，游戏举行，规则通行。[3]在网络环境中，个人的快乐可以得到满足，并且使得微观的个人快乐具有了宏观的意义。“媒体网络本身，正在编织成一张巨大无比而通向每个节点的意义网络。媒体从以往的精英专用工具，正在成为网民话语

---

[1] 胡咏．网络政治：当代中国社会与传媒的行动选择［M］．北京：国家行政学院出版社，2014：31.

[2] 约翰·赫伊津哈．游戏的人［M］．多人，译．杭州：中国美术学院出版社，1997：12.

[3] 约翰·赫伊津哈．游戏的人［M］．多人，译．杭州：中国美术学院出版社，1997：22.

的存在空间。”[1]

网络综艺试图营造一种全民狂欢的参与感，这其中的演员也不再是专业精英，所有在场者都嬉笑其中，不分年龄、不分阶层，这里的直接快乐有自我实现的平等之美。“新文明论认为，以互联网为代表的信息技术引导的文明发展的方向，是与物化相反的方向，它是指向人的、文化的，即所谓心的方向，指向生态的方向。”[2] 直接快乐之美，是网民在网络综艺所营造的游戏场中的日常审美体验。但是，这样的直接快乐还多是通过单纯的感官刺激所带来的。一些网络综艺为博得点击率，用大尺度重口味的花字特效和大块字幕来强硬制造低劣的笑点，强调游戏的斗争和矛盾。直接的快乐不等于简单粗暴廉价的笑料，将大量裸露刺耳的言语充斥于节目，将低俗内容等同于艺术趣味，这些都还是当下大多数网络综艺为博取生存而采用的低级方法。显然，网络综艺还有更长更艰难的道路要走，真正高质量有话题才是网络综艺最终的生存之道。网络文化是一种俗文化，但不是低俗、媚俗、庸俗的文化。

---

[1] 姜奇平．新文明论概略（下卷）[M]．北京：商务印书馆，2012：244.

[2] 姜奇平．新文明论概略（下卷）[M]．北京：商务印书馆，2012：65.

网络文艺创作生产中的“游戏感”及其辩证分析

◎梁　岩[*]

游戏是人类的天性，也是人类的生理需要和心理需求。在审美的领域，艺术是“自由的游戏”（康德语），其本质特征之一就是无目的的合目的性或自由的合目的性。在当前的网络文艺创作生产和审美消费中，虚拟化、任务化、碎片化等游戏思维有着深刻的影响，乃至呈现出一种“游戏+”的生产范式：无论是满屏真人秀的竞赛任务，还是深得“御宅族”追捧的二次元 ACGN（游戏、动画、漫画、轻小说）；无论是引发全民争议的“王者荣耀”和“绝地求生”网游，还是不少由游戏 IP 改编的网络剧，在互联网的虚拟世界中，泛游戏产品紧握“网感”，占据了娱乐的半边天。其中，“游戏感”依托和利用人类游戏的本能，将电子游戏的形式、内容、思维等游移、渗透、植入网络文艺作品的生产、消费环节，以至成为当前网络文艺生产的一种带有普遍性的重要驱动力和审美特征。

一、蓬勃发展、活力充沛的游戏产业

当今时代，丰富多样的游戏与电子文化的结合逐渐成为令不少青少年“上瘾”的文化娱乐产品。从 20 世纪 80 年代开始，我国电子游戏迎来了第一波发展浪潮，但同时，游戏也因“电子海洛因”的恶名不断受到人们的质疑。随着互联

* 梁岩，北京青年政治学院讲师、博士。

网/移动互联网的快速发展，“网游”热潮再起波澜，尤其是“手游”，成了“网生代”津津乐道、爱不释手的生活“伴侣”——“游戏”不仅填补了人们碎片化的闲暇时间，甚至还改变着人们的文化消费和生活方式。

作为一种新兴的媒介空间，互联网以其巨大的开放性、包容性既是文化产业发展的一片热土，也成为网生代亚文化的滋生地。这使得“游戏”在某种程度上得以快速发展，并作为必不可少的要素成为日常生活中的“必备品”。相比之下，网络游戏比网络文学更早进入中国大陆，并快速完成了由小众而大众、由竞技而社交、由娱乐而产业的嬗变。据中国互联网络信息中心（CNNIC）发布的第44次《中国互联网网络发展状况统计报告》：截至2019年6月，我国网民规模达8.54亿，其中，网络游戏用户规模占整体网民的57.8%，达到了4.94亿[1]。另据中国音数协游戏工委（GPC）、伽马数据（CNG）联合发布的《2018年中国游戏产业报告》：2018年中国游戏产业整体市场收入2144.4亿元，同比增长5.3%，占全球游戏市场比例约为23.6%；游戏用户规模达6.26亿人，同比增长7.3%；移动游戏市场实际销售收入1339.6亿元，同比增长15.4%；海外收入达95.9亿美元，同比增长15.8%；电子竞技游戏市场实际销售收入达834.4亿元，同比增长14.2%；中国游戏产业从业者约145万人，人才需求规模约为44.1万人；中国二次元移动游戏市场实际销售收入达190.9亿元，同比增长19.5%；游戏直播市场实际销售收入74.4亿元，同比增长107.2%……[2]

以上数据充分表明，当前的游戏产业总体上呈现出蓬勃发展、活力充沛的现状和趋向。其间，特别值得一提的有两点。首先，在数量庞大的游戏用户中，大部分是青少年，且因其“注意力”优势而蕴含着资本市场的巨大商机。尤其是作为“二次元”的核心受众，Z世代（“95后”和“00后”）的青少年受过良好教育，强调个性，喜欢互动和体验型文化。同时，在亨利·詹金斯“粉丝文化”和阿尔温·托夫勒“Prosumer”（产消者）的意义上，以青少年为代表的新族群不

[1] 中国互联网络信息中心（CNNIC）. 第44次《中国互联网络发展状况统计报告》[EB/OL].（2019-08-30）[2019-10-10]. http://www.cac.gov.cn/2019-08/30/c_1124938750.htm.

[2] 中国音数协游戏工委（GPC），伽马数据（CNG）.2018年中国游戏产业报告[EB/OL].（2018-12-24）[2019-10-10].https://baijiahao.baidu.com/s?id=1620700649356336192&wfr=spider&for=pc.

仅是多元文化的创新实践者，而且其“角色”也已经由原来被动的“受众”转变为如今主动参与、消费潜力巨大的“用户”。其次，在互联网迅猛发展的大潮流、大格局中，“媒介融合”不仅是媒介技术上的融合，更是媒介资本和文化的彼此交融。其间，“游戏”已然成为IP产业链条上重要的一环。特别是在网络小说、网络剧、网络电影、网络动漫、网络游戏等形成的IP产业链条中，通过以IP为中心的互文、衍生、联动效应，网络文艺创作生产迸发出新兴的经济增长点。一方面，由网络游戏IP改编成其他网络文艺样态产品，比如，《仙剑奇侠传》系列、《轩辕剑：天之痕》和《古剑奇谭》系列等；另一方面，由网络小说、网络影视等IP衍生出网游产品，比如，网文《三生三世十里桃花》衍生了电视剧、电影、游戏作品，《花千骨》《秦时明月》《琅琊榜》《芈月传》《扶摇》等热播网剧也均开发了同款手游。可以说，影游联动已成为当今IP产业链开发的必选动作。

二、“游戏感”在网络文艺中的审美表征

在当前互联网文化语境中，游戏产业的蓬勃发展既成了一道亮丽的新景观，同时也使其携带的互联网基因、现代文化体验等日益辐射、渗透到网络文艺生产、接受的诸多方面和层面。不必赘述，随着媒介新生态和艺术新生态的形成，网络文学、网络剧、网络电影、网络综艺、网络音乐、网络动漫、网络游戏、网络演出等网络文艺呈现出多样的表现形态，并以其独特的审美话语形式表达当代人在时代生活中的情感体验和思想观念。诚然，游戏产业的蓬勃发展是多方面因素合力推进的结果，但从“游戏”的本性和现代社会的特性相契合的维度来审视，“游戏感”既成就了游戏作品本身通过“虚拟世界”映射“现实生活”的功能，也使其辐射、渗透到网络文艺多种表现形态的生产之中。概括说来，作为现代文化发展中一种典型的审美体验和表达方式，“游戏感”的特征有以下四个方面的显著表现。

一是“题材”上的“架空感”。在游戏中，参与者可以选择想要的“人生”，甚至可以重置“生死”。这种游戏化的表达或“架空感”影响了一代人，以至在

审美习惯和趣味上，他们淡化了对宏大叙事的追求，钟情“故事”的消费，至于这些“故事”真实与否已不重要……特别是近年来，仙侠、玄幻、悬疑、戏说、穿越、青春等题材类型成为网络文艺各形态作品创作生产的热门之选。比如，《花千骨》《三生三世十里桃花》《扶摇》《延禧攻略》等爆款网络剧大多与“现实”无关，它们是“去背景化”的。在某种意义上说，这和“架空历史”的游戏感有着紧密的关联。

二是“人设”上的“代入感”。在互联网的虚拟空间，巴赫金的交往美学呈现出一种“新”特征——基于网络和新媒介的互动性，在审美活动中，除了作者和主人公，“受众”成了第三个“参与者”。换言之，主人公成为连接“作者”和“受众”的载体和桥梁，并由此形成了“创作者—主人公—受众”的实时对话、反馈互动的意义通道。进一步说来，在网络游戏中，“人设”由创作者和玩家共同决定，无论“玛丽苏”还是“霸道总裁”，虚拟的人设常常满足人们对于“第二人生”的建构，并使受众与主人公一同成长。比如，2018 年爆款国产“女性向”手游《恋与制作人》走红的关键因素就是其角色的“代入感”设计：女主平凡且有上进心，是偶像剧标准配置，而四位男主在性格特征和人物设计上进行了市场精分，涵盖了当下不同女性的“理想恋人”类型。这看似简单的、标签式的“人设”却紧紧地抓住了女性玩家的潜在意识和心理。

三是“场景”上的“沉浸感”。在某种程度上，“游戏”之所以吸引人，正源于其有极强的沉浸感。相比以前的电子游戏，在灯火通明的空间，游戏者极度“沉浸”，往往不知道白天、黑夜，畅游在游戏的世界之中。就“沉浸感”而言，网络游戏亦如此，只是游戏者从实体空间搬到了虚拟世界。当然，随着科技的发展，在网络文艺的多样表现形态中，其创作生产常常是运用 3D、弹幕、VR、AR 等技术，想尽办法模糊虚拟与现实的边界，去制造场景上的“沉浸感”，以增强网络文艺在审美接受上的“游戏感”。比如，“弹幕”作为二次元亚文化发展的产物，其兴起、流行不仅成为互联网时代接受环节的独特互动形式，还极大地辐射、影响了三次元的影视、综艺、直播等创作生产。2016 年年初，纪录片《我在故宫修文物》在央视播出时反响平平，但经哔哩哔哩视频平台（B 站）播出后，迅速走红，播放量达218.7多万次，弹幕达5.9万余条。由此可见，互动性、沉浸感、游戏感等在某种意义上是提升、扩大和增强传播影响力的有效手段和方式。

四是“叙事”上的“成就感”。在游戏的操作过程中，人们可能遇见多种体验的存在，尤其是会遇见意想不到的挫败感或成就感。在游戏作品中，也正是这些心理体验的交替在推动游戏进程的发展。在日本动漫研究者东浩纪看来，“游戏的本质之一，就在于它是一种产生复数的故事之后设叙事性的系统。这个逻辑的延长思考，可以说市场本身或御宅族的传达互动本身形成了一种游戏系统。”[1]比如，为让参与者获得“打怪升级”的成就感，不少同类作品设有一些固定的叙事模式，像“大Boss模式”（作品中会存在一个终极反派）、“穿越模式”（游戏的重新设定，角色活在无数不同的故事中并经验无数不同的死亡）、“寻宝模式”（搜集某些“宝物”后就可以通关）和“开放式结局”（呈现出多种故事的解决方案）。其中，无论哪种情形都包含着角色的成长过程，每一次通关都需要经历多重关卡，收获了经验值，才能获得晋级。在某种意义上，这种成长过程实际上就是一种“成就感”的体验。

三、网络文艺创作生产中“游戏感”的辩证分析

在当前的互联网文化语境中，作为一种具有普遍性的审美体验和表达形式，“游戏感”映射出现代文化发展的丰富面相。但对其发展进程中出现的多元化、泛娱乐、模式化生产等倾向，我们要进行细致的辩证分析和审美反思，以促进网络文艺生产的健康发展。

（1）“多元化”的游戏感不能陷入“零散化”的泥淖。互联网时代的网络文艺具有多样的新特征，因为互联网的包容性，网络文艺生产中的“多元化”显得特别鲜明和突出。事实上，互联网让多元文化有了栖身之所，不管是主导文化、精英文化，还是大众文化、草根文化，以及其他各式各样的亚文化，它们在互联

[1] 东浩纪．游戏性写实主义的诞生：动物画的后现代2［M］．黄锦容，译．台北：台北唐山出版社，2015：120-121.

网的虚拟世界中，相对独立又相互融合。其中，作为互联网时代网络文艺的显在特征，“游戏感”所营造的“多元化”有三个方面体现，一是更多的选择，特别是，用户拥有自主选择权，作品、人设、叙事和价值观具有多样“选择性”；二是注意力不断被分散，这种“分散”既体现为用户及其注意力自由地在不同粉丝族群之间进行身份更新和变换，又体现在生产者为占有更多“流量”、资本而不惜牺牲作品的完整性和艺术性进行粗制滥造；三是接受方式碎片化，人们习惯于在不同场景、不同时空进行移动式的碎片化浏览，而不再专注完整的接受和思考……由此可见，在网络文艺生产中，“游戏感”改变了人们的思维方式，但需对由多元化而来的“选择性”“分散化”“碎片化”保持足够的批评反思能力，不能陷入“零散化”的泥淖。

（2）“泛娱乐”的游戏感不能停留在“浅阅读消费”的表层。如果说“游戏感”是当前网络文艺创作中带有普遍性的审美体验和表达形式，那么，这种普遍性首先是体现在作品的题材和内容上，并由此倾向延伸、形成了浅阅读消费的泛娱乐“浅作品”。所谓“浅作品”，是指一种基于人工环境的写实主义作品，其特点是，为迎合接收者的审美需求，而在作品中体现现实主义的某些特征，同时加入一些浪漫主义的特质，并以浅显易懂的形态显示出来。正如东浩纪所说，游戏性写实作品，“即使描绘出完全幻想性的世界，却总能让人在某些地方感受到‘现实’。”[1] 正因如此，“浅作品”常常能引发年轻读者的观念投射和移情作用。显然，“浅作品”符合互联网时代“拟像”（让・鲍德里亚语）的规律，也便于接收者进入互联网的虚拟世界。然而，一味追求信息的快速浏览，过分沉浸于游戏感的娱乐中，必然滋生出“享乐主义”的倾向。比如，近期网络短视频的走红，让许多人沉浸于“抖音”“快手”等诸多短视频的无厘头段子之中而无法自拔。更重要的是，“泛娱乐”的游戏感和“浅阅读消费”影响着网络文艺作品的内容容量和思想含量——事实上，如果作品的思想内容仅停留在表层或主题挖掘肤浅、一味强调娱乐，那么，作品就成了“速成品”，其审美价值必然大打折扣。

[1] 东浩纪．游戏性写实主义的诞生：动物画的后现代 2［M］．黄锦容，译．台北：台北唐山出版社，2015：87.

（3）“模式化”生产中的游戏感不能困于“同质化”的怪圈。“模式”是有序化的表现，从无序的随机到有序的模式，经历的是革新和恢复的过程，也是从量变到质变的转换。“模式化”容易在量变中引发受众的审美疲劳，随之而来的是受众对模式的破坏。正如凯瑟琳·海勒所言：“随机并不仅仅只是模式的缺失，而更应该是创造模式的基础。”[1]就当前网络文艺创作生产来说，有很多作品陷入“同质化”的娱乐怪圈之中，不是因为“模式化”，而是由于它们脱离了艺术形态本体的“游戏感”。文艺娱乐维度的文化形态一旦脱离了艺术性的审美滋养，必然会落入大众媒介技术理性营造的形式化套路中，进而打着“回归日常生活”的旗号，在消费意识形态的诱导下，演变为缺乏现实基础的“同质化”商品。

综上所述，从娱乐到享乐、从间离到沉浸，人类与游戏的关系紧密相关。伴随着科技加速、社会变迁加速和生活步调加速，可以说，游戏感是当今文化“现代性”的一种体现和表征。诚然，人们可以在游戏中寻找娱乐感、获胜感、占有欲等，但不能忽略文艺本身的艺术价值，不能仅仅去追求一时的流行度，拼凑毫无个性的人物形象，以免导致市场和艺术的双淘汰。实践表明，在“现实感”与“游戏感”之间，除了虚拟的游戏感，我们更需要现实的真实感。对于当前的网络文艺生产，我们鼓励现实题材创作，在某种意义上，可以说就是呼唤更多的具有深厚现实感的优秀作品。

[1] 凯瑟琳·海勒．我们何以成为后人类：文学、信息可续和控制论中的虚拟身体［M］．刘宇清，译．北京：北京大学出版社，2017：387.

纯网综艺节目不道德言语行为的审视与反思

◎谈华伟 *

一、纯网综艺节目的兴起

纯网综艺，是指“完全依据互联网生态特性研发、制作的综艺节目”[1]，区别于台网联动或网台联动的节目样态，是由互联网视频平台主导、基于“互联网 +”的网络综艺，是对传统电视综艺运作逻辑的颠覆，其制作主体是互联网视频平台，制作内容是基于互联网生态，服务对象是纯网受众。纯网综艺节目特征具体表现在：以网络原生代为受众群体，节目制作以数据思维贯穿制播全过程，以优化用户体验为目标。

纯网综艺节目的兴起有着深刻的时代背景。随着互联网的高速发展，2018 年 8 月 20 日，中国互联网络信息中心（CNNIC）在京发布了第 44 次《中国互联网络发展状况统计报告》。截至 2019 年 6 月，网络视频用户规模达 7.59 亿，占网民总体的 88.8%[2]。统计数据显示，随着我国经济的不断发展，网民特别是年轻一代群体在物质消费得到满足的前提下，对教育、文化、娱乐等精神方面

* 谈华伟，中国传媒大学“播音主持艺术专业”博士研究生。

[1] 毕啸南，赵海蕴 . 纯网综艺，基于互联生态的“去 TV 化”运作［J］. 南方论坛，2015（5）.

[2] 中国互联网络信息中心（CNNIC）. 第 44 次《中国互联网络发展状况统计报告》［EB/OL］.（2019-08-30）［2019-10-10］.http://www.cac.gov.cn/2019-08/30/c_1124938750.htm.

的消费支出逐年提升。在移动互联网大背景下，线上娱乐方式以视频、游戏为主，青年网民熟悉并热爱网络文化，对根植于网络平台的纯网综艺有着天然的亲近感，纯网综艺的繁荣有着深厚的用户消费基础。中国商业视频网站从早期的 UGC（用户生产内容）模式发轫，随着网络经济产业的深入发展，视频网站纷纷开始抢购优质影视内容的版权，在激烈的竞争之下，为了寻求出路，不少互联网公司开始依靠制作节目，寻求差异化生产空间。而国家对电视节目审查的加强，也使得许多大制作的卫视综艺转战网络综艺。制播分离、资本红利为传统电视出身的优质制作人、主持人、艺人提供了更多的选择空间和出路。

二、纯网综艺节目不道德言语行为的审视

言语行为作为社会行为的一种特殊形式，渗透着社会道德伦理意识，在很大程度上折射出一定的社会道德观念和规范，在这个意义上来说，言语交际行为也具有道德属性。[1]一方面，言语者在进行话语构建与话语理解时，会以社会道德价值对话语构建行为与话语理解行为进行判断。另一方面，每个言语者都会在参与言语交际过程中以一定的道德修养为基础，社会也将以各种方式对社会个体乃至群体的言语行为进行道德价值评价甚至干预。正因为如此，整个社会的言语交际才会趋于规范，并按一定的秩序运作，受到道德观念、道德秩序的制约。在如今的移动互联网环境下，纯网综艺节目因其互动性、娱乐性、个性化等特性而受到众多年轻人的追捧，其语言也契合年轻人的审美观、价值观。在网综霸屏的当下，要想在竞争中脱颖而出，纯网综艺节目的语言至关重要，这关系着一档节目的成败。当下一些纯网综节目盲目追求经济效益，为了节目效果，迎合观众低级趣味，追求“新奇”“有趣”，任由语言暴力化、低俗化、庸俗化，引发一系列不道德的言语行为。

1. 情感宣泄，语言暴力化

语言暴力就是使用侮辱、歧视性的语言，致使他人在精神上和心理上遭受

---

[1] 陈汝东．语言伦理学［M］．北京：北京大学出版社，2001：50.

侵犯。纯网综艺节目中频繁出现这类尖酸刻薄的谩骂、诋毁、蔑视、嘲笑等话语，片面、偏激、极端的言论也屡屡出现。节目中出现的语言暴力，有的是节目组为了播出效果而设计的戏剧冲突，有的是主持人或者嘉宾为了博得关注而刻意为之。比如《奇葩说》节目在画面中将“教授”标注为“叫兽”，主持人和选手在节目中多次使用侮辱人的词语，还有选手在辩论中为了支撑自己的论点，支持“歧视能力”。除了节目里面，纯网综艺视频弹幕中的语言暴力问题也较为严重。网友在观看节目过程中，通过弹幕的方式发表意见，部分网友口无遮拦、肆意乱评，有的甚至进行人身攻击、地域攻击，不同明星的粉丝之间，因为观点不同粗口频出、骂战不断。

语言暴力化表现为说话不客气、不礼貌，语气强硬、太粗暴，话语信息具有人格贬损性。这类语言问题造成的后果往往是使社会交际对象不愉快或者受到情感伤害，给进一步交际造成障碍，因此它为社会道德所排斥。虽然社会道德价值会因不同的道德价值体系而变化，但相对于同一道德价值体系中的成员来说，语言暴力化既违背公众对和谐人际关系的期盼，也背离了社会的礼节制度。

2. 迎合受众，语言低俗化

语言低俗是指，在使用语言的过程中，包含有不符合法律法规，直接或者隐晦表现人体性部位、性行为，违背正确婚恋观和家庭伦理道德，诱发青少年不健康思想和行为的内容。为了满足和迎合部分用户的猎奇、窥探欲望，纯网综艺节目任由参与者使用敏感的语言，公开讨论性话题，与主流价值观相悖。如《吐槽大会》以群嘲和自嘲作为节目叙事模式，以戏谑的语言讨论敏感话题。再比如《奇葩说》的不少话题如“是否接受开放式婚姻”“科学家择偶标准：要胸大无脑的”等与社会主流价值观相悖。这些纯网综艺为了节目效果和点击量，用低俗化的语言为用户制造无底线的娱乐、无节操的垃圾，对于网络文化健康发展是有害的。

3. 娱乐至上，语言庸俗化

在纯网综艺节目中，人员构成一般比较复杂。主持人与嘉宾之间的对话多数是在脱稿状态下进行的，大家你一言我一语，营造了一种全民参与的氛围。纯网综艺节目的叙事模式离散了传统的媒介宏大叙事方式，充斥着对社会主流价值观的对抗、离散和颠覆。如《火星情报局》在第一季中收集了地球人的一些不良习惯，诸如“徒手能搓出鸡屎味”“乳女神亮胸器求点”等毫无意义且充满低级趣味的提案随处可见。再比如《奇葩说》节目里充斥着无聊的碎片化内容，如明星讲述“电梯放屁”、选手自曝“丑闻”等。纯网综艺节目为了刺激观众，追求吐槽点和笑点，将严肃深刻的话题以戏谑的方式进行调侃。尼尔·波兹曼在《娱乐至死》中指出，娱乐已经成了现代生活的标志，若人们一味追求娱乐，不对娱乐背后隐藏的价值观进行反思，那就只能“娱乐至死”。这也为当今的媒介发展提出了警告：违背正确价值观的节目内容已经不止是在娱乐大众，而是在“愚”乐大众。

话语是人类知识和修养的外衣。暴力化、低俗化、庸俗化的语言不仅影响信息的沟通，给社会、他人造成危害，而且也降低了一个人的品格，为社会舆论和道德所不容。

三、对纯网综艺节目不道德言语行为的反思

语言不仅仅是交际和思维的工具，还承载着审美和文化功能，把不道德言语行为等同于个性表达，当成一种文化消费的手段，任由语言暴力化、低俗化和庸俗化，则会造成审美情趣和文化格调的降低，从而污染语言的纯洁性，给民族文化带来冲击。娱乐应当是有底线的，不能让纯网综艺节目成为无底线娱乐的垃圾。

1. 过度娱乐，离散主流意识形态

网络语言从日常生活语言中发展衍生而来，它是由网络文字、语词、图像等符号系统组成。文艺学家、批评家巴赫金认为，符号代表着一种意识形态。“符号的存在不是别的，就是这一交际的物质化。”[1] 按照这种观点，从符号学的意义

[1] 巴赫金．巴赫金全集：第 2 卷［M］．白春仁，晓河，译．石家庄：河北教育出版社，1998：352.

上来看，纯网综艺节目的语言呈现出暴力化、低俗化、庸俗化等特征，实质是用户通过网络语言对主流意识形态主体、权威以及秩序的颠覆。纯网综艺节目的语言，以突破常规的风格进行符号意义的操控，传递着非理性主义价值观，形成对主流意识形态的消解。

英国社会学家约翰·汤普森提出："意识形态分析首先关心的是符号形式（Symbolic Forms）和权力相交叉的方式，它关心的是意义在社会领域中如何被调用，以哪些方式服务、支持哪些占据权力地位的人和集团。"[1] 意识形态与文化有着密不可分的联系，语言符号表达着一定社会关系，并且创造着意识形态。语言符号作为一种表征，依托网络对网络意识形态的再生产进行传播，打破了时空以及文化等级的限制，运用调侃、游戏等手段，把各种文化联系在一起，形成了"众人狂欢"的言说方式。纯网综艺节目语言的戏谑自主性反映了社会心态，向主流意识形态的权威发出挑战，宣泄了人们在现实生活中累积的情感危机和价值冲突，并且不断将隐藏在社会背后的恶性激发出来，使之成为一种具有消解意义的工具。

2. 过度迎合，消解传统文化

近些年的纯网综艺节目普遍热衷于使用网络流行语。网络流行语丰富了汉语的表现形态，但是这类语言主要充斥着粗口脏话、粗鄙词语，这些词语格调不高，品位低下。网络语言创造出的新的文字及表达方式，形成了一套属于青年人的话语体系，成为分割网络文化与传统文化的无形的墙。网络文化多元化、开放性的特征，使得更多的主体能够在网络空间获得话语权，造成中国的传统文化与话语方式被各种非主流文化挤占，中国人崇尚礼仪的文化传统遭到消弭，取而代之的是为了宣泄情感而生发的无聊的谩骂、无端的攻讦和无知的自恋。

传统文化是历经几千年的历史传承才得以保留的一种民族智慧结晶，是需要历经学习才能形成的文化心理，而网络文化依靠迎合用户的需求，更容易获得用户青睐，传统社会中形成的家庭观、婚恋观、择友观等都受到冲击和消散。在我国传统社会向现代社会转型的过程中，纯网综艺节目中不讲文明、不讲礼仪、不讲道德的状况随处可见，充斥着大量亚文化，我们必须要保持足够的关注和警

[1] 约翰·汤普森．意识形态与现代文化［M］．高铦，等译．南京：译林出版社，2012：178.

惕，在维护文化多样性的同时，警惕亚文化带来的侵蚀。

3. 过度消费，降低文化品位

随着市场经济不断深入发展，开始流行一种消费主义道德现象：追求体面的消费，渴求无节制的物质享受和消遣，并把这些当作生活的目的和人生的价值。受到消费主义文化的影响，资本逻辑逐步渗透到纯网综艺节目的各个环节，商业资本的逐利性，使节目成为一种被生产、消费的文化产品，恶搞、无厘头、大尺度等现象（场景）屡见不鲜，享乐主义、拜金主义和尚奢之风在节目中也得到大肆宣扬。

文艺作品承担着传递真、善、美价值观的使命。然而，在部分纯网综艺节目中却出现了与主流价值观不同的声音，鼓吹人们对物质生活和肉体欢愉的过度追求，忽视了人们对精神层面的追求。纯网综艺节目虽然满足了用户闲暇时间的消遣需求，但是并没有满足其审美需求，最终，这些节目成了各种资本堆砌的商品符号。纯网综艺节目有着优质的播出平台和众多的受众资源，其发展势头本应该更好，但是由于过多资本进入，导致节目内容受到资本控制，节目单纯以市场为导向，在很大程度上忽视了社会效益，造成消费主义现象泛滥，很难经得起时间和用户的考验。为了避免纯网综艺节目陷入“昙花一现”的怪圈，节目制作者应该重新审视节目制作方向，提高人文内涵和审美格调，规范语言应用，这才是长久之计。

四、对纯网综艺节目不道德言语行为的治理

纯网综艺不道德言语行为一定程度上是现实语言生活的映现，形成语言不道德问题的原因是复杂的，整治这种不道德现象要从改变我国语言文字的现实考量，需要建立多方共同参与的综合治理模式。

1. 制作方：要严格自律，不触碰底线

目前国家对纯网络视听节目的管理实行的是“备案播出制”，在这种管理模式下，网络平台节目制作播出单位的审核人员经过广电部门组织的培训考核合格后就可以获得审核资质，并对播出节目内容进行自我审核。与广播电视节目相比，这种审核模式属于“事后追惩”。在巨大的经济利益面前，有些节目制作方

甘冒风险或者打擦边球，迎合用户庸俗、低俗等的审美取向。纯网综艺节目的制作方只有严格自律，提升自我修养，不触碰道德底线，生产更多语言规范、格调高雅的内容，才能真正获得持续发展。

2. 监管方：要出台政策，加强监管

2017 年 6 月，原国家新闻出版广电总局对网络视听节目的创作播出提出进一步要求，发布《关于进一步加强网络视听节目创作播出管理的通知》。通知强调，"各类网络视听节目要遵守国家通用语言文字有关法律法规，尊重、礼敬中华优秀传统文化，严格按照规范写法和标准使用国家通用语言文字的字、词、短语、成语等，不得滥用谐音、生造滥造词义、肆意曲解内涵，不得使用不规范的网络语言和错词别字。"[1] 我国的语言文字专门法律《中华人民共和国国家通用语言文字法》确立了普通话、规范汉字在我国的法定地位。这部法律不仅适用于广播电视、国家机关等单位，同样适用于网络媒体。目前，应该加快制定该项法律的实施办法，加强语言应用的底线问责机制，在法律的约束框架内杜绝网络媒体使用不规范语言。

3. 参与人员：要提高媒介素养，树立语言规范意识

纯网综艺节目的参与人员包括节目制作人、主持人、嘉宾、用户，语言不规范现状的改观，需要参与节目内容链条的每一个人树立语言规范意识。尤其是节目中的主持人和嘉宾，他们通过镜头和话筒掌握着话语权，在语言规范使用方面对广大网民起着引导和示范的作用，是营造网络清朗空间的重要一环。

网络语言的使用中，青年一代占有较大比例，提高青少年语言规范意识，可以通过加强语文教育来实现。学校应该与时俱进，了解学生生活实际，灵活运用课堂教学对网络语言中的不规范问题进行剖析，促使青少年践行"说规范话、写规范字、用规范语"的语言观。

[1] 国家新闻出版广电总局.关于进一步加强网络视听节目创作播出管理的通知［EB/OL］.（2017-06-07）［2019-10-10］. http://news.broadcast.hc360.com/2017/06/071741734894.shtml.

网络短视频的“片段性”“典型性”特征与审美反思

◎王同媛[*]

在2014年的文艺工作座谈会上，习近平总书记指出：“互联网技术和新媒体改变了文艺形态，催生了一大批新的文艺类型，也带来文艺观念和文艺实践的深刻变化。”[1]当前，多种网络文艺形态迅猛发展且大放异彩，如网络文学、网络剧、网络电影、网络综艺、网络音乐、网络动漫、网络游戏、网络演出等。其中，作为2018年引人瞩目的一种现象，“网络短视频”具有网络视听内容普遍的“交互性”“多元化”“开放性”“融合性”等特性，特别是，从审美的维度来看，网络短视频简短风趣、生活含量大、收视便捷，具有“片段性”“典型性”等显著特征。这些特征使得网络短视频拥有巨大的收视点击流量和接受吸引力，但同时，在带来一系列价值正相关的传播接收背后，我们还要进行辩证的分析和反思。

一、反映广泛的社会生活，呈现多样的时代表情

据中国互联网络信息中心（CNNIC）发布的第44次《中国互联网络发展状况统计报告》：截至2019年6月，我国网民规模达8.54亿，互联网普及率为

* 王同媛，北京联合大学旅游学院讲师、博士。

[1] 习近平．在文艺工作座谈会上的讲话［N］．人民日报，2015-10-15.

61.2%；手机网民规模达 8.47 亿，网民通过手机接入互联网的比例高达 99.1%。其中，在网络应用上，75.8% 的网民使用短视频应用，用户规模达 6.48 亿。[1] 在某种意义上，基于自身的独特性，网络短视频极大地增强了用户的交互感、体验感，创造了一系列点击率奇迹和播放量积累，以至于消遣娱乐、艺术审美、教育行为、经营活动，以及重大事件的传播等丰富多样的时代生活内容都可以通过网络短视频来呈现并广为传播。与之相应，抖音、快手等网络短视频客户端迅猛扩张，在被广大网络用户接受、认可使用的同时，也带动了整个网络短视频形态、业态的快速发展。那么，网络短视频具有怎样的接受吸引力呢？

在信息网络技术及新媒体的发展变革中，网络短视频伴随着社会发展、时代进步而蓬勃发展。它不仅是视听内容创新实践的产物，也是时代生活和文化发展的记录者与展示者。网络短视频简洁的形式、多样的内容及形态呼应着社会的科技进步与文化变革，呈现了时代生活中人们真实、复杂而全面的生活形态，记录着当下的时代特征和广大网络用户的情感起伏，映射出社会文化和思想观念等丰富多样的面相，换言之，网络短视频的应运而生彰显了时代生活的特征，丰富了大众审美视听的内容。在某种意义上说，这是网络短视频被广大网络用户使用、喜爱并快速发展的重要原因。

网络短视频的创作生产和活力充沛的实践带来了多样的生产方式及文艺形态，也改变了原有的传播格局及文艺生态。在信息流动频繁、迅速和个性、欲望表达强烈的当今时代，在网络短视频平台这一虚拟空间里，广大网络用户或主动展示自我，或主动选择获取文艺内容或审美信息，其传播、接受过程是一个充分互动的过程。其中，无论是生产者，还是接收者，网络短视频的形式和内容都为广大网络用户提供了便捷而广阔的载体和平台，在促进视听内容广泛传播的同时，也使时代的观照、思想的交流、情感的慰藉等成为新的可能和新的现实。特别是，在审美关系与现实关系的紧密关联上，随着改革开放的深广发展，人们在时代生活中的种种日常生活感受和生存体验大多可以通过创作生产的审美转换，呈现在网络短视频这一新兴便捷的文艺形态表意系统之中，辅以新媒体网络科技强大的影响力及渗透力。一方面，

[1] 中国互联网络信息中心（CNNIC）. 第 44 次《中国互联网络发展状况统计报告》[EB/OL].（2019-08-30）[2019-10-10]. http://www.cac.gov.cn/2019-08/30/c_1124938750.htm.

网络短视频以直观、生动的视听影像来反映社会生活的丰富，成为人们生活、情感嬗变的历史记录和历史见证；另一方面，它又很有可能对当代人的时代风尚、审美文化、思想观念等产生广泛的影响……进一步说来，综观当前活力充沛的创作现状和丰富多样的内容，网络短视频具有哪些显著的特征呢？

二、网络短视频的"片段性""典型性"特征

尽管仍处于发展、变化、完善之中，但顾名思义，"网络短视频"兼具新媒体时代特征以及互联网艺术思维，并以新型生产方式表征时代生活、表达现代性体验和思想感情，是短小精悍、立意深远的视听表意形态。它可以便捷地反映广泛的社会内容和用户诉求，能够快速吸引用户并易于广泛传播和直观理解。从审美的维度来考察，"片段性"和"典型性"几可视为网络短视频与生俱来的显著特征。

相较其他网络视听形态，"片段性"是网络短视频"形式"上的鲜明标识。从"描述"和"规范"辩证关联的层面来考量，网络短视频的"片段性"可以从多样的对比性中来认识。比如，和"微小说"相比，"微小说"原是作为短篇小说的一个形式而存在，后来发展成为"微文化"中一种具有独立艺术价值、介于短篇小说和散文之间的文学体裁。[1]在形式特征上，网络短视频和"微小说"相似，都具有短小精悍、立意新颖、结构严谨、结局新奇等特点。再比如，和"微电影"相比，网络短视频同样具有篇幅内容简短、收看时间相对零碎，以及随之而来的创作、接受等方面的互动性强，传播、接受方式上的延时传播、累计达到和用户主动选择、分众传播等特点。大致说来，网络短视频之所以形成形式上的"片段性"，一是由于网络短视频形态本身的时空语言受限，二是受现代生活快节奏的深刻影响，创作者/生产者主动选择了这种简短精干、言简意赅的传情达意方式。

如果说，"片段性"是网络短视频"形式"上的鲜明标识，那么，"典型性"则是网络短视频"内容"上的显著特征。不必赘述，网络短视频是互联网的产物，有着互联网基因，渗透着互联网思维。就其"内容"而言，从创作生产的维度来

[1] 张鸿声，郭兴．无"微"不至：当代微文化解读［J］．艺术百家，2014（3）:85.

审视，互联网文化语境中的网络短视频一方面是短小精悍、浓缩精华，另一方面却是带着镣铐跳舞。特别是对那些优秀的网络短视频来说，其“典型性”常常呈现出一种见微知著、微言大义的特点。其中，所谓“见微知著”，即是创作者通过细致的观察和分析，使短视频内容呈现出窥一斑而知全豹，或小中见大、以小见大的审美效果；所谓“微言大义”，即含蓄、精当的影像表意中蕴含着深刻切要的义理。特别是就网络短视频迅捷反映时代生活的特性来说，在当代中国，改革开放、社会转型使得义与利、权与法、情与理、先进与落后、新与旧、贫困与富裕、传统与现代、城市与乡村等二元对立式的结构张力强烈冲击着人们的生活和心灵。在多维度的观照中，创作者们敏锐把握时代特征，将这些碰撞、冲突与融合高度浓缩至作品之中，以至于有些优秀网络短视频借助敏捷思路，通过对社会生活中诸多片段、偶然、瞬间的描述来反映人们现实生活的体验、心理的变迁和观念的变化，乃至如格奥尔格·齐美尔所说：“从存在表面的每一点看——无论它们多么紧密地独自依附于这表面——人们可以从表面探测进入心灵深处，以至于生活的所有平凡的外在性最后都与关于生活意义与方式的终极判断有关联。”[1]

在传播、接受实践中，“形式”上的“片段性”、“内容”上的“典型性”恰是网络短视频迅速蹿红的重要原因之一。一方面，网络短视频简短、快速、精干，同时伴随强烈的用户体验，带有强烈的参与感与体验感；另一方面，网络短视频多方面呈现大众生活的平凡之美、朴素之美、细微之美，也多方面宽容乃至认同广大用户的个性之异、草根之微、宣泄之感、自由之求、边缘之美，可以涵盖更为广泛的使用群体，更为接近大众视野的表达与接受。在这种意义上，作为获取注意力和吸引力的制胜法宝，网络短视频的“片段性”“典型性”及其所蕴含的价值正在于借助和运用互联网思维的特殊逻辑和新兴的视听语言，高度浓缩并呈现个人情绪、社会热点、时代风貌，广泛包容大众文化、草根文化、青年文化等的多元共存，并在带来丰富审美体验、精神慰藉与情感共鸣的同时，延伸出良好的社会效应和经济价值。

---

[1] 格奥尔格·齐美尔．时尚的哲学［M］．费勇，译．北京：文化艺术出版社，2001：189.

三、网络短视频创作生产的审美反思

从审美效果的维度来看，基于“形式”上的“片段性”和“内容”上的“典型性”，优秀的网络短视频创作生产，其“短”只是一种修辞，“短小”其中更求“精悍”，选取“典型”而增加作品在内容上的厚重感。比如，针对敏感、生动、精彩、感人的生活片断（一种智慧、情绪、耐人寻味的场景、典型意象、新鲜的思想等），也可以有个人与社会、个体与群体的交织，可以折射、反映时代生活的热点，呈现和谐、美好的人际关系。概括说来，网络短视频的创作生产在审美思维上要突出“新”“精”“巧”“趣”四个要素，在审美表达上重视“叙事结构”“视听语言”“叙事节奏”和“音乐运用”四个方面。具体说来，在审美思维上，所谓“新”，即立意新颖、风格清新，要通过充满生活气息、现实感强的内容，反映现实生活中独特的感受，表现清新的主题，体现境界的深远；所谓“精”，即篇幅短、人物少、情节简单，但小而精、以少胜多、以近知远、以微观反映宏观；所谓“巧”，即结构简练、严密、精巧，要力求时间、场所、人物等尽可能压缩、集中，同时，注重选材、剪裁和布局；所谓“趣”，即内容丰富、节奏紧张、剧情跌宕，同时，要因涉及社会生活的特性和接受的广泛性而使内容具有吸引力和趣味。另外，在审美表达上，一是要优化叙事结构的安排，比如叙事视角、叙事技巧（倒叙和补叙）、叙事节奏（巧合与悬念）等，以便不仅讲一个“好”故事，还要讲“好”一个故事；二是要有效运用视听语言，特别是要切实把视听语言作为审美影像反映生活的一种艺术方法和形象思维方式，而文字、对白、旁白等都是附丽其上的；三是要强调叙事节奏，比如结构手段、叙事方式、镜头内部运动、镜头分切、镜头组合、场面段落的安排、声画关系等；四是要注意音乐的使用，使音乐与画面共同服务于主题、思想和情感的表达。

然而，在创作实践中，网络短视频的现状一方面是蓬勃发展，另一方面却是良莠不齐。这和当前互联网快速发展进程中普遍存在的“两面性”是相一致的。对此，埃瑟·戴森（Esther Dyson）认为，“数字化世界”是一片极具两面性的土壤，在产生能量与价值的同时，它的负面性也会相应生长，也有可能成为负面的利器，造成损失与伤害。比如，网络短视频具有“片段性”的特征，但又常常陷入“碎片化”的泥沼。所谓“碎片化”，包括内容的碎片化、方式的碎片化，以及叙事的不连贯化等。特别是相较于叙事艺术中完整的要素和起承转合的连贯结构，网络短视频打破了固有的模式，带来了影像时空中的错序乱舞。这一方面源于移动互联网的使用环境本身的不稳定性和带来的与之相应的弥散性、随意性与多元性；另一方面，网络短视频的创作诉求多在于对美感或者快感的选择性呈现，而不追求完整性与连贯性。与之互为表里，就网络短视频内容上的“典型性”来说，其接收者/用户常常也并不期待在网络短视频中获取完整、精深的内容信息或美感体验，更多的只是希望消遣娱乐、满足审美快感。如此说来，着意于网络短视频的健康发展，也着意于发挥网络视听内容在由“最大变量”向“最大增量”转换中的积极作用和影响，我们要辩证地思考网络短视频的审美文化效应，以推动其进一步良性发展。

一是要关注“场域”中多元要素，强化主流价值的审美取向。就当前现状来说，网络短视频创作生产的开放性、多元性，以及视听内容的巨大生产量、收视点击量和强烈的参与体验、互动性交流，使得网络短视频呈现出一派朝气蓬勃、繁荣兴旺的景象。显然，这种“景象”的形成是多元合力作用的产物，因而其间的价值主轴和审美取向具有举足轻重的地位和意义。在布迪厄的“场域理论”看来，所谓“场域”，体现为位置间客观关系的一个网络或形构，这些位置是经过客观限定的；它不等同于一般的领域，也不能理解为被一定边界物包围的领地，而是在其中有内含力量的、有生气的、有潜力的存在。不仅如此，布迪厄还指出，“艺术场”乃是一个信仰的空间，它不只是生产出特定的艺术作品，更重要的是它通过种种体制来生产艺术观念、艺术信仰、艺术崇拜和价值观。在这种意义上，如果我们将网络短视频的创作视为一个生产的“场域”，那么，其中无疑具有丰富的生产资料与多样的生产形态。然而，问题恰在于，创作生产的自由性与竞争性汇聚了大量的生产内容，加之其自身的快速发展还是一种创新实践，因而，其间逐渐显露出诸多问题及弊端。比如，内容失实、消费娱乐、过度功利、价值偏倚，以及个性的出格展示、片面求新求异求点击率、各种非理性的情感宣泄等。这些问题的解决有赖于相关机构与部门的有力监管，但终究还是要坚持社会主义核心价值观，在网络短视频的创作生产中强化主流价值的审美取向。

二是要树立内容本体意识，提升影像表意的文化含量。作为新兴的网络视听形态，网络短视频为大众提供了自由、公开的展示和表达空间。其间，依靠新兴的网络技术手段，创作者从题材、内容到方式、方法都有充分的自由、自主的选择余地，都可以极大地发挥主观能动性和创造性。同时，与其他网络视听形态相比，网络短视频由于制作周期较短、收看便捷、点击量高、内容生产量大，因而资本吸引力大，竞争也更为激烈。在这种情形下，网络短视频创作生产尤其要关注“内容”，强化内容本体意识。以此为基础，在丰富、多元、自由的环境中，网络短视频创作生产要着力在审美的维度强化影像语言的视听时空营造，凸显其所负载的审美体验、审美信息的艺术魅力和文化价值。特别是，基于现阶段不少网络短视频作品停留在“快感”阶段的现实，网络短视频要在内容的呈现中增强审美内涵与文化思考，突出艺术价值的延伸。

三是要辩证对待形式创新，提升审美的深广度。从巴赫金的“狂欢理论”来看，当前网络短视频创作生产的蓬勃发展体现出鲜明的“非常规性”特征。特别是，为了在激烈的竞争中获得“存在”与“认可”，各种各样传统的手段、新兴的形式等都极力搭上审美创新思维的快车而大行其道。比如，经典影视片段的模仿或再演绎、民族戏剧戏曲精粹、微课教学等，其中，为扩大、增强传播范围和审美认可，诸多创新变革的力量、饱含创造性的活力都汇集到网络短视频的创作生产之中。显然，这造就了网络短视频创作生机勃勃的大好局面，但同时我们也看到，在那些过度追求娱乐化效应、单纯偏向点击流量获取、片面追求情感宣泄等的网络短视频中，“形式”大于“内容”的种种情形，使得是与非、美与丑、善与恶、黑与白等的界限含混不清，个人主义、草根文化、边缘文化等的审美表达似是而非……这些问题表明，在形式创新的实践过程中，网络短视频的创作生产要大力提升审美的深广度，进一步关注审美层面的认可和精神上的慰藉，促进用户 / 接收者审美意识的完善，使其又好又快发展。

网络短视频社群传播：个人主体性的彰显与限度

◎吴　雷*

网络短视频经过爆发式增长后逐步呈现出社群化的趋势和特征，网络短视频社群中用户的传播行为具有复杂性，网络短视频社群为用户个体创造了一个自由的“私人生活空间”，然而同时也带来了价值共识和价值规范的危机，传播失范的行为充斥着短视频社群，因此很有必要引入“主体性”的概念加以考察。

一、基本概念：网络短视频社群化与个人主体性

1. 网络短视频平台的崛起

目前一般认为，所谓网络短视频，就是“用户基于网络社交平台即时在线创作和传播（直播）的新型网络文艺形式”[1]。“时长短”是行业实践中对短视频特征达成的共识之一。早在2012年，《纽约时报》的文章说：“我们被一种‘瞬时文化’（Instantaneous Culture）所包围，在这种瞬时文化的浪潮中，孤独的写作、长久的专注阅读难能可贵，人们想得到短小、快速的互动娱乐，那些链接最多、传播最广的内容将获得最大的权力。”[2]一语成谶，短视频在短短几年间飞速发展，头条、快手、秒拍、美拍、梨视频、“B站”、爱奇艺等一批新媒体平台纷纷入局短视频行业。中国互联网络信息中心（CNNIC）发布的第44次《中国互

* 吴雷，中国传媒大学“新闻学”博士研究生。

[1] 刘中锦．网络短视频病象、成因与管控［J］．青年记者，2018（26）．

[2] 苗炜．“泛娱乐”的文化生产［J］．三联生活周刊，2012（15）．

联网络发展状况统计报告》显示，截至2019年6月，中国短视频用户规模达6.48亿，网民使用率为75.8%。QuestMobile发布的《中国移动互联网2018年度大报告》数据显示，2018年移动互联网月人均单日使用时长比2017年12月增加了63分钟，在总使用时长增量中，短视频则占了33.1%。抖音总裁张楠公布的最新数据显示，截至2019年1月，抖音国内日活跃用户已经突破2.5亿，月活跃用户突破5亿。

短视频的崛起并不是偶然事件，而是有着现实动因的，虽然今天在爱奇艺、腾讯、优酷等视频网站上可以找到各类型的电影电视剧，但是依然无法满足现代社会人们更多的碎片化时间的休闲消费需求，网络短视频则因弥合了这种需求而迅速崛起；经过包装得以立体呈现、深得用户喜爱的“小段子”，为短视频平台快速聚拢了用户；4G的普及以及即将到来的5G也为短视频的发展提供了技术条件，大大提升了短视频的传播速度、更新频率；加之短视频融合了纪录短片、微电影、情景短剧、视频剪辑、直播、VR等多种灵活的表现手段，且具有制作成本低的优势。网络短视频很好地适应了信息流动的移动互联网时代语境，以碎片化的传播填补了人们的碎片化时间，满足了用户在移动端随时随地接收信息和消闲娱乐的需求和习惯，一经推出，便获得了网民的喜爱和追捧。在技术和资本的推动下，如今网络短视频的影响力几乎触及人们社会生活的各个方面，已经全面融入人们的日常生活，可以说，“无视频，不生活”已经成为生活的常态。

2. 网络短视频平台社群化趋势

短视频经过爆发式增长后，优质原创内容的可持续性和流量变现问题成为行业长足发展需要克服的障碍。在基岩资本副总裁岑赛铟看来，“社群是最好的生产和传播内容的渠道，由于粉丝沉淀在社群里，具备了高黏性和高互动，因此在内容生产上，对于内容的喜恶用户会有高效而直接的反馈。不仅如此，社群还可以为创作提供源源不断的内容和想法，帮助持续的优质内容产出，而且社群的传播渠道十分高效和精准。”[1] 社交属性是移动互联网时代媒体的突出特征，优质内容生产和运营是短视频的核心竞争力，社群则是连接人与内容产品进而塑造商业场景的关键要素。通过内容来聚集兴趣相近的用户从而形成社群，进而让其成为

[1] 基岩资本．投资短视频社群是关键，短期内不看重盈利［EB/OL］.（2018-09-25）［2019-10-10］. https://www.sohu.com/a/256042235_788199.

承载丰富内容的社群媒体，这已成为短视频行业关于获得持续内容生产和变现能力形成的共识。目前短视频平台最火的快手和抖音都属于社群类的产品。

在网络短视频虚拟社群中，基于“弱关系”搭建的信息平台，使得现实社会中的陌生人因为共同的兴趣爱好被网络连接在一起。一方面，依托基于人工智能系统的算法大数据、位置服务等技术，网络短视频平台根据用户消费习惯及偏好，以高算法精度精准分类推荐信息内容产品。另一方面，用户本身也可能自主参与信息生产过程，在这样的互动与交流中形成了媒介社群化的趋势和特征。

网络短视频平台社群化使内容用户定位更精准，在网络短视频平台上形成了兴趣、价值观一致的群体或族群。因而，网络短视频社群就成了人们情绪、思想表达的“情感化”介质载体。然而，站在互联网空间治理的视域来看，网络短视频社群传播具有复杂性，用户作为个体在网络空间的传播行为必须引起各方面的重视。因此，很有必要引入“主体性”的概念对短视频用户这一生命个体进行考察。

3.“主体性”概念的引入

根据李德顺教授的观点，“所谓‘主体性’，一般是指人在自己对象性行为中所表现的特性，如实在性、自主性、能动性、目的性等。在价值这种特定关系中，‘价值的主体性’是指主体的（需要和能力等）规定性成为客体产生其价值的根据和尺度。从这个意义上讲，‘主体性’就是人在价值关系和自己行为中的权利、责任，以及权利与责任的整体性。”[1] 卢克斯用四个概念概括了价值主体性的内涵：一是人的尊严，即个人具有至高无上的和内在的价值和尊严；二是人的自主性，即个人应该成为自己思想和行动负责的主体；三是“个人私人生活”免于强制的自由；四是人的自我发展，充分实现自己的潜能并形成独立人格与个性，实现自身的全面发展。[2] 在贺来教授看来，从“主体性”概念出发，个人的存在价值和意义在于：“个体生命不是为了在它之上的某个‘更伟大的东西’而生活，每个人都是自己生活的目的，自由创造自我的个性和人格，追求每一个人

---

[1] 李德顺．价值思维的主体性原则及其意义［J］．湖北大学学报，2013（4）．

[2] 卢克斯．个人主义：分析与批判［M］．朱红文，等，译．北京：中国广播电视出版社，1993：47-76.

属于自己的价值。”[1]

因此，可以说，上述概念所涉及的“尊严、自由、创造、价值”四个关键词构成了个体生活的核心概念。这也就意味着，在价值领域要更多地关注人，理解人的尊严，尊重人的自主性，鼓励符合自我个性和人格的创造，倡导人作为主体的自觉担当，促进人与人、人与社会之间的理性互动与责任。“主体性”这一概念的引入，对于解释网络短视频社群传播现象具有重要的意义。网络短视频社群“赋能于人”，用户的创作和传播行为充分彰显了“个人主体性”，人的尊严、自由的表达、成就自我的创造、自我的价值得到了充分呈现。

二、网络短视频社群传播中“个人主体性”的彰显

1. 去中心化，彰显地位平等，人的尊严全面实现

安迪·沃霍尔早就提出过“15 分钟定律”：“在未来，每个人都能出名 15 分钟”和“每个人都可能在 15 分钟内出名”。不曾想这个预言很快得到验证。传统媒体时代自上向下的传播方式无法实现媒体向普通生命个体的赋权，人们在现实生活中掌握的社会资源、人际等社会资本因其经济实力与家庭背景等种种原因存在些许差异甚至巨大悬殊且很难发生变化，人与人之间的社会身份、社会阶层固化呈现出一种不平等的状态。但是随着抖音、快手等一批面对普通大众推出的人人都可以注册使用的网络短视频传播平台的广泛应用，人们迈入了人人皆媒体、人人皆内容的自媒体时代，短视频平台“赋能于人”，以其具有的生产流程简单、制作门槛低、全民参与性等特点实现了话语权的“去中心化”。借助这些短视频社群平台，网民只要有分享的愿意，就可以在身体不在场的情况下通过自己创作的短视频或者干脆直接“炫技秀艺”实现与网民的“在场交流”。民间草根阶层便可以将草根文艺通过短视频 App 广泛传播，收获网友的点赞、打赏、转发、截图等各式各样的喝彩，甚至可能爆红，成为民间“素人明星”。网络短视频平台的去中心化算法消解了人们在现实中的阶层属性、不平等状态，让每位用户的视频都能

[1] 贺来.“主体性”的当代哲学视域［M］. 北京：北京师范大学出版社，2013：195.

平等展示，每个人都有机会爆红，每个人都有机会体验个人所创造的“被关注的价值”，这便使得平台用户作为人的尊严得到了充分保证和全面实现。

2. 张扬个性，释放情绪，自由地表达和行动

网络短视频是当代人自我表达、情感宣泄、资讯分享等多重动机的承载介质，满足了人们对生活、工作、娱乐的需要，也是当下人们日常生活、消费行为、情感活动、社会关系、爱好属性、价值追求乃至社会精神文化的重要投射。网络短视频社群具有强烈的社交属性，人们因共同的兴趣、爱好及其他旨趣在网络空间中聚合到一起，自发地进行拍摄、编辑、播放、分享或评价短视频，沟通信息，表达情感，形成了“弱联系”网络虚拟社群。在短视频社群空间，每位网民在自己的传播空间领域内拥有不受干涉的“个体私人自由”，“他是一个人，一个有他自己生活的存在者，”“被容许做他自己有能力做的事，成为他愿意成为的人。”在一定意义上，网络短视频社群成了网民不受干预的“自留地”，在这一疆界内，网民可以以自己的方式追求自己的价值实现，享有充分的自主性，“个体可能的选择与活动的障碍之不存在，当我决定行动时能以这种方式或那种方式行动。”[1]

3. 成就自我个性和人格，发掘潜能的草根文艺创造

网络短视频社群的“自留地”，为每一位网民创造了一个属于自己的生活空间，网民可以去尽情创造自己的“可能生活”。“对个体生命而言，创造的核心就是努力成就独立的‘自我人格’。个人生命的自我创造具有‘诗’的性质。而诗的本性在于创造，在于独一无二的‘个性’和‘张扬’，在于‘流动的节奏和意蕴’。”[2]在网络短视频社群里，人人都可以成为编剧和导演，可以尽情发挥自己的想象力进行创作。短视频平台极大降低了视频创作门槛，将原本有着一定的技术门槛的艺术创作活动转化为普通人可以快速掌握的创作技术，用户可以借助平台提供的大量模板库和各种示例素材，以较低的成本轻松做出炫酷的短视频。普通人在创作短视频的过程中体验了创作的快感，并有可能因为自己颇具创意、

[1] 柏林．自由论［M］．胡传胜，译．南京：译林出版社，2003：37.

[2] 贺来．“主体性”的当代哲学视域［M］．北京：北京师范大学出版社，2013：198.

显示出一定创作才华的短视频作品而走红。“这些普通人的长期走红靠的不是偶然，而是令人信服的一技之长或是苦中作乐的精神品质。”❶这些个体用户的创作源自普通大众的日常生活，源自人们自身丰富鲜活的生活经历，个体审美趣味、文化认知搭载技术平台，使个体的个性人格得到了生动完整的展现，“诗意”和日常生活得到了完美融合，成为大众文艺创作的新动能。

4. 实现人的全面发展，生产自己的“价值”和“意义”

网民在短视频社群中的各种自我创造活动，归根结底是要在创造中追求和形成自己的“价值”和“意义”。对于个体生命来说，每个人因其生存的社会环境、社会阶层以及个性特征不同，对世界万事万物的价值判断也必然存在着诸多不同，因此，“不可能为所有不同的个体生命提供一个普适性的、在内容上完全相同的、‘本质性’的价值观或价值原则。个体生命在其私人生活领域适用唯一的‘价值规则’是：让每一个人自由地选择和创造属于自己的价值，或者干脆说，适用于个体生命的乃是一种‘没有原则的价值论’。”❷在网络短视频社群的新媒介环境下，由于媒介消费选择更加多元，消费者已超越了追求同质化的大众文化需求，从传统的现实空间转而向具有个性化、凝聚性、社交性的媒介社群集合。在这里，网络短视频用户作为生命个体的价值观或价值原则得到了充分尊重和保障，短视频内容生产者的“价值”和“意义”通过算法精准推送形成的共享社区也得到了充分呈现。

“人的生活包含两个既相互关联但同时又可相对区分的领域。一个是个人的私人生活领域，另一个是人在交往过程中形成的公共、重叠的社会生活领域。”❸短视频社群在社会公共生活之外，为个体生命创造了一个“私人生活空间”，平等的沟通对话、充分自主的选择权利、自由的情绪表达、发掘潜能的创造、自我价值和意义的生产，使个人真正获得主体性的基本保障，个人成为独立主体，人的现实主体性在短视频社群得到充分实现。

---

❶ 网络短视频为何如此火爆［EB/OL］.（2018-08-20）［2019-10-10］. http://www.sohu.com/a/248963702_534590.

❷ 贺来. “主体性”的当代哲学视域［M］. 北京：北京师范大学出版社，2013：199.

❸ 贺来. “主体性”的当代哲学视域［M］. 北京：北京师范大学出版社，2013：68.

三、短视频社群传播中价值共识和价值规范的危机

综览学界、业界，关于短视频用户个人不当信息传播行为的讨论并不鲜见。2019 年 3 月 20 日，抖音短视频发布了 2019 年 2 月对违规账号及内容的处罚通告。通告显示，在 2 月份 1 个月内抖音平台累计清理 60938 条视频，永久封禁 41634 个账号。受处罚账号及内容主要包括版权侵权、色情低俗、辱骂谩骂、造谣传谣、垃圾广告、内容引人不适、涉嫌违法违规、侵犯未成年人权益 8 种违规类型。"个人主体性作为支配性原则，必然导致价值个体主义的兴起和价值共识的危机，从而使社会生活统一性失去所必需的精神基础。"[1] 当个人主体性的发展超过了必要的尺度，网络作为数亿网民的"公地"就有可能成为个别粉丝的"自留地"。价值个体主义的兴起在不经意间就会走到它的反面，客观上造成价值共识和价值规范的危机。在网络短视频传播过程中个人主体性彰显的同时，也带来负面的影响，致使主流的道德价值观念被严重破坏而失去调节作用，一些无视伦理道德、甚至触碰法律底线的传播行为充斥短视频社群。

1. 内容浅薄空洞导致价值虚无和迷茫

短视频的用户群体特征决定了在网络空间越是不烧脑、够轻松、够刺激的内容，越容易为人们所接受和欣赏。于是，在资本逐利的驱动下，注定低价值、模式化、同质化、内容浅薄的简单模仿将成为作品金字塔的庞大基座，人们观看短视频的目的也只为消闲娱乐、轻松一笑，而乐过笑过之后什么都留不下，只剩下虚无和迷茫。有人笑称："南抖音北快手，智障界的两泰斗。""95 后"作家张启芳说："如果你想摧毁一个年轻人的未来，就让他下载抖音吧。这是个用空洞内容吞噬你时间的算法。"西班牙媒体《国家报》于 2018 年 7 月 23 日刊登了一篇题为《抖音，全球下载量最多的应用，堪比鸦片》的文章，认为抖音堪比 21 世纪的鸦片。人们碎片化的时间基本都用于刷抖音、看这些空洞的短视频，不再阅读、不再思考，长此以往，会导致人们精神的营养不良，尤其是对心智尚未成熟的少年群体

[1] 贺来."主体性"的当代哲学视域[M].北京：北京师范大学出版社，2013：204.

的影响和危害不可低估。

2. 低级庸俗“秀下限”，道德价值扭曲

短视频平台内容的多样性给青少年打开了一个全新的世界，但是数量庞大的失范内容随时将冲击扭曲青少年的价值观。内涵段子 App 因为低俗导向而被封，今日头条也因为上传侮辱烈士的视频被警告，抖音视频相继爆出侮辱烈士事件、全裸女子视频……在各种短视频平台每天产生的大量短视频中，有人夸张妆容、奇装异服、浓妆艳抹，有人炫富攀比、逗趣秀恩爱，甚至夹杂“荤段子”低级庸俗的表演层出不穷，不少视频居然出自未成年学生。2018 年 4 月 6 日，国家网信办发布消息，将“王乐乐”“杨青柠”“仙洋”“牌牌琦”“陈山”等违规网络主播纳入跨平台禁播黑名单。其中的“快手一姐”杨青柠 17 岁就成了孩子妈妈，而孩子其父是同为未成年的“王乐乐”，未婚生子、出轨等话题在他们两人的直播中多次提及。自此，早孕貌似成了一种时髦，争当“全网最小妈妈”“全村最小妈妈”成为风潮，直接挑战人们的伦理道德观念底线。

3. 对弱势群体消费狂欢的传播伦理失范

曾经在视频网站及社交媒体上传播着自称“匡扶正义联盟”“替弱势群体出头”等为噱头的视频，视频中的“带头大哥”以“伸张正义”为由，对“坏人”言语威胁、拳打脚踢，甚至不乏动刀动棒等其他极端方式。据《南方都市报》记者调查发现，这一类视频账号数量庞大，名称都是诸如“炮爷出击”“铁汉龙哥”“老铁出征”等吸睛词汇，主要涉及农民工讨薪、拆迁纠纷、高利贷等题材，内容形式都是打击传销、解救分期贷女大学生、曝光养老金骗局、独家揭露“整形分期”黑暗产业链等劲爆的所谓“热点报道”。事实上，这些视频打着道德高尚的“惩恶扬善”旗号，实则以暴制暴，“不是从深层次关注解决弱势群体的需求和矛盾，而是通过对弱势群体的消费狂欢吸引流量。”[1]诸如此类的案例不胜枚举，对弱势群体的关注反倒成为视频平台增加吸引力、赚取流量的手段，狂欢式的群体娱乐消费背后则是传播伦理失范和道德价值的沦丧。

---

[1] 毛淑杰. 自称“匡扶正义”多系自编自演［N］. 南方都市报，2018-01-31.

4. 猎奇窥探博出位，逾越法律边界

短视频平台的初衷是为了让人们放松与娱乐，可是却有一些人利用一些视频来哗众取宠，甚至是发布一些不雅的视频。2018 年 7 月 18 日，一位女子裸泳的视频被发布在抖音上，在该视频中，这位年轻的女子在游泳时的身姿一览无余，而且看起来好像很享受且对于被拍视频毫不知情的样子，在水中尽情地畅游。一些“抖友”为吸引眼球，选择做一些高难度动作来进行拍摄，而许多“抖粉”跟随潮流，模仿爆款动作，导致摔伤、脱臼等问题层出不穷。2018 年 3 月，南通的一位父亲与其 3 岁女儿一起模仿“双人翻跟头亲亲”技巧动作，结果造成孩子关节损伤。还有人为博出位，不惜触犯法律。2018 年 3 月 28 日，来自江西的 25 岁男子小郭模仿偷挖奔驰车车标的视频，为了博得更多抖友点赞，开车在永康飞凤路一带转悠，看到奔驰车就停下来挖车标，同时边偷边录视频上传抖音，得手十余次。不论是用户借大众猎奇窥探心理，采用偷拍等方式将他人隐私作为“卖点”，还是某些家长为博出位让无辜的孩子频繁入镜换流量，又或者是未成年儿童在平台上屡开直播、发视频，为自己赚取粉丝量……在短视频庞大的点击量和粉丝群的背后，反映的是“人们参与奇观和窥探他人隐私的永无休止的欲望，满足的是人类根深蒂固的窥淫癖和自恋情结”。[1] 猎奇内容因刺激性与趣味性等特点已成为平台内容的重要来源，这些一味猎奇的行为不仅会形成错误诱导，甚至还将触犯法律，严重影响治安稳定。

由此可见，被“眼球为王”“低投入高回报”“巨大市场潜力”等评价寄予厚望、华丽包装，本应成为优质内容导向、引领新时代青年的短视频行业，由于个人主体性的无限放大，爆发出一桩桩恶性事件，反而成为低俗与劣质的孵化地。

四、网络短视频社群传播中的个人主体性的限度

个人主体性原则体现的是一种以自我为中心，把外在之物对象化的统治性原则。对此，海德格尔概括道：“存在者之存在是从作为设定之确定性的‘我在’那

[1] 杨萍．短视频传播热下的奇观消费及其意义缺失［J］．传媒观察，2018（1）．

里得到规定的”。“‘我’成了别具一格的主体，其他的物都根据我这个主体才作为其本身而得到规定。”[1]当个体仅仅关注社会共同体以及他人的工具性价值，必然导致社会共同体的分裂和伦理的瓦解。实际上，“主体性发展具有双重效应，所以个人主体性发展要适度，因为有个人主体性发展限度这一潜台词的存在。如果无视或忘却这一潜台词，其结果毫无疑问会扭曲个人主体性的发展或给个人主体性发展的内外系统带来不平衡的震荡。”我们必须认识到个人主体性的发展是有必要限度的，这种限度是一个相对性和动态的概念，因不同的人而不同，而且随着个人主体性的发展而不断发展。这种相对动态性的个人主体性发展限度的存在，“不但没有扼杀个人、消解个人主体性的价值，而且为个人主体性健康发展提供了合理参考和有力保障，促进个人主体性不断超越与创新、健康而又全面地发展。”[2]

技术上的进步给予了网络短视频的创作者和传播者越来越大的自由，但是随着自由程度的放大，在个人主体性彰显而又缺乏完善监管机制的情况下，网络短视频在某种程度上也成了猎奇、窥探、博出位、低俗视频内容滋长的温床，成为某些群体的“自留地”。网络短视频社群的运行规则尊重每个人的偏好，却又带来了个别人的肆意放纵，包容每个人的话语，却又无形中纵容了有些人为所欲为。“主体性是现代人生活的价值依据和规范源泉。然而，同时也隐含着一个深刻的危机，那就是随着自我成了实体、绝对实在和最终依据，社会团结以及与此相联系的社会的统一性面临着严峻的挑战。”因此，当网络短视频传播中的个人主体性过分地偏向用户自身的某一种需要甚至肆意放纵为所欲为时，其结果自然是暴露出人性的“恶”、道德的沦丧，违背个人主体性的本质意涵，更与人的全面自由发展的价值取向相悖。“个人主体性原则由于他所内蕴的对象性逻辑和价值个体主义取向，使得人与人之间成为一种外在的关系，并且使得社会生活统一性的精神和价值基础付诸阙如，这是社会团结与社会生活统一性陷入危机的深层根源。”[3]

社会生活是由不同的个人主体的存在组成的，短视频社群中依然如是，每个

[1] 孙周兴．海德格尔选集（下）［M］．上海：上海三联书店，1996：881-882.

[2] 龙柏林．个人主体性发展限度：概念诠释与双重证明［J］．宁夏社会科学，2003（2）.

[3] 贺来．“主体性”的当代哲学视域［M］．北京：北京师范大学出版社，2013：201，205.

个体都有着不同的思想、观念、价值追求以及不同的生活和行为方式，而社会生活就是由这些不同的个体及其相互活动和关系构成的。社会要得以按照正常秩序运行，就需要一种一致性和统一性的规则，把不同价值追求和生活行为方式的个人团结和凝聚在一起。在网络短视频社群空间中，就需要将充分彰显的个人主体的个性与网络空间有序良性发展所要求的规制相统一起来。因此，一方面，我们要充分肯定个人主体性的合法性，承认和捍卫个人主体性的重大价值，并在网络短视频社群传播中充分彰显用户的个人主体性，为个体生命创造“私人生活空间”，让平等的沟通对话、充分自主的选择权利、自由的情绪表达、发掘潜能的创造、自我价值和意义的生产都能得到实现；同时又要充分意识、承认个人主体性的限度并努力追求和实现社会生活的统一性。我们要在社会共同体的框架内，跳出“一放就乱，一管就死”的传统逻辑，以系统思维，既要对网络短视频社群传播中个人主体性彰显带来的失范现象进行治理和规制，又要把握好规制的“度”而非限制其发展，以此来促进网络短视频行业有序发展，让短视频社群的狂热降温、理性回归，真正成为数亿网民的“公地”。

综上所述，网络短视频社群的创作和传播充分彰显了用户的“个人主体性”，但同时也造成了价值共识和价值规范的危机。如何构筑短视频社群传播生态，让“个人主体性”得到“有限度”的彰显，与“社会生活统一性”相得益彰，让网络短视频社群成为价值共识得以有效传播的路径，是当前值得深入探讨的话题。2019 年 1 月 9 日，我国公布了包括 21 大项 100 条的《网络短视频内容审核标准细则》。规定指出，网络短视频平台实行节目内容先审后播制度，包括节目的标题、简介、弹幕、评论等内容都被纳入先审后播的范畴。这是提升网络短视频内容质量，遏制错误虚假有害内容传播蔓延，营造清朗网络空间的关键之举，该细则公布后网络短视频社群的传播生态以及其中用户个人、媒体平台与监管方的相关议题值得继续深入观察和研究。

网络文艺的话语表达：生产、接受与象征

◎吴晓虹 *

《奇葩说》自 2014 年播出以来，第一季以 2.4 亿点击量成为当年最受关注的网络综艺节目，第二季以 6.2 亿点击量完美收官；热播网综《吐槽大会》累计 15 亿点击量，更是远远超越《奇葩说》。网络热播剧《我的奇妙男友》收官，拥有超过 25 亿的播放量，《琅琊榜》的单集价格则达到 800 万元，而优酷的现代科幻剧《迷航昆仑墟》以单集 1000 万元打破独家网络版权纪录。可以说，媒介的互联网转向改变了青年一代的观赏指向。

波兹曼指出，从绘画到象形符号、从字母到电视，"每一种媒介都为思考、表达思想和抒发情感的方式提供了新的定位，从而创造出独特的话语符号"❶，互联网技术和新媒体改变了文艺形态，并催生一大批新的文艺类型，带来了文艺观念和文艺实践的深刻变化。过去的网络文艺形态拥有了更广阔的表达空间，其话语内容更加丰富、形式更加多元，网络文艺话语生产呈现出新的特点。

一、生产性话语：媒介文化与意识形态

意识形态以思想之力渗入人类社会兴衰机理之中，其生产赋予其思想以普遍的形式，从而塑造更为广泛的社会基础。话语生产作为意识形态的内涵之一，通过媒介手段进行艺术生产，进而实现对主体的理性塑造，完成意识形态塑造的价值目标。

---

* 吴晓虹，中国传媒大学"新闻学"博士研究生。

❶ 尼尔·波兹曼．娱乐至死［M］．章艳，译．桂林：广西师范大学出版社，2005：18.

1. 媒介文化与艺术生产

网络媒介时代，媒介文化成为人们观照现实世界的图景。网络文艺发展中，作为主要生产者的网络文艺艺术家，也经历了从模仿到创造再到生产这一艺术家身份的意义演化，即由古典表意实践中镜子般的模仿者，过渡到浪漫主义的天才主体和现代主义个性张扬的自足主体，再发展到当前艺术生产中的集体合作或与欣赏者互动的生产者。媒介技术的发展使得审美活动从上层社会走向大众生活，任何事物都可以成为美的中心和消费品，每个人也都有机会成为艺术家。艺术也由此成为一个人人都可以参与的过程。进一步而言，生活与美的界限逐渐模糊，生活成为美学，美学也就是生活，媒介文化借助现实生活之美实现了对艺术的生产与追求。

艺术体制与集体行动形塑着艺术家群体的艺术惯例与集体形同，从而影响艺术生产结果。[1]艺术产生、界定与被感知的关键在于授予其身份的社会体制。也就是说，那些看似跟核心创作、思想观念与审美价值等抽象概念无关的社会过程与角色，同样对艺术创作的方式与结果产生着重要影响。

20世纪70年代中期，霍华德·贝克尔提出了“艺术集体行动”理论，用以分析真实世界中的艺术是如何产生并传播的。他认为，艺术非天才人物所创造，而是多方行动者集体合作的结果，因而提出了对于“艺术集体行动”的三个分析维度，即集体行动、惯例和资源。

艺术生产是艺术家合作的结果，集体行动中的有序分工与良好协作是应对艺术生产发展中外部条件变化的重要条件。这种协作依托于一种共识性的规则，即惯例来实现。惯例意味着当前的行动在未来可以按照相同的方式同样经济省力地去操作[2]，因而，良好的惯例体系对从具体行为到抽象价值、观念与审美进行了规范，进而保障艺术生产的顺利进行。资源作为艺术生产的来源，提供了艺术创作的可能性。

---

[1] 严俊，乐鹏举．制度环境、工作模式与艺术生产：上海A电影厂的艺术兴衰史［J］．社会学研究，2018（6）．

[2] 彼得·伯格，托马斯·卢克曼．现实的社会构建［M］．汪涌，译．北京：北京大学出版社，2009：47.

2. 理性主体与价值重塑

理性主体在现代文明中起着主导性的作用，艺术生产的目的就在于塑造理性主体。卢卡奇对理性主体的定义包括认识论层面、伦理层面和社会历史层面，就前者而言，他认为，理性主体是对事物本质及规律具备科学而全面的认识的主体；在伦理层面，他将理性视为个人的价值标准以及追求个体幸福和社会发展的基础；就后者而言，卢卡奇认为理性主体的存在是推动人类社会向前发展的重要动力。理性主体会在理性引导下实施有利于社会发展的行动，从而来影响这个能够判断不同文化形态下的优劣的普遍合理性标准，即社会的进步性。[1]媒介即意识形态，重建理性主体是媒介话语塑造艺术生产之本意。

重建理性主体并不意味着回到传统，而是“对传统理性主体的扬弃”[2]，它能够构建一个现代理性主体，并培养它的主体性和自觉性特征。它能够克服自觉性的缺失，同时也能解决非理性提出的问题，从而正确发挥作为理性主体的人的认知能力和合理选择的能力。

对理性主体的价值塑造是实现理性主体对自身认识能力的重要路径。就网络文艺而言，价值塑造体现于审美意识的培养。审美意识既是客观事物的美的属性的反映，又是主观心理的表现，在反映客观现实的同时，创造了客观现实。精神生产的美的创造与物质生产的美的创造相一致，开始之前已在创造者脑海中有表象存在，这种表象显现着长期美感经验基础上形成的审美理想、趣味的表象——审美意象。人们在欣赏美的对象时，往往依照这一审美意象所表明的审美理想、趣味来改变加工对象的美的属性，创造出比现实中的美的对象更高级的审美意象。理性审美主要体现为知识审美，体现在理性主体对于网络文艺知识生产的把握之上。在康德哲学体系中，审美活动是一种反思性判断。它通过想象力自下而上地向着理性复归。经过这一过程，理性主体完成了对自身审美价值的理性塑造。

---

[1] 房小莎．西方马克思主义视域下理性主体的重建［J］．学理论，2018（4）．

[2] 孙月才．理性的毁灭和重建［J］．社会科学，1990（6）．

值得一提的是，媒介空间中符号与意义的表征成为对现实世界与社会的中介，由于这些符号对世界的编码承载着意义的生产，这些“语言、思想、技术大量、迅速汇集，一起操控技术、自然界和社会体系……人们的思想具有商品崇拜的特质”意义在媒介中被多元创造，也导致现实意义的迷失。因此，对于网络文艺生产来说，其意识形态建构的目标之一便是重塑理性主体，即向人类本质的复归，通过有效的互动机制实现自我的认同与建构，从而实现价值观念与意识形态的确立。

二、接受性话语：意义与自我认同

网络文艺成为当代社会主体价值传播的重要渠道，它面向现实世界对理性主体赋予生活的意义进行解读，进而推进理性主体间话语认同的构建。

1. 场景意义与受众知觉

视觉场景中包含的海量信息使受众在某一时刻的选择、加工非常有限，但人们仍会通过视觉与认知系统在复杂信息中获取有效信息以实现受众与所处环境的互动与理解。而场景加工中表现出明显的不一致性加工优势，对不一致性客体表现出更多的注意偏向，不一致性客体上获得更多的注视次数、更长的注视时间、更短的注视潜伏期和更长的眼跳时间，在整体上占据更多的注视比例和注视时间[1]，这也就解释了网络文艺空间中场景设置异于传统主流价值观及意义的特殊性。在网络文艺活动中，场景意义的构建以受众的知觉为出发点，也就是说，其空间场景的设置所赋予的意义直接决定了受众的注意偏向。

因此，当前的网络文艺话语表达更加注重契合受众的自然知觉。这种契合首先体现在场景理念的编码之中。以《奇葩说》为例，其夸张的色彩和形象设计表达以及网络流行语或表达贯穿于节目中，节目立足于“一档严肃的辩论节目”，而无论是主持人、辩手还是在场观众，其着装与语言、参与行为无不融

[1] 黄蕾．西方马克思主义视域下理性主体的重建［D］．银川：宁夏大学，2017：1.

合强烈的娱乐色彩，节目后期制作过程中的字幕等特效也都非常综艺化。但同时也并不乏理性的声音，这些都高度契合受众的情感需求，吸引年轻群体的关注和驻留。

与受众知觉的高度契合还体现在网络文艺立足于用户视角。在网络文艺参与行为中，用户更加具有主观能动性。网络文艺更多探寻当下年轻群体的思想与观念，通过算法、大数据对出现在新浪微博热搜、贴吧中的热门帖子、知乎中的热门问答等用户最感兴趣，而传统媒体受限无法涉足的话题进行征集与选择。这些话题几乎涉及所有青年受众，高度观照受众的自然知觉，使青年群体不断从现实社会中审视自我，寻找自我与心灵的群体认同。

2. 价值意义与自我构建

法国思想家米歇尔·福柯深刻地指出："'话语'意味着一个社会团体依据某些成规将其意义传播于社会之中，以此确立其社会地位，并为其他团体所认识的过程。"[1]网络文艺聚焦青年受众群体的生活状态、现实问题和情感诉求，将受众积极代入其所创造的情感空间之内，并引发受众的参与行为，实现对自身内心的观照与审视。如《奇葩说》以"奇葩"二字去框定与众不同之人，使这些能够代表不同群体的个体有自己的力量使自己不同，其所传达给受众的价值导向便是对个体价值观与个体意识的尊重与强化，这种包容、理性的价值认同事实上是对人的本质的回归与交付，是在移情的基础上对自由意志和多元思潮的捍卫与斗争，引发对于个体价值与社会价值的双重思考，进而在此过程中完成真正自我的建构。

拉康的"镜像阶段"意味着受众若要进入文化并成为文化的一部分，需经历与传统主流价值观的分离，并由此开始支离破碎的认识自我，进而经历"镜像阶段"，意识到"我"的存在。在有这一意识之后，便开启了自我确立的过程。今日的网络文艺如"俄狄浦斯"，希望通过战胜父亲而确立自身的文化地位[2]，网络文艺正是处于这样一个发展阶段当中。用户在欣赏乃至传播这些网络文艺作品

[1] 米歇尔·福柯．知识考古学［M］．谢强，等译．北京：生活·读书·新知三联书店，1998：12.

[2] 马岂停．网络文艺的跨媒介解读［J］．艺术评论，2018（2）.

时，还会赋予这些作品以新的意义，如审美欣赏、情感表达、差异性围观等[1]，这些既是网络文艺的价值所在，同时也是受众在这些功能与价值中实现自我互动的认知过程。

三、象征性话语：想象与文化景观

当代社会媒介文化极大丰富了人类的文化景观和解放图景。关于“文化”，泰勒曾在人类学的意义上将其定义为“知识、信念、艺术、伦理、法律、习俗，以及作为社会成员的人所需的其他能力和习惯所构成的综合体”[2]。而文化景观则是理性主体通过媒介实现其对于媒介化世界的想象。

想象是一种潜意识的过程，是吸引受众到场的重要原因。帕拉韦奇诺曾指出，尽管看戏的人都清楚，舞台上发生的并非真实之事，但受众仍然能够从中得到快乐。这是由于，无论是戏、或诗、或画，其唯一目的就是“以想象或者富丽的、新奇的、可赞赏的、光辉的直觉来美化我们的知性”。知性，也就是“高级的直觉”，用以了解认识的真。也就是说，想象是美化我们认识真的能力的有效途径。想象之所以能够提供一种受众的参与路径，是由于网络文艺图像化的启发性，这些图像能够激发他们的幻想，促进他们思考，使他们产生新的思索和感受。正如克鲁格所言，每个画面都能引发幻想，能激起一场幻想的风暴。这种幻想使受众在画面中制造一种“停顿”，或言“间隔”，以帮助画面信息含义的传递。网络文艺仿若一部部反映文化景观的宏大电影，使受众被重重包围的幻想在意义被解读之时得以释放。也因此，格拉维纳将幻想称为“有益健康的巫医”“并非疯想的迷狂”。

法国思想家居伊·德波认为，现实被展现为奇观有三种形式：集中的奇观、弥散的奇观与综合的奇观。而网络文艺的存在显然是一种综合的奇观。它散布在网络空间中，却又弥漫在人们的现实生活里。现实主义的“世界”

[1] 北京师范大学课题组．中国网络文艺的构成景观与发展问题［J］．艺术百家，2016（4）．

[2] 爱德华·泰勒．原始文化［M］．连树声，译．桂林：广西师范大学出版社，2005：11.

总体上是一种模仿性或再现性的“实在世界”，而在媒介化社会中，这种实在的世界建构了网络空间的奇观。正如居伊·德波所言，奇观在把“真实的世界变成纯粹的影像之时，纯粹的影像就变成真实的存在——可感知到的碎片，它们是催眠行为的有效动力”[1]。可以说，艺术生产成为一种人们存活于世的神话。

网络文艺制造的神话是人们对于生活之美的信仰。车尔尼雪夫斯基认为，美的事物在人心中所唤起的感觉体现为一种愉悦，“凡是我们发现具有生的意味的一切，特别是当我们看见具有生的现象的一切，总使我们欢欣鼓舞，引导我们于欣然充满无私快感的心境，这就是所谓的美的享受。”可见，车尔尼雪夫斯基认为：美就是生活。网络文艺源于对现实的尊重和想象，这种想象便是主体对于网络文艺所赋予的意义的解读过程。也就是说，人们理解、认知乃至享受生活的过程，就是审美的过程。总而言之，网络文艺作为一种艺术手段，推动了主体对于美的生活的意义解读，形成了全民审美的奇观。

同时，网络文艺空间中，后现代主义所宣扬的虚无、痛苦、怪诞、无意义等，新文化群体所宣扬的完美欢乐等小众价值观的存在使受众对于边缘文化充满了想象与好奇，这种看似干枯却充满生机和人性化的狂欢赋予了边缘文化以存在的意义，同样也形成了网络空间内一道独特的文化景观。

四、结语

网络文艺伴随新媒体和青年群体的需求而成长壮大，网络文艺的不断发展证明，新一代受众群体在网络中获取信息、社交与服务，都无法离开网络文艺关切。

康德曾言，一切知识都开始于感官，由此前进到知性，而终止于理性。可见，在康德看来，理性是作为一种纪律而存在，用以规定界限，它的作用在于

[1] 吴琼．视觉文化的奇观［M］．北京：中国人民大学出版社，2005：59.

防止谬误而非揭示真理。[1] 对于网络文艺空间而言，其生活、创意主张的宣扬有其感性的自由。然而，这种理念无法逃开一种理性原则的监管和制约，那就是来自第三方的评价体系，在这个范围之内，可以是平台监管方，但更可能来自受众本身。受众的理性原则，或言，对于网络文艺艺术创作所得到精神收获对于其内容生产有更多的限制与要求，这也是网络文艺尽全力迎合受众正向需求的重要原因。

[1] 康德．纯粹理性批判［M］．邓晓芒，译．北京：人民出版社，2004：261，606.

网络文艺的审美分析刍议

◎张　芳[*]

一、数字化生存：艺术与技术的审美融合

本雅明认为："每一种形式的艺术在其发展史上都经历过关键阶段，而只有在新技术的改变之下才能获得成效。换言之，需借助崭新形式的艺术来要求突破。"[1]技术作为推动艺术形态演变、艺术风格发展变化的一种重要因素，对艺术观念的影响也日益显著。技术的不断进步赋予艺术创作和艺术作品不同时代信息和技术特征。技术决定不同时代的艺术创作必然采用与之相应的方法和手段，并呈现出不同面貌；同时，技术变革更使隐含在艺术表象内部的艺术观念同步发生重要的变化。这在外部显现为创作工具、材料应用、表现载体以及创作手法的改变，在内部则折射出审美追求、认识方式与评价思维模式的变化。习近平总书记在 2014 年召开的文艺工作座谈会上的重要讲话中指出："互联网技术和新媒体改变了文艺形态，催生了一大批新的文艺类型，也带来文艺观念和文艺实践的深刻变化……要适应形势发展，抓好网络文艺创作生产。"[2]

---

*　张芳，中国传媒大学"艺术史论"博士研究生。

[1] 本雅明 . 机械复制时代的艺术作品，迎向灵光消逝的年代：本雅明论艺术［M］. 许绮玲，译 . 桂林：广西师范大学出版社，2004：89.

[2] 习近平 . 在文艺工作座谈会上的讲话［N］. 人民日报，2015-10-15.

在网络文艺的创作中，互联网技术的发展与艺术的融合趋势，促使艺术与技术之间的界限不断消解，通过网络的传播媒介和更广阔的方式、途径，影响着人们的艺术审美观和技术观。网络文艺创作观念的演变与作品日渐形成的高技术化、去实体化现象，揭示出网络文艺在很大程度上已衍变为数字化的存在方式。

艺术创作者的双脚永远踩在现实生活的土壤上，当脚下的土壤发生变化时，感觉敏锐的艺术创作者会顺势而为。所以每一次的科技革命，都促使了艺术的极大变化。诸如网络文学、网络综艺、微电影、网络短视频、网络动漫等都是基于新的网络技术，特别是当下的5G技术，加之与人工智能等方面的跨技术层面的融合，从而创造出浩瀚的艺术作品，在现代媒介和多元文化的交融中，构建出新的艺术理论思想体系。一方面，网络文艺大量采用特技、特效等，如网大（网络大电影）中特技的运用，给观众带来了视觉审美快感。另一方面，也出现了很多表现科学技术主题的网络文艺作品，如科幻类的网络小说、科学技术类的网综以及科幻网大等，给予受众科技审美独特的震惊感。

以网络文艺为代表的当代艺术实践是在技术发展的推动下日益显现为艺术的技术化，这是由现代技术的特性所决定的。技术伴随着网络文艺的企划、创作欣赏以及批评的整个过程。因此，技术的拓展在突破网络文艺领方面起着至关重要的作用。艺术与技术同样作为人类把握世界的方式，二者的高度融合，能够给受众带来前所未有的奇特的审美感受。但是伴随着技术的高度发展，艺术的自主性却在下降，很多时候艺术成了由技术所决定和设计的对象，这是对艺术本体的一种遮蔽，这种遮蔽根源于“技术至上”的观念和技术自身的本性在现代技术和艺术能够“完美”地还原到其原初状态之中，使两者成为对人类在生活世界中的存在状态的显现。海德格尔指出：“技术不仅仅只是手段，它还是一种去遮蔽方式。”

阿德洛德·豪塞说道：“技术的发展的迅猛速度和它那似乎是病态的节奏压倒了一切，特别是它与文化艺术的早期进行速率相比更是如此，因为技术的迅速发展，不仅加快了风尚的改变，而且给审美观标准带来了重要的变化……日常应用的旧物品连续不断地日渐加快地被新物品取代……再三调整了对哲学和艺术重新评价的速度。”[1] 特别是数字技术的快速发展，使得艺术品所形成的虚拟的审美意识，打破了时间和空间等的限制。

二、虚拟性：虚拟世界的审美意识

同对传统的文艺形态的审美欣赏一样，我们在对网络文艺进行审美观照的时候超越了日常世界的其他活动，从而得以进入一个想象的世界，由此适时地突破时间的樊笼；它揭示出可能的行动范围，让我们的认识既能保持奇妙的旁观者的角色距离又能与我们希冀成为的人物作游戏的认同；同时，它还让我们认识到，这也是人自我确证的过程。而网络文艺作为超越传统艺术本身的存在，从内容和形式上看，在摆脱对物质材质依赖的同时，突破了传统审美原则，形成了虚拟领域的审美范畴。

“虚拟现实通过各种技术增强计算机的表现能力，包括显示给予立体感的三维视觉形象，围绕在整个环境的环绕式投映影像，三维立体声音定位，这些技术都是建立在人类生理反应基础上。人类通过两眼看见的差异判断深度，或是两耳感觉同一信号的毫秒差异来定位空间。虚拟现实系统给使用者造成一种假象，让他们感觉到的、听见的一切比正常的真实环境更加真实。”[2] 网络文艺的美学借助科技的手段，通过营造一种让人身临其境的多维感觉的世界，直达受众的内在体验，延伸受众的感官，形成一个“沉浸式”的深度体验。

网络文艺的虚拟沉浸的审美体验，是建立在网络文艺的影像化和数字化的语言中的。虚拟现实世界意味着将不复存在的事物显现为一种虚拟真实的存在。正如藤幡正树所言：“虚拟现实不是为了模拟真实世界的那种真实，而是更适合用来创造纯粹的人造世界。”[3] 即虚拟所创造的世界非同于我们真实的现实世界，但却以一种真实的意义而存在。这改变了传统艺术中时空的观念，仿真技术和人工

---

[1] 潘知常．大众传播媒介：当代的新赫尔墨斯之神：在阐释中理解当代审美文化［J］．艺术广角，1995（4）．

[2] 童芳．新媒体艺术［M］．南京：东南大学出版社，2006：179.

[3] 陈玲．新媒体艺术史纲［M］．北京：清华大学出版社，2007：193.

的拟像将我们的日常经验肢解得支离破碎，但因此而引发了我们对时空、真幻等概念的全新理解。在刘自力对虚拟的论述中，他指出："时间和空间的数字裂片在这里发生超现实形式的碰撞，我们的肉身经验与数字观念在赛博空间裂变，肉身形态在向数字形态转换，促使我们对既有真实概念以及形而上学观念的重新思考，与既有时间和空间概念告别。"[1] 虚拟创造出让现实都无法企及的真实感。一方面，艺术家借助虚拟的技术，极为自由地创作了一批灵动活泼的艺术作品，给受众带来前所未有的视听感受和体验。另一方面，基于受众亲涉其中，会产生互动的体验。艺术家，包括接受者，通过进入虚拟世界交融着彼此的审美观、宇宙观，实现虚拟时空中自我的确证与完善。

虚拟世界的审美体验关联着身体的所有感官，使得受众生成特殊的审美感受。网络文艺的审美主体借助VR等各种手段介入虚拟世界，并自觉地进行活动，沉浸其中，从而获得某种深度体验。如在网络科幻电影《功夫机器侠》中，借助特效营造了末世大战机器人与外星人作战的场景，呈现了虚拟的科幻盛宴；此外还彰显了新媒体多重和互动的叙事视角。

网络文艺就其本质而言，是一种审美的"仿像"符号，是对真实的世界之外建构的另外一种真实世界。鲍德里亚指出："应当注意的是虚拟与现实世界的角逐。"他认为，"影像不再能让人想象现实，因为它就是现实，影像不再能让人幻想实在的东西，因为它就是虚拟的实在。"[2] 在这个意义上说，网络文艺通过虚拟所营造身临其境的审美气氛来延伸受众的感官，在此过程中获得"沉浸式"的审美体验。

三、用户至上：全方位的审美交流与互动

全方位的审美交流、互动和基于用户至上的个性化定制是网络文艺审美思维的显著特征。网络文艺的创作，并非旨在创作固定的、封闭的作品，创作者更多

[1] 刘自力．新媒体带来的美学思考［J］．文史哲，2004（5）．

[2] 让·博德里亚尔．完美的罪行［M］．王为民，译．北京：商务印书馆，2000：9.

的是在创造一种可能性，提供一种契机，以便让观者参与其中，生成意义的开放性。传统艺术是以“静观”的方式获得审美经验，这意味着受众在审美活动中无法与艺术创作者进行互动和交流，也无法对艺术作品产生重要的影响。艺术的接受者只能按照艺术创作者既定的设置来进行审美创造，所以艺术创作者仍是处于绝对的统帅地位。而网络文艺则以一种颠覆性的姿态打破了自古以来传统的审美定势，更加注重全方位的审美交流与互动，强调用户至上。

在网络文艺中，艺术品的审美方式伴随着艺术创作方式以及存在状态等的变化而发生了深刻的改变。网络文艺通过网络等新媒体技术、虚拟技术等，使得网络文艺的审美主体极具能动性。以读者在起点中文网阅读网络小说的过程为例，读者可以跟帖并针对小说的情节走向、结构的安排或是主题思想进行互动，参与小说的创作，同样，读者也可以通过催更票的方式来提醒作者去更新小说。这样，读者借助技术的支持反过来介入作品，对小说的作者施加影响，在双向乃至多向的互动过程中获得审美的体验。全方位的交流与互动赋予网络文艺的受众以参与文艺创作的机遇，对此，穆尔说：“不同于诠释，数字传媒的用户居于一种干预作品本身的地位，而在进行诠释时，用户只有采用不同的方式考虑作品的自由……这种干预不会造成技术问题，恰恰相反，这种传媒欢迎我们进行干预。”❶

网络文艺所面向的是大众的文艺，背后体现的是网民独有的审美取向，形成了与主流文化截然不同的特征和风格。而且，伴随着近年来网络的普及，面对不同的网络群体，在网络文艺的内部也区隔了不同的、更加细微的场域。以爱奇艺在线视频网站为例，通过大数据分析、云计算等技术手段对用户的需求作精准的分析，设置了“推荐”“热点”等专栏，以此发现用户的审美趣味和偏好，以便更准确地为受众提供更好的审美体验。“互联网思维是一种用户体验至上的思维；电视人却仍然停留在‘受众思维’。可问题是，谁还是单向的信息‘接受者’？！

---

❶ 约斯·德·穆尔．赛博空间的奥德赛：走向虚拟本体论与人类学［M］．麦永雄，译．桂林：广西师范大学出版社，2007：132.

谁还是围在一起看电视的那群‘众’呢？”[1]这意味着网络文艺的受众在审美活动中实现着全方位的审美交流、互动，所形成的是一种直观的受众参与和介入的可能、互动的意愿和用户至上的审美趣味。

四、平民意识：文化宽容与民间讲堂

新的技术使得更多的网络文艺创作成为可能，随之涌现出的艺术家借助网络媒介投身于艺术创作实践。“他们运用数码摄像机、摄录机、视频处理技术和各种网络视频技术、非线性编辑系统和技术手段进行着艺术实践，形成了艺术的独舞（主要是初期的新媒体艺术家的个人化体验）到艺术狂欢的繁荣景象，打破了传统艺术的‘精英神话’，缩小甚至是消弭了艺术和生活之界限，增强了艺术的‘平民化’和‘大众化’以及艺术文本的鲜活的时代气息。”[2]网络文艺突破传统艺术创作的藩篱，赋予艺术创作者以平民的意识来反映生活、表达自我，创作出符合大众审美品位又极具时代性的网络文艺作品。一方面，网络文艺在与主流文化的博弈中，超越了主流文化的绝对的话语权，体现了一种文化的宽容。另一方面，网络文艺充分地刺激了人们自由创作的意愿，出现了各式各样的弘扬中国传统文化的民间讲堂。

网络文艺的欣欣向荣打破了传统艺术中艺术家精英的主导位置，以大众的身份表达自我、标新立异，促使了平民意识的觉醒，草根话语体系的建构。网络艺术的平民意识，一方面，强调平民化的创作主体现象；另一方面，意指网络文艺所形成平民化的独特视角和叙事语言。

平民化的创作主体，更多的强调的是作为年轻一代网络文艺创作者的崛起。以网络小说为例，目前，网络小说的作者呈现出以年轻人为主的态势，年轻的创作群体在进行创作时可以无拘无束地表达自己的观念。在此之前，小说本是作为专业的文学创作者创作的作品，创作或是出版一部小说于常人而言可能是天方夜

---

[1] 罗伯特.居然有80%的二三线卫视“零收视”！电视台正在走向死亡［N］.新剧观察,2017-11-04.

[2] 刘世文.中国新媒体艺术实践及批评研究［M］.黄山：黄山书社，2014：222.

谭。而随着网络技术的普及，人人都有机会成为小说的创作者，且基于网络发表的便捷与相对自由，使得小说的作者可以在各大网站上开始自己的“表演”，这导致了传统小说的那种精英式的创作者在隐退。网络小说平民化的独特视角和叙事语言，不外乎诉诸的是大众日常生活的写实与大众欲望的替代性满足，从而形成了青春、都市、玄幻、穿越等主要的题材。

网络文艺在淡化主流文化的绝对的话语权的同时，充分地刺激了人们自由创作的意愿，内容涵盖了社会生活的方方面面，其中囊括了亚文化、草根文化、流行文化等多种文化样态，也出现了各式各样的弘扬中国传统文化的民间讲堂，体现了文化的宽容。平民意识因其强有力的渗透力，对弘扬中国的传统文化有着至关重要的意义，对于表征着时代生活所形成的宽容的审美意识也起着举足轻重的作用。

五、时尚体验：趋向娱乐的审美

网络文艺的实践和探索是在消费主义文化盛行的语境下展开的，是对整个中国社会和存在于其中的人们的生存状态的关注。在这一过程中，网络文艺的创作者在逃避崇高，回避对生命的终极追问与反思，而是以一种娱乐的态度甚至是游戏的体验来进行创作，创作出一大批欲望的符号来满足大众的快感。故而，审美秩序的恢复与文化意义的重构成为极为重要的问题。

消费社会的语境下，在网络文艺中，“艺术的主题变得轻松随意，艺术在这里不再承担严肃的启蒙、鞭策、批判等使命，而像一堆堆美丑间杂的气泡迅速泛起，却又瞬间破灭。这是一个众声喧哗的时代。启蒙、鞭策与批判精神虽不再显得严肃，但借助艺术作品的观念表达仍然流行。只不过这种表达经常呈现出强烈的、未经凝练的情绪化色彩。”[1]使得受众在审美鉴赏中获得的更多的是审美的娱乐快感和对时尚的体验。

比如，上海彩虹室内合唱团在网站上推出了诸多“神曲”，以《感觉身体被

---

[1] 王廷信．试析后技术时代的艺术［J］．江苏社会科学，2011（3）．

掏空》为例，在网络上发布7小时就获得了300多万的点击量。演出期间，严肃、恶搞、夸张、对经典歌曲的结构的变造、幽默的曲风和歌词等得到了受众的认可和追捧。在这一曲目中，歌词所反映的是当下年轻的一代对于加班无奈的心情，一反传统音乐的严肃，抓住社会的热点和对生活进行真实的写照，同时，借助当下受众趋向娱乐化的心态，以全新的形式被受众广泛地接受。

由此可以看出，网络文艺在传达其艺术观念的同时，伴随着鲜明的、不可或缺的娱乐化倾向。这种娱乐化的倾向迫使网络艺术与人的本能和原始的欲望交织在一起，受众关注的不再是艺术本身，而是将全部的重点集中在作品能否给自己带来快感和时尚感的那一瞬。特别是，网络文艺伴随着技术的发展，创作者和受众可以凭借各大网络平台顺畅地进行艺术创作或是欣赏艺术，所以出现了很多宣泄个人隐秘情感和追逐时尚的艺术。日常生活的审美化嵌入使得艺术与日常生活的界限在不断消解，同时基于消费社会的语境，艺术家越来越为利益所牵绊。这样的网络文艺作品不同于传统精英式的作品中的深邃，而"跌入布热津斯基式的'陷阱'——任凭消遣娱乐和充满感官刺激的产品堆满我们的生活"。[1]如此一来，艺术的独立性在不断丧失，艺术的批判色彩在不断隐退，所形成的是一个娱乐至上的艺术语境。这也是鲍德里亚所谓的"消费社会"，他认为，"标志着这个社会特点的，是'思考'的缺席，对自身视角的缺席。"[2]

仲呈祥先生针对近些年网络文艺创作所出现的娱乐化倾向指出，"这种现象看似有理有据、缘由复杂，但从哲学思维层面深究，根子就是哲学思维的钝化甚至缺失，导致文艺创作在指导思想上出了毛病。具体表现在文艺创作上，就是从过去一度忽视作品审美化艺术化程度的公式化概念化、忽视观众娱乐快感的说教化教条化的极端，跑到以视听感官的娱乐刺激冲淡甚至取代精神美感、以大制作大投入'营造视听奇观'的唯美主义形式主义的极端；从过去一度盛行的'高大全'式的伪浪漫主义形象塑造的极端，跑到'好人不好、坏

[1] 彭文祥．新时代语境中的网络文艺创作与批评新范式［J］．中国文艺评论，2018（8）．

[2] 让·波德里亚．消费社会［M］．刘成富，全志刚，译．南京：南京大学出版社，2000：225.

人不坏’的‘无是无非’‘非英雄化’的极端；从过去一度不分青红皂白一概排斥帝王将相、才子佳人的极端，跑到违背唯物史观、失度讴歌帝王将相的历史作用和把才子佳人当成审美表现的主要对象的极端；从过去一度把‘人性’‘人道主义’列为创作禁区的极端，跑到以展示‘人性恶的深度’和‘窥人隐私’为‘审丑’之能事的极端；从过去一度对传统经典敬若神明不敢越雷池半步的僵化极端，跑到专门逆向解构、颠覆传统经典以吸引眼球寻求‘娱乐’的极端；从过去一度在历史题材创作中混淆历史思维与审美思维、历史真实与艺术真实的界限的极端，跑到随意解构历史、戏说历史、消费历史的另一极端。”❶仲先生对当下文艺创作，当然也是对网络文艺创作中娱乐化倾向的具体表现进行了深入而细致的分析，凡此种种，问题的症结仍是人们精神层面人文关怀的缺失，急需呼唤哲学思维的浸染。

六、复调狂欢：网络文艺的后现代特征

伴随着技术的在场，身处现代主义与后现代主义参杂文化语境中的网络文艺彰显了后现代文化所具备的特征，如拼贴、复制、碎片化、不确定性、未完成性等。网络文艺的后现代性消解着传统艺术特别是精英艺术的创作、传播和鉴赏的种种限制。所以，邱志杰说：“作品一旦离开作者，可能要经过多次的改写、剪辑，最终以始料不及的面目呈现给最后一个接受者。作品的再生产、再消费几乎成为一个不可避免的过程。到达终端消费者眼前的是经过复杂的再处理之后的东西，作品与作品之间的交互性大大增强。由一个个体艺术家设计好艺术手法，严格地控制整个艺术的生产和消费方式的模式越来越不可能。”❷

段运冬说：“人类所有的文化成果在后现代文化观念中被演变为碎片式的资源，这些资源就成为影像文化的掠转提供了原创话语的资源配置与叙述表现，构

❶ 仲呈祥．增强文化自觉和文化自信［J］．艺术百家，2008（2）．

❷ 邱志杰．重要的是现场［M］．北京：中国人民大学出版社，2003：188-189.

成了对已有影像文化成果采取的处置态度，即新媒体艺术的书写方式。”[1] 其实，这也是网络文艺的书写方式，正是这样的书写方式，凸显了19世纪60年代巴赫金所创立的狂欢理论的内蕴。

“后现代最基本的主题”[2] 也是网络文艺常用的手法，基于对经典的解构与颠覆，使得艺术作品改写的可能性大大增强。从这个意义上说，网络文艺使得巴赫金在小说中推崇的“复调”与“对话”很好地得以实现，即“在各种价值相等、意义平等的仪式之间相互作用的特殊形式”[3] 的得以实现；旨在追求对话主体地位的平等，达到全方位的审美交流与互动，在网络文艺的欣赏过程中，消解的是主体的身份差别、等级、权威等。所以，在此意义上，网络文艺也是大众的文艺。

网络文艺自身也拥有着自己独特的文化特征，科学技术和文学艺术的高度结合造就了网络文艺跨媒介的融合和实时互动的传播方式，促使了网络艺术出现了空前未有的、如此紧密的参与度。网络文艺的具体实践，一方面，包含着对现代科学技术热情和狂欢，出现了IP改编剧、虚拟影像等对技术推崇的艺术和技术融合的实践；另一方面，网络文艺以其交互性、共享性孕育了一个与我们习以为常的生活迥然不同的空间，里面充斥着平民狂欢式的话语权力，出现了各种形式的文化讲堂以及草根的真人秀节目等。

七、结语

审美本是一种秘而不宣、形而上的生命体验。故而，对于网络文艺的审美分析，只能是基于艺术语言来表达难以形容的感觉，并在此过程中发现网络文艺区别于传统文艺形态独特的审美经验。在这个数字时代，艺术与技术的不断融合和渗透更新着艺术创作风格的演变，艺术创作形态的变化，乃至

[1] 段运冬．视觉文化的“创世纪”：新媒体艺术及其对影像文化的促动［J］．美术观察，2004（4）．

[2] 弗·杰姆逊．后现代主义与文化理论：弗·杰姆逊教授授讲演录［M］．唐小兵，译．西安：陕西师范大学出版社，1986：198-199．

[3] 董小英．再登巴比伦塔：巴赫金与对话理论［M］．北京：生活·读书·新知三联书店，1995：18．

于对艺术的观念也产生了深刻的影响。所以，网络文艺强调用户至上的审美思维，推崇全方位的审美交流与互动，衍生出平民意识的渗入，特别是表现在文化宽容和民间讲堂的开放性之中。这也使得整个网络文艺呈现出娱乐至上的审美趋向，追求的是一种时尚体验，体现了网络文艺的后现代性的全民狂欢。

“互联网 + 文艺”深度转型和发展中的双轮驱动

◎王　猛　牧　洋*

自中国全功能接入国际互联网20多年来，互联网的迅猛发展及作用、影响的日益增强使其成为一股巨大的塑造性乃至决定性力量。从社会发展史看，人类经历了农业革命、工业革命，正在经历信息革命，它“带来生产力又一次质的飞跃，对国际政治、经济、文化、社会、生态、军事等领域发展产生了深刻影响”❶。在习近平网络强国战略思想的深刻阐述中，互联网日益成为创新驱动发展的先导力量，“网络日益成为信息传播的新渠道、生产生活的新空间、经济发展的新引擎、文化繁荣的新载体、社会治理的新平台、交流合作的新纽带、国家主权的新疆域。”❷具体到艺术和审美的领域，“互联网技术和新媒体改变了文艺形态，催生了一大批新的文艺类型，也带来文艺观念和文艺实践的深刻变化。”“文艺乃至社会文化面临着重大变革。要适应形势发展，抓好网络文艺创作生产，加强正面引导力度。”❸如果从“互联网”这一革命性的创新力量及其蓬勃发展的大背景、大格局、大趋势中来审视当代中国文艺由多元话语组合而成的“精神地形图”，那么，我们就可以看到，艺术与技术、科技和人文、审美和娱乐、事业与

---

* 王猛，辽宁师范大学马克思主义学院中共党史专业博士生；牧洋，中国传媒大学艺术研究院教授。

❶ 习近平．在网络安全和信息化工作座谈会上的讲话［N］．人民日报，2016-04-26.

❷ 谢新洲．网络强国战略思想的理论价值和时代贡献［N］．人民日报，2018-06-05.

❸ 习近平．在文艺工作座谈会上的讲话［N］．人民日报，2015-10-15.

产业、社会效益和经济效益等的“双轮驱动”已日益凸显为“互联网 + 文艺”深度转型和发展中的重要议题。

党的十八大以来，伴随着时代的进步、社会的发展，中国特色社会主义文艺显现出繁荣兴旺的蓬勃生机与活力，其中，“互联网 + 文艺”深度转型和发展是艺术和审美活动中一道亮丽的风景。特别是，在艺术新实践、艺术新思维和艺术新美学的对比性架构和观照中，作为一种有别于传统文艺的、新兴的艺术表现形式，“网络文艺”形态多样、实践丰富、活力充沛、前景广阔。宽泛地说，“互联网 + 文艺”深度转型和发展涉及三种趋向和态势：一是一些传统艺术样式在传播、接受等方面搭上了“互联网 +”的快车，比如绘画、雕塑、书法、摄影、戏曲等；二是“互联网 +”改变着一些传统艺术样式的创作、传播、接受、批评和再生产等机制，比如，电影、电视剧、电视综艺等；三是在“网络文艺”的总名下，一些新兴的艺术表现形态得以诞生且方兴未艾，比如网络文学、网络剧、网络综艺、网络电影、网络音乐、网络动漫、网络游戏等。[1]狭义说来，鉴于其活力四射的新实践及其带来的新美学，网络文艺的迅猛发展是“互联网 + 文艺”深度转型和发展的典型表征和显著标志。由此可见，在新的媒介生态和艺术生态中，“互联网 + 文艺”深度转型和发展无疑蕴含着多种多样的新课题，但是，作为一个涉及审美话语格局和审美价值取向的重要观测点和命题，“双轮驱动”有着深厚的学理因由和急迫的现实需求，需要人们立足鲜活的文艺实践，引发理论和实践两个方面的自觉。

首先，就艺术的“观念”来说，随着当代中国艺术实践的蓬勃发展和艺术作品的丰富多样，以及改革开放的深广发展和政治、经济、文化、社会等的历史性转型，也随着其他学科知识的解释介入和跨学科研究的发展，人们慢慢学会了“复杂”地看“艺术”，也能够用多种不同的眼光来观察“艺术”及其不同的方面和层面，并日益立体地逼近“艺术”的真相和实质。具体说来，人们既可以将理论眼光聚焦在艺术之内（形式与内容等），也可以触及艺术之间（技术与历史等）和艺术之外（市场与政治等）。如此一来，在当前的多种打开方式

[1] 彭文祥，付李琢．何谓“网络文艺”？［J］．现代传播，2017（12）：79-80.

中，以往常常以"作品"形态呈现在人们面前的"艺术"可以是文化，也可以是政治，还可以是工业、商业等，不一而足。比如，就电影而言，麦茨认为："电影（cinema）是一个内容范围广阔的专题，接近它的途径远不止于这一种……人们通常称作'电影'的东西，在我看来实际上是一种范围广阔而繁复的社会文化现象，一种毛斯意义上的'总体社会事实'，有如人们所说，它包括有重要的经济与财力问题。它是一种涉及许多方面的整体……"[1] 在这种意义上，艺术"观念"的多样性是我们审视"互联网＋文艺"深度转型和发展中"双轮驱动"的逻辑起点。

其次，就艺术的"本质"而言，"模仿""游戏""自由""劳动"等是人们熟悉的传统认知，但纵览当今世界文艺发展的新趋向，阿瑟·丹托、乔治·迪基、霍华德·贝克尔等人的"艺术世界"（Art World）、"艺术场"（Artfield）等概念使当代艺术社会学意义上的"艺术体制"（Institutions of Art）的重要性日益彰显。这种关于艺术本质的"艺术体制论"突出了"观念"和"机构"一软、一硬两个层面，以及"制度"结构和在这个结构中活动着的"互相联系的人"两个要素。比如，迪基指出："艺术世界是若干系统的集合"，"赋予物品艺术地位的活动就在其中进行"。"艺术世界的中坚力量是一批组织松散的却又互相联系的人"，"就是这些人，使艺术世界的机器不停地运转，并得以继续生存。"[2] 进一步说来，如果在"艺术世界"的复杂网络中，诸多合作性的人及活动中的惯例性理解逐渐成为艺术活动的基本规则，那么，价值、价值标准等问题无疑就日益成为艺术活动的本质决定性因素。对此，在关于"艺术场"的相关论述中，皮埃尔·布迪厄认为：在艺术领域，真正的艺术价值并不是直接由艺术家创造出来的，而是由种种体制所创造的对艺术家的崇拜和信念所造成的，换言之，"艺术场"乃是一个信仰的空间，它不只生产出特定的艺术作品，更重要的是它通过种种体制来生产艺术观念、艺术信仰、艺术崇拜和价值观，尤其是对伟大艺术家和艺术杰作的信

[1] 李幼蒸．当代西方电影美学思想［M］．北京：中国社会科学出版社，1986：1-2.

[2] M·李普曼．当代美学［M］．邓鹏，译．北京：光明日报出版社，1986：109.

仰，对经典的崇拜和需求。[1]在这种意义上，如果说，艺术“观念”的多样性是我们审视“互联网 + 文艺”深度转型和发展中“双轮驱动”的逻辑起点，那么，艺术“本质”的体制性则是我们审视“互联网 + 文艺”深度转型和发展中“双轮驱动”的价值支点。

时至今日，互联网的迅猛发展一方面使其作为一种全新媒介及所带来的革命性作用和影响日益渗透到艺术、审美活动的各个环节与层面，另一方面又使艺术“观念”的多样性和艺术“本质”的体制性有着越来越明确的现实附丽和呈现，同时，也使其“逻辑起点”“价值支点”的地位、作用越来越明显和重要。不言而喻，在快速发展的进程中，互联网是一种技术工具和媒介，但又远非一种技术工具和媒介。换言之，相比以往的技术、媒介革命，互联网已经并将进一步深刻地改变人们的生活方式、思维方式和存在方式，以及审美趣味、思想观念和价值理想等，重塑当代中国文艺发展的媒介生态和艺术生态。

就现状而言，鉴于互联网思维已渗透到艺术和审美活动的各个环节和层面，在“互联网 + 文艺”的深度转型和发展中，一方面，尽管其中三种“趋向和态势”存在着并存交织、辐射渗透的复杂情形，其中，互联网的作用和影响既有“形式”上的附丽性、增值性，也有“内容”上和“质”的层面的重塑性、再造性；另一方面，在“互联网 + 文艺”的深度转型和发展的大潮流、大趋势中，当代审美文化语境中的媒介新生态和艺术新生态使得“双轮驱动”日益呈现其宏阔的社会文化背景、鲜明的价值立场和深刻的历史发展必然性。特别是，就网络文艺这一“典型表征和显著标志”而言，自 2014 年习近平总书记在文艺工作座谈会上的讲话中提出普适性、规范性的“网络文艺”命名，并对促进其发展提出提纲挈领的意见以来，2015 年，《中共中央关于繁荣发展社会主义文艺的意见》强调：“网络文艺充满活力，发展潜力巨大”，要“坚持‘重在建设和发展、管理、引导并重’的方针，实施网络文艺精品创作和传播计划，鼓励推出优秀网络原创作品”。“加强内容管理，创新管理方式，规范传播秩序，让正能量引领网络

[1] 皮埃尔·布迪厄. 艺术的法则：文学场的生成与结构［M］. 刘晖，译. 北京：中央编译出版社，2001：276-277.

文艺发展。”[1] 2017 年，在党的十九大报告中，习近平指出：要“加强互联网内容建设，建立网络综合治理体系，营造清朗的网络空间”[2]。2018 年，在全国宣传思想工作会议上，习近平强调：要“坚持营造风清气正的网络空间”，“必须科学认识网络传播规律，提高用网治网水平，使互联网这个最大变量变成事业发展的最大增量。”[3] 这些论述表明，网络文艺是当前文艺百花园中的新生事物，是一片充满活力的热土，它有蓬勃发展的一面，也有野蛮生长的一面。因此要适应新趋势、新变化，加强网络文艺精品创作，培育良好的网络文艺生态，特别是要通过精品创作生产，极大地激发网络文艺在由“最大变量”向“最大增量”转换中的示范、辐射、带动作用和影响。

在认识论和方法论上，恩格斯曾说：“一切差异都在中间阶段融合，一切对立都经过中间环节而互相过渡”，“辩证法不知道什么绝对分明的和固定不变的界限，不知道什么无条件的普遍有效的‘非此即彼’，它使固定的形而上学的差异互相过渡，除了‘非此即彼’，又在适当的地方承认‘亦此亦彼’，并且使对立互为中介。”[4] 诚然，在“互联网 + 文艺”的深度转型和发展中，存在着内部、外部多种的影响和制约因素，但基于社会主义文艺的性质、功能和价值取向，“双轮驱动”无疑是其中的重要因素，同时，在某种意义上，也是其进一步发展的内在动力和价值坐标。对此，习近平在一系列关于文艺的重要讲话中有深刻的阐述。比如，文艺事业与文艺产业如同鸟之双翼、车之两轮，缺一不可且相辅相成、相得益彰，因此，要“推动文化事业和文化产业发展”，要“健全现代文化产业体系和市场体系，创新生产经营机制，完善文化经济政策，培育新型文化业态”[5]。在社会效益和经济效益的关系上，“一部好的作品，应该是经得起人民评

---

[1] 中共中央关于繁荣发展社会主义文艺的意见［N］. 人民日报，2015-10-20.

[2] 习近平. 决胜全面建成小康社会夺取新时代中国特色社会主义伟大胜利［M］. 北京：人民出版社，2017：42.

[3] 习近平在全国宣传思想工作会议上强调：举旗帜聚民心育新人兴文化展形象更好完成新形势下宣传思想工作使命任务［N］. 人民日报，2018-08-23.

[4] 马克思，恩格斯. 马克思恩格斯选集：第 3 卷［M］. 北京：人民出版社，1995：535.

[5] 习近平. 决胜全面建成小康社会夺取新时代中国特色社会主义伟大胜利［M］. 北京：人民出版社，2017：41.

价、专家评价、市场检验的作品，应该是把社会效益放在首位，同时也应该是社会效益和经济效益相统一的作品。”“优秀的文艺作品，最好是既能在思想上、艺术上取得成功，又能在市场上受到欢迎。要坚守文艺的审美理想、保持文艺的独立价值，合理设置反映市场接受程度的发行量、收视率、点击率、票房收入等量化指标。”“当两个效益、两种价值发生矛盾时，经济效益要服从社会效益，市场价值要服从社会价值。”不仅如此，针对文艺创作生产中存在的负面现象，他还提出了尖锐的批评，并强调：“文艺不能在市场经济大潮中迷失方向，不能在为什么人的问题上发生偏差，否则文艺就没有生命力。”[1]无疑，在“互联网+文艺”的深度转型和发展中，这些论述具有精神引领和价值导向的深刻意义。特别是随着中国特色社会主义进入“新时代”，新的历史方位必然带来新的文化方位和文艺方位，以及新的任务与要求、新的格局和气象，而“双轮驱动”的艺术辩证法在某种程度上既揭示了“互联网+文艺”深度转型和发展的动力学，又预示着当代中国文艺繁荣发展的方向和路径。

总的说来，透过当前互联网语境中艺术生产传播、营销推广、接受评价等诸多环节间的聚变循环、互动交融，我们可以看到，在“互联网+文艺”的深度转型和发展中，一方面，互联网带来了深刻而深远的革命性影响，同时，其充沛的活力、深厚的潜质也为当代中国的文艺发展带来了广阔的天地、繁盛的前景；另一方面，正像历次文艺的重大变革和转型所呈现的图景一样，“传统”与“现代”的张力结构既蕴含着历史的传承性和连续性，又包含着内在的分离与脱节、转折与断裂。而在走向文艺“新常态”、缔结文艺“新共名”的历史行程中，“双轮驱动”不仅作为一种创作生产的要素而渗透在题材选择、艺术表现、制作水准、审美趣味、艺术评价等之中，也作为一种质的规定性和价值导向对意识形态、社会心理、时代风尚、价值观念等具有不可替代的重要意义和深远影响。

---

[1] 习近平．在文艺工作座谈会上的讲话［N］．人民日报，2015-10-15.

“质量为王”：校准影视业生态失衡的定盘星

◎彭文祥*

大凡引发广泛关注的热点现象总有其深厚的社会心理基础和历史文化渊源。在影视业高歌猛进的大潮中，总体向好、成绩显著的一面自不待言，但其背后影响影视业健康发展的思想、行为，尤其是诚信缺位、操守失范、价值扭曲、违法乱纪等不良风气，也应引起人们足够的警醒和深刻的反思。

近年来，天价片酬、“阴阳合同”、偷税漏税、票房注水、收视率造假等问题逐渐曝光在公众视野之中，引发了人们的广泛关注和讨论。在社会反映和应对举措上，有业内知名人士的报料，也有党和政府主管部门、行业协会、网络媒体发布的《通知》《意见》《倡议》等。从“限薪潮”到“限酬令”，从影视到网络、从艺术活动到文化行业，一时间动作频频，严阵以待；一时间应者云集，群情激奋……显然，影视业的生态失衡远非局部、孤立的现象，而是涉及演员、创作者、观众、评论者、制作机构、播出平台，以及产业经济、审美趣味、大众文化、艺术追求、社会潮流、价值观念等诸多环节和方面。面对聚光灯下的诸多乱象，我们应当追问：其产生的原因有哪些？问题的症结何在？关键是，如何找到根治的方式和方法？

---

* 彭文祥，中国传媒大学教授、博士生导师。

一、我们真的需要那么多视听节目和作品吗

在社会主义市场经济条件下，电影、电视剧、综艺娱乐、电视节目、网络文艺等是文化事业的有机组成部分，也是文化产业发展的生力军。既然属于文化产业，那么就要尊重市场规律，让市场规律发挥作用。因此，发展中出现和存在的问题首先还要从市场的角度来观察分析，并借助市场的杠杆来综合施策。

马克思在《政治经济学批判》导言中说："没有生产，就没有消费；但是，没有消费，也就没有生产。"这是市场经济的一个基本原理。就当前视听作品和节目的生产、消费关系而言，尽管说不准欧美、日韩等国每年具体制作、播出多少作品和节目，但肯定不会有我们那么多。比如，美国网飞公司（Netflix）的《纸牌屋》，一年一季，一季13集，2013至2017年共播出5季，共65集。而在我国，根据国家新闻出版广电总局的官方数据，在电视剧的制作或播出数量上，2013—2017年，我国各制作机构生产完成并获准发行的电视剧分别为441部15770集、429部15983集、394部16540集、334部14912集、314部13470集，年均制作或播出382.4部15335集、日均制作或播出1部42集。可见，中国已然是电视剧的生产大国和消费大国，这显示了繁荣发展的一面。但我们仍不免要问：观众和市场真的需要那么多视听作品和节目吗？

有比较，就有疑问；有比较，也就有反思：一是众多的播出频道、平台需要巨大的播出数量，播出内容的质量便成为次要的事；二是数量与质量向来都难成正比，尽管巨大的数量也具有促发质变的足够动能，但优质内容显然不是以数量堆积出来的。事实上，在电视剧艺术生产中，每年都有不少作品收不回成本，遑论叫好又叫座、社会效益和经济效益双丰收；诸多电视频道播出的综艺、真人秀、娱乐等节目，数量多如过江之鲫，但不少竞相争艳的节目却是精于其外，声言创新却又时常陷入模仿、山寨的泥淖而无法自拔。于是，从生产和消费的关系上看，正是由于围绕意念中的"优质内容"，一些影视业制作方、播出平台陷入了创新的焦虑和竞争的疲惫之中，并不约而同地把希望寄托于能带来票房、收视率、流量的或真或假的"明星"身上。

有市场就有需求，既然“明星”是“稀缺资源”且应接不暇，便可待价而沽，乃至坐地起价。用经济学的话来说，卖方掌握主动权，他们就可以限售、惜售，以至于高价出售……这现实中的熙熙攘攘、纷纷扰扰，不啻为极好的艺术题材和故事，但其间的鱼龙混杂、泥沙俱下，过多、过剩的作品与节目能全身而退吗？

二、各环节资本逻辑的侵蚀和渗透，都是值得我们深思的问题

从某种意义上说，“逐利”是资本的本性，但有时“逐利”也有其理据。就各种媒体的运营而言，经济效益不佳便意味着业绩低迷，且大有被边缘化或打包出局的危机。然而，当前影视业生态失衡的种种现象表明，“逐利”似已由影视业运行的“要素”逐渐变成了“核心”，而过度的逐利已不仅是一把“双刃剑”，甚或还成了影视艺术生产最大的敌人！因为它已逐渐脱域、演化出一种资本逻辑，而资本逻辑的水银泻地深深伤害着诚信、伦理、思想、艺术的价值和审美的理想，与精神生产领域的艺术活动相敌对。

所谓“资本逻辑”，并不直接等同于金钱，而是指形象文化、无意识和艺术、美学领域渗透了逐利的思维逻辑、价值判断和行为方式。在天价片酬、“阴阳合同”、偷税漏税、票房注水、收视率造假等乱象的背后，我们可以看到：野蛮生长的资本逻辑或假借艺术之名，绑架艺术生产和消费；或罔顾规矩和秩序，朝着利益的目标和方向一路狂奔。其间，真真假假的各路“明星”穿行秀场，以渔名利……

事实上，在社会主义市场经济条件下，文化艺术与经济资本之间“目的”与“手段”的辩证关系是明确的，种种急功近利、缘木求鱼的想法和“伐根而求木茂、塞源而欲流长”的做法都是虚妄的。如果打着艺术的幌子，而实际上脱离了伦理、道义、尊严、价值等基准线，那么，形形色色的以“挣钱”为唯一目的时尚、娱乐、IP、收视率、票房、流量，以及从生产传播、营销推广到接受评价等各环节的资本逻辑侵蚀和渗透，都是值得我们深思的问题，以免影视艺术在各种

各样冠冕堂皇、舍本逐末的借口和夹击中沦为蛋糕上的酥皮。

三、空心化的娱乐时尚和审美趣味只会给观众带来负面影响

在《政治经济学批判》导言中，马克思说："艺术对象创造出懂得艺术和能够欣赏美的大众……因此，生产不仅为主体生产对象，而且也为对象生产主体。"结合当前影视业的现状来审视，马克思的论述鞭辟入里，同时也映射出空心化的娱乐时尚和审美趣味所带来的伤害和负面影响。就当前影视业生态失衡的种种乱象而言，如果说资本逻辑的侵蚀、渗透更多地是从制作、播出方的角度所作的分析，那么，空心化的娱乐时尚和审美趣味更多地则是从观众、用户的一端来进行考察。

在娱乐时尚、审美趣味的问题上，尽管很难说制作、播出方和观众、用户孰是孰非（比如，在大众传播学上，观众、用户有多种选择的自由，但更多的还是平台播什么，人们就看什么；而制作、播出方又常常会强化观众的喜好，以便获得更多关注和流量），但娱乐时尚和审美趣味本身的性质、特点是问题的出发点。就当前影视业的娱乐时尚、审美趣味"偏倚"来说，"空心化"之所以为人诟病，主要是因为它有如下几方面的"症状"：一是拙劣模仿，即目前一些娱乐时尚和审美趣味大多有盲目跟风、东施效颦、邯郸学步的一面；二是根基不牢，由于不是本土的文化生成物，因而所谓的娱乐时尚风潮、审美趣味趋向就像无根的浮萍，具有随波逐流、随风摇摆的特点；三是水土不服，由于社会文化语境和国情、社情、民情不同，隔靴搔痒的时尚、异化的趣味难免画虎不成反为猫；四是他人引导，盲目的娱乐化是精神世界的空虚与悲哀，与自我引导的价值取向不同，他人引导常常因缺失自信、自爱、自尊而成为迷惘盲从、自我缺失的典型表现；五是良莠不分，特别是在愈演愈烈的时尚漩涡和五颜六色的畸变趣味中，中华文化几千年积淀的格调、气度、神韵等常常被遮蔽、搁置。当然，最令人忧虑的是，在当今的娱乐圈，所谓的时尚、趣味、风格、创新等很容易被"资本逻辑"收编、利用，以至于在自知或不自知中形成了一种虽使大力却难以扭转的恶

性循环。

“天下之患，最不可为者，名为治平无事，而其实有不测之忧。”尽管娱乐时尚和审美趣味是现代生活中不可或缺的，但娱乐风潮的漫天飞舞、时尚趣味的标榜透支，悦目不赏心，感性有余、理性不足，将极大地钝化思想的敏锐、黯淡心灵的灯火，或如美国著名媒体文化研究者尼尔·波兹曼所批评的“娱乐至死”，其伤害和负面影响将会使文化沦为赫胥黎式的滑稽戏，让文化精神在一地鸡毛中枯萎、凋零。对此，习近平总书记曾提出尖锐的批评：“在有些作品中……有的搜奇猎艳、一味媚俗、低级趣味，把作品当作追逐利益的‘摇钱树’，当作感官刺激的‘摇头丸’；有的胡编乱写、粗制滥造、牵强附会，制造了一些文化‘垃圾’；有的追求奢华、过度包装、炫富摆阔，形式大于内容……凡此种种都警示我们，文艺不能在市场经济大潮中迷失方向，不能在为什么人的问题上发生偏差，否则文艺就没有生命力。”

四、“质量为王”是硬道理，要将“质量”的标准和要求分解到供、求、产、销等各环节

就影视业发展的社会文化语境来说，“当代审美文化”是一种在市场经济环境中生长发展，以大众传媒为载体、以现代都市大众为主要消费对象的文化形态。与以往的文化形态相比，其显著特征是“经济型”和“商品化”。不言而喻，作为当代审美文化的重要组成部分和生力军，影视业的繁荣发展既要强化社会主义市场经济条件下的特殊性，同时也要顺应市场经济的一般规律。

针对当前影视业生态失衡的种种乱象，2018 年 6 月，中宣部等多部门联合印发通知，要求加强对影视行业天价片酬、“阴阳合同”、偷逃税等问题的治理，控制不合理片酬，推进依法纳税，促进影视业健康发展；要制定出台影视节目片酬执行标准，明确演员和节目嘉宾最高片酬限额；坚持把社会效益放在首位，坚决反对唯票房、唯收视率、唯点击率……应该说，这些要求和举措有利于抑制拜金主义、青少年盲目追星、社会价值观错位等不良倾向，有利于抑制影视节目的

制作成本、提高影视创作整体品质、营造影视行业健康生态等。但根治乱象恐怕最终还要进一步牢固树立“质量为王”的中心思想，切实将“质量”作为校准影视业生态失衡的定盘星，并将“质量”标准贯彻落实到影视艺术生产的各个环节与层面。

在当前的媒介新生态和艺术新生态中，存在着渠道为王、内容为王、用户为王、流量为王等多种说法，但归根结底，最核心的还是“质量为王”。所谓“质量为王”，首先，其题内应有之义的第一个要求是政治原则、伦理道德和社会安全标准，第二个要求是艺术的、审美的标准。其次，市场经济的一般规律是影视业有效运作和繁荣发展的基本因素和条件，换言之，影视艺术生产的顺利进行和健康发展应把握市场动态、遵守经营规则、顺应消费趋势。在这种意义上，“质量为王”就意味着将“质量”的标准和要求分解到供、求、产、销等各环节，落实于市场、买卖、消费等经济体制和销售额、利润等经济指标之中。就具体的艺术生产来说，越是大 IP、大投入，就越需要生产制作上的“精品化”，因为只有精耕细作，才能得到高品质；只有高品质才能得到观众、用户的认可，只有得到观众、用户的认可才能真正带动全产业链发展。

在浩荡的时代潮流中，影视业的发展曾彰显了“宣传”维度、“经济”维度，而今则是到了要自觉高扬“价值”维度的时刻。在某种意义上，“质量为王”所倡导的价值取向恰是“价值”维度的核心，它不仅可以从根本上有效纠正当前影视业生态失衡的诸种乱象，治理整个娱乐圈和影视行业中金钱至上、流量至上、价值观错乱等问题，还可以真正倡导影视艺术生产的思想精深、艺术精湛、制作精良，推进实现“社会效益”和“经济效益”、“审美价值”和“市场价值”的辩证统一。切实把“质量”作为校准影视业生态失衡的定盘星，有效促进影视业的繁荣发展，还有赖于从业者和整个社会的进一步行动。

第二部分

文本批评篇

“中国好书”为网络文学递上了一束“橄榄枝”

——“2018 年度中国好书”盛典引发的思考

◎宋瑞云 *

“2018 年度中国好书”盛典于世界读书日在中央电视台一套、十套播出，节目中三本网络文学作品《散落星河的记忆 4：璀璨》《网络英雄传 2：引力场》《写给鼹鼠先生的情书》荣获 2018 年度“中国好书”荣誉称号，引发了广泛关注与热切期待。节目播出后网络文学获奖图书作者桐华在微博上发出获奖视频，在不到 24 小时内该视频被网友点赞 4849 次，转发 738 次，参与评论 748 条，引发了读者网民对获奖作品的在线讨论。❶ 获奖图书作者吉祥夜则在微博上写道：“这是对网络文学的进一步认可，再接再厉！”❷ 咪咕阅读、红袖添香、云起书院、网易云阅读、江苏凤凰文艺出版社、湖南文艺出版社等网络文学的出版单位、发布平台更是在微博、微信等多平台传播了这一信息，收到众多网友的关注与转发，在评论的字里行间流露出一种鼓舞的气息，充盈着对网络文学未来的热切期待。可见，网络文学在该盛典中获奖对网络作家、读者网民以及整个网络文艺的发展都是一件有意义的好事。

“中国好书”盛典是由中宣部、中国图书评论学会、中央广播电视总台联合

---

* 宋瑞云，中央电视台科教频道《读书》栏目编导。

❶ 桐华新浪微博，https://weibo.com/xiaosanju?c=spr_qdhz_bd_360ss_weibo_mr。

❷ 吉祥夜微博，https://weibo.com/jixiangyehongxiu?topnav=1&wvr=6&topsug=1&is_hot=1。

推出的年度优秀图书颁奖盛典，自 2014 年至今已成功举办六届，于每年 4 月 23 日世界读书日在央视一套、十套播出，隆重揭晓、推选并分享年度好书。目前“中国好书”盛典已成为世界读书日当天一个重要的品牌节目，同时也是中国出版界、文化界的年度盛事。该节目在倡导全民阅读，引领图书出版，引领文化风尚上具有独创性。

“2018 年度中国好书”盛典特别设立了“网络文学奖”，这是“中国好书”盛典举办六年来第一次设立“网络文学奖”，也是网络文学在二十多年的发展历程中首次得到更大范围的国家认可，它向我们揭开了更多网络文学中值得探讨的问题。

一、揭示出一个趋势：网络文学开始从边缘走向主流

“中国好书”奖项对网络文学作品的认可揭示出网络文学趋向主流化发展的态势。从 1998 年痞子蔡的小说《第一次的亲密接触》发表至今，网络文学已经走过二十多个春秋。这种依托互联网技术，源自民间草根的网络文学一出场就受尽冷落和质疑，但它以不可阻挡的发展势头，在不断砥砺中创造出了具有独特想象力的原创作品。如今的网络文学已经成为一股不可忽视的文学力量。在网络文学发展二十周年这个时间节点上，“2018 年度中国好书”盛典以一种带有仪式感的形式，从国家层面为网络文学举行了一次别开生面的“成人礼”。这既是国家对时代声音的关注，更是对网络文学的重视与期待。由此，网络文学开始步入主流意识形态规制下的有序发展阶段。网络文学从边缘不断向主流发展是多方合力凝聚的结果，主要体现在以下几个方面。

第一，国家政策支持为网络文学日趋主流化发展保驾护航。任何一种新生事物的诞生、发展都离不开国家政策的支持与时代社会环境的培育，网络文学发展尤其如此。互联网新技术是网络文学赖以生存的土壤，而国家政策支持是其健康发展的有力保障。自 2014 年全国文艺工作座谈会、2015 年《中共中央关于繁荣发展社会主义文艺的意见》起，到 2017 年党的十九大报告、2018 年的全国宣传

思想工作会议等，这些重要的国家会议与文件都无一例外地提到了网络文艺，对其要求也从最开始的“抓好网络文艺创作生产”快速上升到了“加强网络文艺精品创作”。国家对网络文艺关注度、重视度的日益增高，为网络文学的发展提供了良好的时代机遇与多方面的有力保障，也使得近五年来中国网络文学在主流化的进程上快速前进，并逐渐成为推动社会进步的新生力量。

第二，网络文学以自身成就证明了它在主流新文化建设中具有承担重要角色的能力。这种能力不仅体现在网络文学海量增长的作品数量上，最为重要的是它为中国文学贡献了具有独特想象力的原创作品。正如作家阿来在“2018 年度中国好书”盛典中所说的那样：“网络文学为我们的文学增加了另外一个非常美丽的空间。”[1] 欧阳友权教授认为网络文学的这种原创性“从整体上改变着我国文学的发展格局，另辟蹊径地弥补甚至拯救了日渐边缘化的传统文学。”[2] 玄幻类、武侠类、历史类等网络小说都从不同方面跳脱出传统文学的原有想象，建立了一个非常新奇的意义空间。网络文学不仅吸引了中国读者，而且还在北美等国家和地区拥有了固定读者群与粉丝团。对此，北大陆绍阳教授说：“中国文学走出去的梦想，可能提前让横空出世的网络小说实现了。网络文艺为中国文学走向世界开辟了一条崭新的通道。”[3] 可见，网络文学内容的原生性是其在众多质疑声中还能够不断向前迈进的核心基础，而为网络文学发展插上飞翔翅膀的是其作为商品的最终完成与产业化道路的逐渐完善。比如，网上小说“付费阅读”模式的创建，使得网络文学从单一的文学作品成为文化产品；网络文学的 IP 化改编，使得网络文学这个内容源头被影视市场高度关注，进而进入文化产业领域。随着《花千骨》《蜗居》《步步惊心》《琅琊榜》《甄嬛传》《鬼吹灯之精绝古城》等的成功改编，使得网络文学走向了更加广泛的大众，其读者网民数量逐年递增，《2017 年度中国网络文学发展报告》显示，国内网络文学读者规模已突破 4 亿人。中国作

---

[1] “2018 年度中国好书”节目中，作家阿来谈网络文学。

[2] 欧阳友权．网络文学参评“茅奖”之反思［M］// 张邦卫，张向荣等．网络时代的文学书写．北京：中国社会科学出版社，2016：9.

[3] 陆绍阳．网络文艺的前景可能远超我们想象［M］//“西湖论坛”编委会．网络文艺的中国形象．杭州：浙江人人民出版社，2017：6.

家协会副主席李敬泽在2018年度优秀网络文学原创作品推介活动中讲道："从数字上说，现在网络文学读者估计已达6亿。"[1]不仅如此，这些热播剧还引发了许多当代文化热点。总之，无论是在内容创新、产业发展上，还是受众的关注度上，网络文学都显示出了巨大的潜力，被誉为国内文化产业发展的推进器，为中国文化产业提供了新的力量源泉。

第三，推优评奖活动推动了网络文学的主流化进程。"评奖既是一个树立创作导向的举措，也是一种将优秀作品历史化、经典化的步骤。"[2]因此，对题材丰富、数量庞大、类型众多，但却杂草丛生、良莠不齐的网络文学来说，进行去粗存精、去劣存优的遴选意义重大。它不仅可以引导网络文学创作、提升网络文学质量，而且还能引领网络文学阅读。对于正在深刻改变人们写作和阅读方式的网络文学来说，优秀作品的推出在多方面都具有引领意义。

自2011年第八届茅盾文学奖开始，网络文学就踏上了推优评奖之路。2015年，国家新闻出版署、中国作家协会联合启动了年度优秀网络文学原创作品推介活动。该活动连续举办四年来共推介了87部优秀作品。自2015年首届中国网络小说排行榜启动至今，四年来所推选的"榜单不仅展示了网络文学创作实绩，更为建立科学的网络文学评价体系积累了有效经验。收到了良好的示范效应，为推动网络文学攀登高峰起到了不可替代的作用"[3]。2015年，网络文学第二次参加茅盾文学奖评选，2017年首届"中国网络文学周"在杭州举办，2018年中国网络文学二十周年之际20部作品被推选……这些评选活动不仅为网络文学的创作、研究、开发、展示、交流、合作、转化搭建了平台，而且在网络文学优秀作品的遴选上也是功不可没。正是在这些奖项评选经验的基础上，才有了"2018年度中国好书"盛典上网络文学与传统文学"同台竞技"并获奖的一幕。正如欧阳

---

[1] 刘秀娟."2018年优秀网络文学原创作品"揭晓，国家新闻出版署与中国作家协会联合推介［EB/OL］.（2019-02-25）［2019-10-10］.http://www.chinawriter.com.cn/n1/2019/0225/c403993-30901445.html.

[2] 李朝全.建立客观公正的网络文学评价体系［N］.河北日报，2004-11-10.

[3] 郑周明.2018年中国网络小说排行榜发布［EB/OL］.（2019-05-11）［2019-10-10］.http://3g.163.com/dy/article/EETMV1BI0511PFTU.html，2019-5-11.

友权教授所说：“让网络文学参评茅奖（或鲁迅文学奖，或其他各类主流文学奖项），无论对中国文坛的整体建设，还是对网络文学自身发展，都是有意义的，并且不可小觑。”❶

“2018 年度中国好书”盛典正是将网络文学二十年的发展成果，近年来国家对网络文学的引导政策，网络文学多次参与评选经验相融一体的一次集中展示。对于网络文学自身来说，这是其主流化之路上浓墨重彩的一笔。网络文学正是在一次又一次的评选中不断向主流迈进。二十多年来，网络文学共参加了两届茅盾文学奖评选，虽均以失败告终，但却收获了成长经验。但愿这次在“2018 年度中国好书”盛典的获奖经历能为今年的网络文学参加第十届茅盾文学奖评选带来新的进展。

二、彰显了一个期待：网络文学创作将更多介入现实关怀

第六届“中国好书”盛典的特别之处在于奖品是颁发给出版社的，这并不是轻视作者的价值，而是凸显这项活动的本质意义在于引领图书出版与大众阅读。因此，网络文学此次获奖，为网络文学创作、阅读树立了示范性作品。综观此次获奖的三本网络文学作品，其共同倾向是介入现实。它们分别从题材、故事、人物形象等不同角度介入现实关怀，展现出网络文学对当下生活与人们所关心问题的书写，这是网络文学在现实题材创作上进一步提升的例证。

获奖作品《散落星河的记忆 4：璀璨》通过创建虚构的世界、人物来探讨当下热点、前沿问题，解答当代困惑，以此关怀当下现实。这本具有科幻元素的言情网络小说，讲述了被编辑了基因的人类和纯种人类在另一个星球上如何共存的故事，以此观照当下人们对科技、伦理、基因编程研究等热点问题的讨论。读者网民“Terilyn 蔓”称：“这系列书完结不久就出现了某教授私自编辑新生儿基因

❶ 欧阳友权．网络文学参评“茅奖”之反思［M］// 张邦卫，张向荣等．网络时代的文学书写．北京：中国社会科学出版社，2016：9.

的新闻，小说很有远见。”[1]这本小说“不仅仅是一个关于爱情和复仇的故事，更是一个关于家国天下和人类命运的构想”[2]。

与《散落星河的记忆 4：璀璨》不同，《网络英雄传 2：引力场》运用现实题材来关怀现实。这本网络小说以郭羽、刘波两位网络创业者的亲身经历为基础，通过艺术想象和艺术加工，讲述了一家新型的互联网旅游公司“万全天盛”与同行“51 旅游网”，以及国际互联网公司之间竞争的传奇故事。小说以乌镇世界互联网大会的一场赌约开端，以一年后兑现赌约承诺为结束，锁定 IT 行业的最前沿，书写了极具时代特色的中国故事，塑造了卓尔不群的时代新人。这本小说一改网络文学原有的玄幻、修仙、穿越、盗墓、宫斗等题材类型，直接选择真实的人物、地点、故事进行艺术再现，它突破了网络文学惯用“虚构的创作方式”，采纳“正面强攻”的手法，以现实题材艺术地呈现现实生活，是最鲜活的当下中国故事，被称作“互联网小说”的开山鼻祖。

《写给鼹鼠先生的情书》则用塑造英雄人物形象的手法介入现实关怀。小说以女友视角书写了鼹鼠先生深入毒贩集团，舍生忘死与毒贩英勇斗争的光辉形象。小说叙事快捷、语言风趣、故事讲述抓人、网络特点鲜明。它运用网络小说的创作手法传达出勤奋敬业、能打能拼、正义凛然、敢于奉献的时代价值与时代精神。

以上三部获奖作品关涉的主题内容各不相同，但它们都从不同角度增加了对现实的关怀。这既是对网络文学行业发展的一种引领，更是对未来网络文学创作的一种期待。正如作家阿来在“2018 年度中国好书”盛典中所期待的那样：“网络文学创作既要保持住那个非常富有想象的特质外，同时也要增加对现实的关怀。”[3]当前，网络文学的影响已经溢出文学圈。作为影视市场的内容源头，网络文学创作的现实主义转向势必影响网剧、网络大电影等整个网络文艺的创作风向。未来以现实主义精神和手法来反映生活及历史的网络文艺作品必将迅猛增长。

---

[1] 桐华新浪微博，https://weibo.com/xiaosanju?c=spr_qdhz_bd_360ss_weibo_mr。

[2] “2018 年度中国好书”节目中获奖图书《散落星河的记忆 4：璀璨》的颁奖词。

[3] “2018 年度中国好书”录制现场，作家阿来谈网络文学。

三、引发了一个思考：网络文学热切呼唤理论研究与批评

在"2018年度中国好书"盛典中，虽然网络文学与传统文学同台获奖了，但是它们并没有在同一个奖项类别里。传统文学分属在"文学艺术类"奖项里，而网络文学则分属在该类别中单独设立的"网络文学类"奖项里。这就意味着，网络文学与传统文学是同台但不同类。在盛典中将网络文学奖项单独列出，一方面体现的是对网络文学的欢迎、重视、期待，但另一方面也说明了网络文学与传统文学确实存在差别，它们的评选标准应该是有所不同的。这一细节透射出了很多值得我们思考的问题。白岩松现场的一段话，表达了其中一种观点："现在开始专门设立'网络文学奖'，是为了将来有一天不再设立'网络文学奖'，因为它又会回到文学这个大的海洋当中，今天的设立是为了体现欢迎、重视、期待；而明天不设立，是因为回到文学为本。"[1]这其实是无意中抛出了用"网络文学"来命名互联网时代的文学是否具有合理性的问题。徐兆寿认为："网络文学这一个临时起意的概念在当时还可以理解，在运用的过程中就越来越显得不能自洽了"。"如果我们把网络文学这个概念打碎，重新来进行文学的定义、分类，批评也就有的放矢了。"[2]如果网络文学与传统文学评价标准一致，那么这个一致的标准是什么？如果两者不一致，那么网络文学的评价标准又该是什么？传统文学与网络文学会归到文学为本的同一片海洋里吗？等等。对诸如这些核心概念的厘定，直接影响到接下来有关网络文艺许多工作的进行。比如在盛典中有关网络文学的许多观点并没有表达出来，也没有对网络文学作品进行分享，从某种意义上来说，这与网络文学很多概念的界定还不太清晰，对其批评、欣赏的方式还在探索中不无关系。透过这些细节可以窥测到，网络文学的理论研究已经到了被热切需求的阶段了。

---

[1] "2018年度中国好书"录制现场，主持人白岩松谈网络文学。

[2] 徐兆寿.网络文学研究的两个问题[M]//"西湖论坛"编委会.网络文艺的中国形象.杭州：浙江人民出版社，2017：19，23.

在“2018年度中国好书”盛典颁奖的过程中，按照优秀图书的获奖类别，会从中挑选出具有代表性的图书，通过丰富的电视化手段分享给观众。这个分享的过程实际上是运用电视手段对作品进行批评、欣赏的过程。“传统文学注重作品介入社会、干预生活、影响人生的深度与强度，探幽人性的普适价值。”[1]对这类作品的批评已有非常完善的理论体系，因此对传统文学的电视化批评、欣赏方式也比较成熟，运用起来得心应手。比如文字优美的作品会邀请朗诵艺术家运用声音艺术展现其音色之美，故事精妙的作品会选择优秀的演员来演绎，总之根据作品内容特点，采用朗诵、纪录、讲述、演绎、短视频等方式，就可以很好地呈现出传统文学的文字之美与思想内涵。

而网络文学则不同，“网络文学走的是一条‘娱乐化—泛娱乐化’的发展之路。早期的网络文学作品就是‘玩’出来的。这似乎回到了‘艺术即游戏’的文学萌芽时期。”[2]多数网络文学没有出版成书，而是直接在网上与读者网民互动交流。即使已经出版成书的网络文学，在对其进行电视化的批评、欣赏时，采用传统文学那套方式，并不能充分展现出它的特色与魅力来。网络文学天生的那份“好玩、有趣、创造力”只属于具有即时性、互动性的网络空间。如何在另外一种媒介上展现其魅力风采，其分享、解读、呈现的方式还有待进一步探讨。因此，对网络文学的批评、欣赏方式也在被急切地需要。就像批评家白烨所说：“当前的网络文学需要文学批评，而且非常迫切。”[3]

网络文学是借助互联网这一平台进行即时创作、传播和阅读的一种新型文学，它具有便捷性、互动性、流动性，能最大限度地满足读者的阅读快感。从网络文学自身发展来看，它所涉及的很多问题是传统文学所没有遇到过的，比如网络文学的“网络性”与“艺术性”之间的关系问题，网络文学资本运营与文学性

[1] 欧阳友权．网络文学参评“茅奖”之反思［M］// 张邦卫，张向荣等．网络时代的文学书写．北京：中国社会科学出版社，2016：13.

[2] 欧阳友权．网络文学参评“茅奖”之反思［M］// 张邦卫，张向荣等．网络时代的文学书写．北京：中国社会科学出版社，2016：14.

[3] 欧阳友权．网络文学参评“茅奖”之反思［M］// 张邦卫，张向荣等．网络时代的文学书写．北京：中国社会科学出版社，2016：12.

的关系问题等。对这些新问题的回应与研究，既是网络文学的学术责任，也是影响网络文学健康发展的关键。

综上所述，无论是从首次设立“网络文学奖”节目创作过程来看，还是从网络文学自身发展来看，网络文学都热切地呼唤着自己的学理形态。这些现象应该引起理论批评界的重视。在网络文学带来一系列艺术观念裂变的时代背景下，建立符合文学规律又切中网络文学实际的评价体系和批评标准，是当下学术的使命。“2018 年度中国好书”盛典首次设立“网络文学奖”是“中国好书”盛典举办六年来的一次重大突破。它为网络文学与传统文学“同台竞技”搭建了平台，体现了对当下多元文学格局的观照。对于网络文学来说，这是一次国家层面对其身份的接纳与认可，对推动网络文学发展的积极意义不言而喻，这既是向网络文学二十年发展历程的郑重致敬，又是一次回顾、展望、探讨、反思网络文学发展的良好契机。我们相信，网络文学未来可期！

“消费经典”要警惕“亵渎经典”

◎杜　鹃*

在文艺研究中，“经典”的概念存在已久。这一概念也是文化研究中非常重要的研究范畴，常常被用来解释和维护艺术性，或者是一种公认的艺术范式。经典之所以可以经得起时间和历史的淘洗，正是因为其将思想、审美、形式融为一体，表达着历史的、文化的、人性的深刻内涵。

经典的构筑应该说是政治、经济、文化和社会综合作用的结果。一种文化的经典就代表着有关那种文化的某些深刻的理念。因此，在当下中国社会文化中，强调经典的价值传承，呼吁经典作品的产生，正是因为经典是人类文化中不可缺少的部分。在当下多种传播媒介共生的时代，经典必然会与多种技术、媒介相结合。这不仅极大地提高了经典传播的广度，也拓展了经典的再生产。因为经典与技术结合的过程也是经典再生产的过程。值得注意的是，经典的再生产一定会加入当下时代的某些特征。在这个过程中，经典原有的崇高价值便极可能被消解甚至扭曲。尤其在互联网飞速发展的当下，宏大叙事的深度模式被疏远，日常化、碎片化成为网络文化的突出特点。那么，如何使经典借助网络的传播依然能够得到价值的有效传承成为突出的问题。本文通过对消费文化语境下的经典再生产和网络文化中经典的异化生产的分析来说明经典再生产的过程必须要保有经典的崇高价值，即消费经典绝非是亵渎经典。

* 杜鹃，中国传媒大学“广播电视艺术学”博士研究生。

一、消费文化语境下的经典再生产

时至今日，消费已然成为维系现代人类社会关系的重要方式。大规模生产出来的艺术品丰富了人们的生活世界。也正是艺术品的批量化生产，使得大众文化得以形成，艺术品在这种机械复制时代得以为大众普及。

首先，消费促成了经典的再生产。艺术消费是艺术生产活动进入消费领域的必然结果，同时，艺术品作为特殊的商品，在被消费的过程中会经过一个艺术消费者自身的内化过程，由此，艺术消费活动又是艺术生产活动的延续。艺术消费的无目的而合目的性使得人类在"自由时间"里满足了人类把自己"变成另一个主体"的需要。中国社会正是在市场经济开始之后的20世纪80年代兴起了大规模的经典再生产过程。这其中表现较为突出的就是经典文学作品的影视化改编。中国四大古典名著在这一时期纷纷被改编为电视连续剧，并得到学术界和普通观众的一致好评。通过改编实现通俗性是经典文学作品常见的一种大众化进程，但值得注意的是，通俗性并不意味着经典价值的消失。我国著名的电视剧导演王扶林分别执导了电视连续剧《红楼梦》和《三国演义》。这两部已成为电视剧艺术的经典之作，它们为电视剧艺术经典的产生树立了类型范式。由此可见，通过电视剧这种艺术类型，也可以传承古典名著的价值精髓。

其次，消费促进了经典价值的传播和延伸。通常，艺术生产者有着被需求的创作追求。某种程度上来说，艺术作品是在被消费的过程中体现出艺术生产者的艺术价值。从这个角度来说，艺术消费既满足了艺术生产者的需求，又及时回应消费者对于精神消费的需求。伴随着科学技术的飞速发展，大众文化时代艺术品的大规模生产得以实现。与此同时，这也要求艺术品所包含的人文价值需要进一步的通俗化、大众化。经典在经过再生产进入消费领域之后就意味着蕴含在经典中的价值观念开始以大众文化的形式实现了再传播。由此可见，消费促成了经典价值的再传播。从文化记忆理论的角度来说，经典只有在被不断重构当中才能发挥其作为一个民族文化标志的作用。消费经典不能仅仅是一种市场行为，更为重要的是经典的有效传承。

二、网络文化中经典的异化生产

互联网的普及使得已有的艺术形式都发生了革命性的变化。网络传播的速度和广度拓展出了一个全新的日常审美视阈。在这个虚拟的仿真世界中，艺术的感知方式被重新书写。网络作为艺术生产和大众消费之间一座新的桥梁，正在迅速而彻底地消除传统意义上生产与消费的明晰界定。日常化、碎片化、伴随性成为网络文化的潮流。这些对艺术生产和艺术消费都产生着极为深刻的影响。

由湖南电视台“潘礼平团队”制作的“小戏骨”系列剧，以“小孩演大剧”“演经典、学经典”为宣传口号翻拍了许多经典的电视剧、戏曲戏剧作品。已经播出的系列有《小戏骨：红楼梦之刘姥姥进大观园》《小戏骨：水浒传》《小戏骨：西游记之红孩儿》《小戏骨：放开那三国》等。目前“小戏骨”系列还在不断翻拍，并已在网络上形成品牌效应，新剧上线都会有颇高的点击率。“小戏骨”剧中参演的演员年龄基本在6~12岁。这样一群小演员照搬模仿经典作品中经典人物的表演，再现经典情节。然而，经典作品中塑造的典型环境、典型人物、典型性格绝不可能仅仅通过表情的模仿传达出来。对于少年儿童演员来说，感悟到经典人物的精髓也是极为困难的。因此，表演者和观看者都无法感受到经典的价值所在。

重构必然面临着原有精神架构的消失和当代精神意识的加入，但是经典的“永久魅力”价值是始终应该存在的。而在网络文化中，任何对于永恒性的追求都变得异常艰难。如中国古典名著《三国演义》已经被改编成无数部网络小说、网络游戏、网络电影。网络三国题材类小说《我是阿斗，我不用人扶》《三国之吾本布衣》等都是以《三国演义》为原型，但其实也只是借助古典名著作为民族集体无意识的代表，借其名而内容早已面目全非。据相关统计，根据古典名著《三国演义》改编而成的网络游戏就有数千部。像《三国群英传》《三国志》等网络游戏已经形成了其自身的产业链，有着庞大的受众群体。但这些游戏将古典名著《三国演义》中的人物性格以及人物关系、事件更改得面目全非，对经典的文化价值造成损害。

三、消费经典不能亵渎经典

凡是具有典范性的经典文艺作品通常都有其独特的艺术造诣。它们对于一个民族或者地区具有里程碑意义，开辟了民族集体意识的新维度，丰富和发展了民族文化的精神世界。在消费文化中，经典被通过多种商业化的手段进行了批量生产，也因此产生了“泛经典化”的现象。

“泛经典化”在消费经典的同时也使得经典的影响力得以扩大，客观上加深了经典对于大众精神文化的影响，也进一步巩固了经典的文化地位。不仅如此，经由消费的经典通常都会增加新的现代价值意义。因此，消费经典并非就是亵渎经典。

消费经典的过程必然要对经典进行重构和再阐释。因为经典是一个民族的精神载体，在任何有关经典的再生产时，都应该有着严谨的治学态度。所以，经典重构的过程需要有严谨的态度、批判的思维和匠人的精神。经典有其产生的特定年代、特定的精神环境，因此，重新解读经典时，一定会有在今天看来是不合时代要求的地方，那么就需要在重构经典的过程中谨慎对待。严谨是为了能够在尊重经典的前提下保有经典的核心价值，同时加入新的意义信息，从长远来看，是对经典价值的巩固和加强。在再度阐释的过程中，既要辨析探源，又要还原经典的本旨要义。批判的原因正是对于经典价值的尊重。因此，批判不是戏谑、亵渎。消费经典是在遵循精神文化产品消费的特殊规律之下来进行的经典再生产活动。因而，在有了谨慎态度和批判思维的同时，经典再生产者还需要继承那些经典创造者们可贵的匠人精神。事实上，这也是经典更深层的价值意义所在。无论用哪一种艺术类型对经典进行再重构时，都应该按照艺术创作的基本规律，尊重艺术创作的真实，尊重经典原作中的真实价值，这样的经典重构才能延展经典所具有的崇高价值。

总之，经典是一个民族薪火相传的一种精神力量。经典是艺术家在特定的环境、特定的时代、特殊的个人素养以及创作中拥有那种“包孕性的顷刻”下才得以产生的。在今天的中国社会，互联网技术的飞速发展为大众提供了可以交流讨论和疏解情绪的渠道。但同时，部分权威、中心、主流的经典在网络中遭遇被拆解、被排斥。经典对于一个民族和个人的精神价值是不容被戏谑和亵渎的。随着时间的推移，在传承经典文化的过程中，隐匿其中的思维模式、审美范式会被不断地研究和发掘，其对历史的认知和对现实的参照价值会被后人更为看重。经典的永恒价值也会持久发挥其魅力。

中国幻想类网络自制剧发展状况及问题简析

◎高　云*

2019 年第一季度，国产幻想类动漫《白蛇·缘起》、硬科幻电影《流浪地球》在中国影视受众中掀起了新一轮的“幻想”热潮，引发了行业内外相关人士对于幻想类文艺作品的关注。而美国网飞“Netflix”出品、18 部单集时长 6 ~ 17 分钟不等的独立动画短片组成的网络短剧《爱、死亡与机器人》（*Love Death and Robots*）也在网络平台上广受好评。这部题材涉猎广泛、故事创意独特、视觉效果惊艳的美国网剧在中国引发热议，被国内网友亲切地称为《爱死机》，豆瓣评分高达 9.2 分。2013 年，网飞的《纸牌屋》（*House of Cards*）掀起的网络自制剧热潮推动了中国网络自制剧的繁荣发展。如今，网飞出品的现象级幻想类网剧引发了国人对于国产幻想类网剧发展现状及其相关问题的反思。

一、国产幻想类网络剧发展概况

幻想类网络剧包含通常意义上的科幻题材、奇幻题材等所有“幻”网络自制剧在内。张颐武教授曾建议，“不要用奇幻、魔幻、科幻去区分，直接用幻电影”去概括所有幻想题材电影。“幻想类”大致等同于张颐武教授提出的“幻”概念。在中国传统影视创作领域以及网络文艺创作领域，与幻想类作品相关的亚类

*　高云，中国传媒大学“传媒艺术学”博士研究生。

型概念为数不少，除了“科幻”与“奇幻”之外，最具代表性的有“魔幻”“仙侠”“玄幻”等概念。总的来说，“魔幻”“仙侠”“玄幻”题材之间界限并不清晰，且它们都属于中式奇幻的范畴，因而可以将此类影视作品都归入“奇幻”之列。借用艾布拉姆斯对“科幻”和“奇幻”这一词条的解释，可将“幻想类网络剧”界定为“呈现了一种其本质及运作方式与我们的一般经验世界极不相同的想象的真实”的网络自制剧。幻想类网络剧主要包括奇幻网络剧以及科幻网络剧。在幻想类网络自制剧中，“通常，故事背景是另一个星球，或是未来的地球，或是一个想象的平行的宇宙。”[1]

早期的中国网络自制剧不仅有体量小、碎片化、喜剧化等本体性特征，事实上，“幻想性”也是早期网络剧的重要特征之一。中国幻想类网络剧的发展历史可以追溯到中国网络自制剧的正式起步。网络自制剧元年（即2014年）正式开启之前，开播于2013年、带有奇幻色彩的现象级网络剧《万万没想到》为网络自制剧吸引了一定量的受众目光。自此，幻想类网络剧几乎每年都能够成功跻身于网络自制剧年度热播榜单的前列。

2014年，《灵魂摆渡》《探灵档案》等鬼怪题材奇幻作品横空出世，夺人眼球，视频网站开始探索科幻网剧创作，推出了《高科技少女喵》《你好外星人》等科幻作品。2015年，《无心法师》《太子妃升职记》等以“爱情”为主题的奇幻作品名列热播榜单前茅，《盗墓笔记》开启了盗墓题材影视创作热潮。2016年，《老九门》《鬼吹灯之精绝古城》等作品延续了盗墓题材奇幻剧的热度，《电竞纪元》《微能力者》《我不是妖怪》等绝大多数小成本科幻剧反响平平。2017年，幻想网剧在质量和数量方面获得较大幅度的提升，《海上牧云记》《河神》《鬼吹灯之牧野诡事》《鬼吹灯之黄皮子坟》《双世宠妃》等奇幻剧以及《端脑》《颤抖吧！阿部》《不负如来不负卿》等科幻剧在热播榜单中夺得一席之地。2018年，幻想作品的数量稳步增长，都市类幻想网剧回温，出现了《结爱·千岁大人的初恋》《同学两亿岁》等以现代都市为时空背景的幻想故事，以《天意》为代表的

---

[1] ABRAMS M H, HARPHAM G G. A glossary of Literary Terms[M]. Beijing: Foreign Language Teaching and Research Press. 2010: 323.

东方古装软科幻作品上线。

2013 年以来，经过五六年的发展，视频网站已经积累了一定量的幻想类网剧作品，且在幻想题材创新方面弥补了国产幻想类电视剧作品的空缺。虽然幻想类网剧的发展是值得肯定的，但是其艺术质量仍有诸多问题。总的来说，中国幻想类网络剧欠缺具有代表性的现象级作品。目前而言，中国影视市场上几乎没有出现能够代表中国科幻水准的现象级影视剧作品。国产幻想类网络剧囊括了穿越、鬼怪、悬疑、爱情、电竞、人工智能等多重元素，但质量上乘、口碑极佳的幻想类网剧尤其是科幻网剧屈指可数。

二、国产幻想类网络剧的主要问题

在国产网剧获得充分发展，网剧产业逐渐成熟的行业背景之下，幻想类网络剧的作品数量日益增长，题材类型日益增多，却始终难以在诸多网络剧作品中脱颖而出，展现幻想类网络文艺的独有魅力。整体而言，国产幻想类网络剧的发展面临着诸多问题。

一是题材趋于固化，缺乏创新力度。与创新性相应的问题是，虽然较之同质化严重的国产幻想类电视剧，中国幻想类网络剧在选材方面已具有一定的多元性、原创性特征，但整体而言，国产幻想类网络剧较之欧美幻想类影视作品仍欠缺创新力。首先，多部幻想类网络剧均为借同一 IP 热门剧的东风而播出的低配版 IP 作品。比如,《思美人之山鬼后裔》是配合电视剧《思美人》播出的衍生 IP 剧;《古剑奇谭 2》是现象级奇幻电视剧《古剑奇谭》的续作；2003 年香港曾推出电视剧《卫斯理》，如今这一 IP 被用来炒冷饭，由余文乐等知名演员加持的网络剧《冒险王卫斯理》并未取得理想的播出效果。其次，幻想类网络剧的创作团队本身也欠缺创新幻想题材和故事内容的能力。以万合天宜为例，该团队自《万万没想到》系列之后一度沉寂，2018 年再度推出奇幻网剧《万能图书馆》，却因“强行搞笑”而备受质疑。

二是投资成本较低，制作仍较为粗糙。虽然目前视频平台上也已有了以《盗墓笔记》《怒晴湘西》等盗墓剧为代表的“大制作”幻想类影视作品，但是更多的还是投资成本较低、演员阵容较弱的作品。首先，在《大军师司马懿》系列、《白夜追凶》等诸多热门网剧均启用二线甚至一线明星演员的今天，除了大量启用当红小鲜肉的盗墓题材网络剧之外，绝大多数幻想类网络剧却选用了名不见经传的年轻演员。其次，原本当以特效为重要组成部分和作品亮点所在的幻想类网络剧却因投资不足等原因而尽可能地减少了特效运用，或是淹没在“五毛钱特效”之中。以《蜀山战纪》为例，这部由赵丽颖、吴奇隆等人领衔主演的奇幻网剧演员阵容强大，剧中的打斗场景、特效效果却十分粗糙。

三是叙事能力较弱，剧情不够充实。幻想类网络剧具有更为强烈的“猎奇”性色彩。它从创意出发，却通常难以完善创意，难以讲述较为丰满的幻想故事。幻想类影视作品的叙事能力之差尤以盗墓题材网络剧为集中代表。以《老九门》《怒晴湘西》这两部投资相对较大、热度相对较高的盗墓剧为例。《老九门》依靠赵丽颖、陈伟霆这组高颜值、流量级 CP 吸睛，而《怒晴湘西》则以质量尚佳的特效和实力派演员取胜。但这两部剧的剧情节奏十分缓慢，情节迟迟难以推动，主要依靠角色和演员而非故事和情节来打动观众。因而，作品的主题不够鲜明，内容不够充实。整体而言，这些网剧是严重缺乏艺术“意趣”的。

四是元素多元混乱，未成熟类型。虽然幻想类网剧的创作者们也以“AI”等元素表现了他们追随时代潮流的态度，但这些看似新颖的元素本身却完全是作为被强行粘贴在作品之上的标签而存在的。以《颤抖吧！阿部》为例，这部科幻网剧虽以“科幻”之名著称，但就其故事内容和情节安排而言，该剧不过是为“古装穿越剧”套了一层科幻的外衣，与科学、外星人等元素之间的关联甚小。盗墓题材的作品虽然较多，但这些作品并未沿着同一条路径共同建构成为较为成功的网剧类型。正因为幻想类网络剧几乎没有形成较为成熟的题材类型，因而“幻想类网络剧”也很难形成“幻想”类别的集聚效应。即便是初步聚沙成堆的“盗墓”题材其本身，也并未探索出成功的人物类型和叙事模块。

五是过度追求“喜剧化”“离奇化”效果。诸如《颤抖吧！阿部》和《同学两亿岁》都是以初到地球的外星少女无法熟悉地球人的身体以及地球的人情世故为重要卖点。《太子妃升职记》更是以男性穿越成为女性为重要的卖点。事实上，“穿越”是这三部作品共同的外衣，而主角设置以及穿越方向的“离奇化”和口语对白以及身体语言的“喜剧化”则是这些作品的共有特色，也是幻想类网剧的典型特征。的确，幻想类文艺作品先天带有夸张、批判乃至讽刺的意味。但是，目前绝大多数国产幻想类网络剧过分夸大了幻想的“喜剧化”“离奇化”特征，却并未深入挖掘幻想文艺的表象特征背后的深刻含义。《巴赫金全集》第三卷在论及戏谑时曾说，喜剧的重要意义在于它跳脱于语言之外而具有了独特的讽刺意味。上述网剧却多是为“搞笑”而“搞笑”，“愚”乐大众的作品。

总之，幻想类网络剧的发展很大程度上仍然是在钻政策的空子。换言之，幻想类网络剧之所以得以立足和发展，是因为许多幻想题材作品的创作在电视平台上受限较多，但创作者却并没有充分地把握住幻想类网剧的发展机遇和媒介优势。较之幻想类电视剧，幻想类网络剧走的是“人无我有”的路线，而欠缺“人有我优”的水准。

三、国产幻想类网络剧的提升路径

相较于电影和电视剧创作者，网络平台和幻想类网络剧的创作者有更为自由的创作空间和更为丰富的资源依托。幻想类网剧的创作团队既不可有“网剧不如电视剧”的自暴自弃心态，也应当充分借用网络平台的丰富资源和网络媒介的媒介特征，充分发挥想象力和创造力，提升幻想类网剧的艺术水准和整体质量。

（1）利用体量优势提升创作质量。国产电视剧的时长相对固定，网络剧的单集时长则有较大的自由度。对于对影视特效技术要求较高的幻想类影视剧来说，单集时长的长短直接关乎投资成本的大小。网飞推出的幻想类网剧《爱、死亡与机器人》平均单集时长不到 15 分钟，其中，《当酸奶掌管世界》（*When Yogurt Took Over*）一集的时长不到 7 分钟。在中国，投资成本相对较大的幻想类网剧单集时长一般约等于国产电视剧的单集时长，诸如《老九门》《结爱·千岁大人的初恋》等，但这些作品大多选择将资金放置在演员上而非投入创意和技术中。而另外一些单集时长较短的幻想类网络剧，诸如单集时长 10 分钟左右的《高科技少女喵》以及单集时长 15 分钟左右的《超少年密码》等作品在虚拟技术以及视听语言方面的投入更少，剧集更加粗糙。在网络剧单集制作成本相对较低的基本形势下，幻想类网剧的创作者应当精简幻想类作品的体量以为技术投入预留空间，提升幻想类作品的整体质量。

（2）利用资源优势挖掘多元题材。网络平台占有各式各样的文艺资源，包括网络小说、网络漫画、网络动漫、网络游戏等。较之影视剧，网络剧与其他类型的网络文艺有更强的亲缘性，它们与网络剧有着相同的媒介属性——网络性。穿越小说、玄幻小说、仙侠小说等幻想类作品本就是网络小说的热门类别。国产网络游戏《恋与制作人》曾在 2018 年度引发不小的反响和诸多的社会关注。除了“恋爱养成”之外，“幻想”也是该游戏的重要标签之一。就幻想类漫画或动漫作品来说，2013 年以来，国产科幻题材动漫作品《纳米核心》已经在网络平台上连续播出了三季。改编自漫画《狐妖小红娘》的奇幻动漫网剧在豆瓣得到了 8.9 分的高评分。网络剧创作团队应当充分利用网络平台所占有幻想类漫画、小说、游戏等幻想文艺的相关资源，并充分地借鉴多元幻想类网络文艺形式的创意和主题，广泛地开挖形式多样的幻想主题和幻想题材。

（3）利用平台优势开拓赛博朋克。20 世纪 80 年代以来，计算机技术的发展成熟与逐渐普及直接催生了“赛博朋克”（Cyber Punk）这一科幻流派。“赛博朋克”又被称为“数字朋克”，是一种以黑客、人工智能为主要元素的科幻题材。“赛博朋克”概念诞生之后，迅速成为欧美、日本乃至世界其他各个国家和地区幻想类文艺创作领域的热门主题。然而，在“赛博朋克”风作品创作方面，中国影视人几乎是一片空白。“赛博空间”原本就是由数据勾连结成的想象世界，因而这一主题本就是以虚拟技术和网络空间为主要“讨论对象”、与计算机技术直接相关的反思性命题。“赛博”主题是计算机技术带来的社会问题和哲学命题的外化和集中体现。搜狐、爱奇艺近年来尝试着推出了《端脑》《二次觉醒》等与“赛博”主题相关的科幻作品，视频网站有志于追逐“赛博”和“人工智能”热潮，却并未充分展现“赛博空间”，体现“赛博”类作品的思想特征及形式风格。网络剧创作者应当借助平台优势充分感知、深入思考“虚拟技术”以及“赛博朋克”的相关问题，积极创作相关主题的作品，以尽可能地填补中国在此类题材创作方面的缺失。

（4）利用政策优势提升作品创意。《爱、死亡与机器人》这部幻想类网络剧包含了各式机器人、狐狸精、变异人、星际旅行等几乎所有常用的、流行的幻想元素和幻想主题。反观国内的幻想类影视剧，多集中于爱情、搞笑等元素，题材老旧，故事缺乏创意。当然，这与中国的影视、网络视频监管制度有关。不得不承认，中国当前的电视剧、网络剧管理制度和相关政策在一定程度上限制了幻想类网络自制剧的发展。2013 年至今，《探灵档案》《河神》等奇幻作品分别在不同阶段的网剧审查中被迫下架。但这并不意味着幻想类网剧的创作者可以将其失败的原因完全归咎于政策。事实证明，较之电视剧，网络剧有更为宽广的创意空间和自由度，而且，高质量的网络剧是可以成功避免“被下架”的命运的。在《探灵档案》等剧被迫下架之时，同为奇幻剧中鬼怪题材作品的《灵魂摆渡》始终稳坐经典网剧榜单之上。这恰恰证明了有关部门对于幻想类网剧的管控并非不留余地，内容充实、立意积极的幻想类网剧在网络平台上是有充分的发展空间的。

综上所述，视频网站背靠互联网媒介，拥有充实的网络文学资源，有近水楼台之优势。而中国当代网络文学恰恰是中国幻想类影视作品的重要取材之地。从这个意义上讲，中国幻想类网络剧的繁荣发展与中国幻想文艺的阶段特征及文化语境是趋于一致的。幻想类网剧应能利用多重优势，在为中国幻想类文艺作品，尤其是视频类幻想作品的发展助力的同时，展示国产幻想类网络剧的媒介特征和独有风采。

“鬼畜”视频简析

◎林杨莹*

一、鬼畜视频文化的起源

1. 鬼畜的含义

“鬼畜”（きちく）是一个日文直译词汇，指佛教世界里六道中沦落饿鬼道和畜生道并称简略之后所形成的词语，形容做残忍事情的人、鬼畜样的人。随着互联网日新月异的发展，“鬼畜”一词逐渐在日本ACG（二次元）文化圈内被泛化使用，通常泛指具有各种各样恶趣味性质的人、事、物。自制网络视频热潮兴起后，鬼畜又指以高度同步、快速重复的素材配合音乐的节奏，达到洗脑喜感效果的恶搞视频。

2. 鬼畜视频的源来

鬼畜视频的前身为音MAD。音MAD，是一种使用素材中的乐器对所选BGM（背景音乐）进行演奏的视频形式。一个视频只有包含原曲与素材乐器这两个核心组成要素，并具备使用素材中的乐器对所选BGM进行演奏这一本质，才可以称得上是一个音MAD，并与其他的MAD以及其他视频形式区分开来。

现在，鬼畜文化圈内公认最早的鬼畜视频作品为2018年1月在日本著名弹幕动画网站Niconico发布的名为《最终鬼畜蓝蓝路》的音MAD视频。在这一视

* 林杨莹，中国传媒大学“新闻传播学”硕士研究生。

频片段中，作者通过对日本麦当劳广告短片这一素材视频进行调音，使其不断重复演唱某一曲调，并使其画面搭配曲调节奏不断重复同一动作，使整个视频具有怪诞、洗脑、恶趣味的性质。视频发布后迅速在网站内引起轰动，并传遍整个日本 ACG 文化圈。视频于同年 8 月传入我国动画视频网站 ACfun，一鸣惊人。因为其标题内带有“鬼畜”二字，国内观众自此将此类别视频命名为“鬼畜视频”，鬼畜视频制作也成为个人视频制作者的新选择。

二、鬼畜视频的传播

1. 起源（日本 Niconico 动画）

Niconico 动画（日文：ニコニコ动画）是 NIWANGO 公司所提供的线上影片分享网站，常被简称为 Niconico 或 Nico 等，与 YouTube 等影片共享网站相似，但 Niconico 动画提供观赏者可在影片上留言的功能，而留言会以弹幕的形式出现在影片上。截至 2015 年，已有超过 4800 万人注册，付费会员超过 200 万人。Niconico 网站独特的留言评论功能——弹幕，开创了作者与受众之间、受众与受众之间的新形式交流，视频观众在观看视频的同一时间内可以即时感受到其他视频观众对于该节点视频内容的情感反馈，增强了视频作品与受众之间的联系，增强了视频观众观看作品时的代入感，加强了视频作品的传播效果。

鬼畜视频这一种具有循环画面、夸张音调、强烈节奏的经受过极端处理剪辑的视频，本该是一种常人所无法接受的视频形式，但正因为通过 Niconico 这种独特的留言机制，视频观众在处于一种全新的视听体验中找到了一同接受“折磨”的同伴，观众与观众之间通过在画面上发弹幕留言即时的交流感受，同时也成为鬼畜视频内容中的一部分，使得鬼畜视频的恶趣味性得到放大。

2. 传入（Acfun、Bilibili 网站）

AcFun 弹幕视频网（简称“A 站”）成立于 2007 年 6 月，取意于 Anime Comic Fun，是中国大陆第一家弹幕视频网站。鬼畜视频来到中国之初，仅在 Acfun 弹幕视频网站内传播，但受限于 Acfun 用户群体，起初只是作为小众群体中的小众文化。2009 年，随着另外一个弹幕视频网站 Bilibili（简称“B 站”）的创立与兴起，大量视频创作者加入鬼畜视频的制作行列中。网站中专门设置了鬼畜视频分区，帮助鬼畜视频爱好者快速检索、交流、分享鬼畜视频，也降低了学习鬼畜视频制作的门槛。

当代青年常见的亚文化之一即是恶搞文化，指对于作品进行二次创作，重组并解构母体文化，从而制造出喜剧或讽刺效果的娱乐文化形式。[1]鬼畜视频与恶搞文化一拍即合，成为当代青年宣泄个性、颠覆传统、展现内心天马行空思维的选择之一。因此，鬼畜视频爱好者挖掘了更多适用于鬼畜视频制作的中文素材，有当时热播动画剧集《蓝猫淘气三千问》中蓝猫的配音演员葛平先生的讲话视频；电视导购节目中颇具槽点的如 AIPC 电脑、金坷垃化肥、蓝翔技校等广告宣传视频；还有《中华英雄》等热播电视剧集等，对这些已经有一定知名度的人物形象、影视作品、广告宣传短片等进行剪辑再创作而诞生的鬼畜视频具有很强的戏谑性与个性化，不仅使得大众对个性娱乐产品的需求得到满足，也使得大众对自我意识增强后的自我主导地位认同感得到了满足。

3. 扩散（微博、微信、抖音等）

近年来，随着微博、微信、抖音等新媒体平台的发展，线上资源通过手机移动客户端覆盖了更多的人，特别是各类短视频分享类平台的火热，掀起了一股全民观看、制作、分享短视频的热潮。鬼畜视频作品多具备极度夸张、具有强烈个性、恶搞的特点，遵循着娱乐至上的原则，能在短时间内抓住观众的眼球。借助全民“刷”短视频一股热潮，越来越多鬼畜视频爱好者不断将鬼畜视频转载到其他新媒体平台，鬼畜视频顺利地走出了 A 站、B 站，也吸引了越来越多的人走入 A 站、B 站。

恶趣味一词原指不良的嗜好与兴趣爱好，但随着网络媒介的发展，恶趣味词义发生扩展，贬义已经基本消失，往往指代一种观赏别人出丑、搞笑或幼稚的特殊趣味或幼稚的行为。鬼畜视频能在短时间内成为一种新形式的视频创作分类并广泛传播，正是因为这类视频刺激了人们，带给人们正常的、合乎逻辑的影视作

[1] 王敬源．网络恶搞文化的传播学分析［D］．长春：吉林大学，2011.

品所不具备的冲击感，满足了观众群爱好者的恶趣味偏好。

根据B站UP主（即视频作者）“花儿不哭”发布的视频作品《B站鬼畜区播放最高UP主是？看完这份排行就知道了！》统计，截至2018年7月28日，鬼畜视频制作者“伊丽莎白鼠”发布的鬼畜视频加起来有约1.75亿次的点击量（见图2-1）。

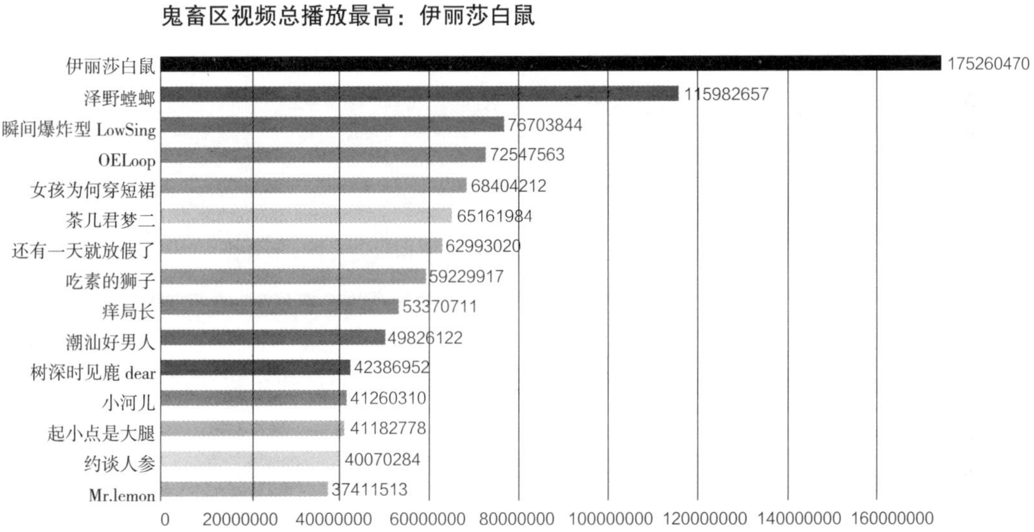

图2-1 《B站鬼畜区播放最高UP主是？看完这份排行就知道了！》视频截图

而另一位B站UP主“Jannchie见齐”发布的视频作品《2018鬼畜作品盘点谁是今年播放量最高的鬼畜作品？》中统计，鬼畜视频的播放量已经到达一个新的量级，截至2018年12月27日，2018年度鬼畜视频《【面筋哥 × 波澜哥】我的烤面筋，融化你的心！》有接近2000万次的点击量，排行榜前十的鬼畜视频均超过500万次的点击量（见图2-2）。

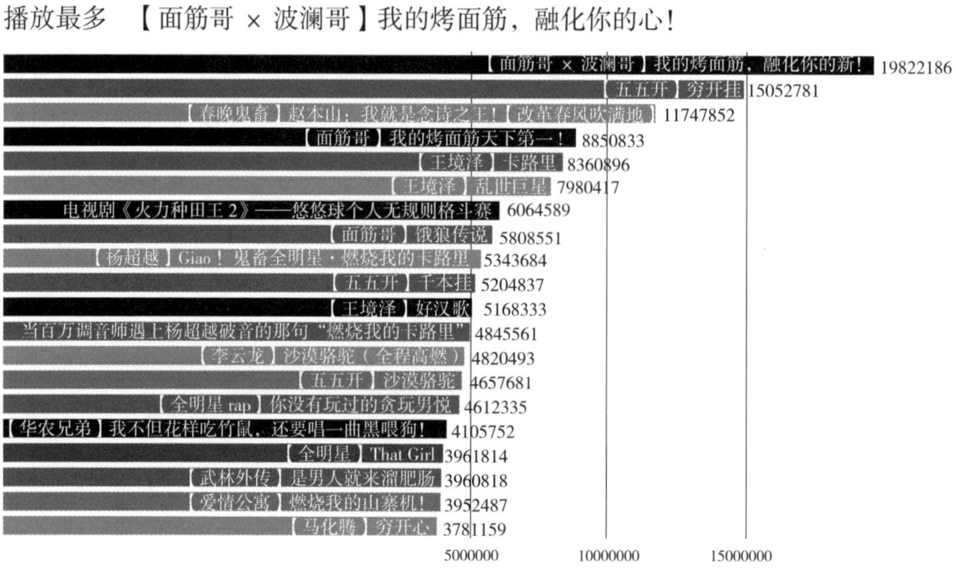

图 2-2 《2018 鬼畜作品盘点谁是今年播放量最高的鬼畜作品？》视频截图

以上数据均表明，鬼畜视频已经从一种小众的文化形式走进了大众的视野，成为时下流行且为人们广泛认知和认可的作品表现形式。

三、鬼畜是否构成著作权侵权

鬼畜视频是将其他形式的视频素材包括但不限于影视、广告、综艺、音乐等以夸张的手法进行剪辑再创作，因此，在鬼畜视频创作中，视频内的人物形象、整体画面及音乐音源往往不是创作者本人原创的。由于篇幅限制，结合时下热点事件，我们仅讨论鬼畜视频是否对原视频作品中演员或知名公众人物的著作权及人格权构成了侵权。

1. 著作权

鬼畜视频文化得以快速扩张，除了其怪诞离奇、颠覆传统、循环洗脑的特性之外，也有很大一部分原因是在于对明星符号的挪用。从最开始的鬼畜素材人物

"麦当劳叔叔"，到进入中国后的蓝猫配音演员葛平，《三国演义》中唐国强扮演的"诸葛亮"这一形象，霸王洗发水广告代言明星成龙，小米手机董事长雷军等，引起我国网民关注热议的鬼畜作品中，主角多为已经具有一定社会知名度的明星人物。鬼畜视频通过再创作，由鬼畜视频作者重新剪辑，赋予完全不同于原素材的内涵，让在大众心里已经有固化形象的明星人物展现出高反差对比的全新形象，不仅符合鬼畜视频爱好者的恶趣味心理追求，同时也让普通网民在搜寻涉及明星、知名公众人物的信息时接触到相关联的内容。

对于已发布影视作品、广告、发布会视频等的二次创作，是否已造成著作权侵权，笔者认为，由于鬼畜视频本身难以定义，既非单纯的侵权演绎作品，也不属于通常的录音影像作品，创作者往往是基于娱乐至上的目的而并非主观恶意诋毁、扭曲、篡改，因此在侵权问题判断上较为模糊。电影、电视剧属于著作权法上的"影视作品"，影视作品的著作权由制片者享有，编剧、导演、摄影、作词、作曲等作者只享有署名权和获得报酬权，主要演员享有表明表演者身份权和获得报酬权，作品中的剧本、音乐等可以使用的作品作者单独行使其著作权。[1]因此，鬼畜作品并不侵犯素材中主要演员的著作权，因为演员本身不享有著作权。并且，鬼畜创作者们把别人作品原样搬来，不仅仅只是简单地改变台词顺序或者把诸多小品的片段拼凑在一起，而是在创作过程中添加了大量新元素，例如将某句台词在短时间内快速重复播放多次，从而达到洗脑的效果。这其中就体现了创作者自己对台词和对作品的理解，具有独创性。

2. 人格权

对于演员本身的人格权是否造成侵害，应当展开分析。人格权的内容包括生命权、健康权、身体权、姓名权、名称权、肖像权、名誉权和隐私权。[2]鬼畜视频创作对其中生命权、健康权、身体权、姓名权、名称权并不造成影响，我们单独分析隐私权、名誉权和肖像权。

---

[1] 张明."鬼畜"类视频是否会造成侵权［EB/OL］.（2015-06-30）［2019-10-10］.https://www.zhihu.com/question/30608829/answer/53313285.

[2] 参见《中华人民共和国民法总则》第一百一十条规定。

（1）隐私权。鬼畜视频创作中使用的素材基本上都是已经向大众公开发表的影视作品、广告、报道等，当中出现的演员、公众人物的身份已经为大众所知，因此其在这些作品中的内容不享有隐私权。通过鬼畜视频创作者的再剪辑创作亦不属于侵犯他人隐私权。

（2）名誉权。侵犯名誉权的构成要件是四个，即行为人故意实施了侮辱、诽谤的行为；侮辱、诽谤指向特定的人；侮辱、诽谤的行为为第三人所知悉；受害人的社会评价因侵害人的行为而降低。鬼畜视频作品虽然有可能会降低被二次创作的明星及公众人物的社会评价，但通常情况下，并非主观上的侮辱及诽谤行为，仅是鬼畜视频作者对于其意图展示的娱乐效果而造成的可能性连带结果。

（3）肖像权。笔者认为，被鬼畜视频二次创作的明星、人物或者普通百姓的肖像权在某种程度上没有受到维护，他们的形象在通过其他视频形式正常的公开之后，在没有经过其同意的情况下被鬼畜视频作者随意使用进行再创作，以其形象搭配并非其本意的内涵再次呈现给社会大众，不论其在鬼畜视频中呈现给大众的是正能量抑或者低俗的内容，都是对“被素材化”的人的一种侵犯。这也是鬼畜视频长久以来存在争议的地方。

综上所述，鬼畜视频的诞生标志着一种新网络文艺表现形式的出现。这类迎合大众娱乐至上的视频形式在对于原作品的著作权、被鬼畜人权益上还存在许多问题，由于篇幅原因没有详细展开讨论，本文对鬼畜视频的研究还有诸多不足。随着互联网的不断发展，对作品的利用行为将会出现越来越多新的形式，如何去规范即将出现的更多新形式文艺作品，引导新形式文艺作品发展，并规避当中可能存在的权益问题，笔者借此抛砖引玉。

剖析、颠覆与狂欢

——网络自制脱口秀《吐槽大会》的后现代特征解读

◎马　阳*

20世纪60年代，后现代思潮兴起并席卷各个领域，在西方步入大众消费的后工业社会的背景下，形成了一股反对“权威”，推崇“消费”，强调“自我与感性”“颠覆与反抗”的思想浪潮。在我国当下以新型交互媒介为主要传播场域的格局中，网络赋权使个体的价值被放大，个体对消费情感、颠覆传统与权威的诉求更为强烈。在此影响下，“网络文化的后现代特征是显而易见的，各种后现代的内涵中都可以找到它的相应的表征。”[1]互联网传播与网络文化中显著的后现代特征，更为系列互联网文娱产品赋予浓厚的后现代色彩，网络自制脱口秀的先行者《吐槽大会》便是典例。

“吐槽是门手艺、笑对需要勇气。”2017年1月，主打吐槽与调侃，由腾讯视频和上海笑果文化传媒有限公司联合出品的网络脱口秀《吐槽大会》横空出世，并创下“总播放量达16.6亿、单期最高点击量超2.16亿”[2]的收视纪录，其初获成功，引发网络脱口秀节目的制播高潮。

---

*　马阳，中国传媒大学“新闻学”博士研究生。

❶　孟建，祁林．网络文化论纲［M］．北京：新华出版社．2002：276.

❷　艺恩报告《网综盛世，百舸争流——暨2017中国网络综艺市场白皮书》，http://www.docin.com/p-2072773680.html。

《吐槽大会》的节目制式脱胎于美式脱口秀，该节目效仿有线电视台“喜剧中心”出品的Comedy Central Roast，通过邀请不同类型但话题性十足的名人明星并联系其各自的标签和争议焦点，借助戏谑、对抗、反讽等后现代话语特征，以实现相互吐槽和调侃。在你来我往的“自黑与他黑”中，不仅消解了观众与明星的身份地位隔阂，更使观众沉浸在“自黑、互撕”的话语狂欢带来的反叛、颠覆之乐中，大众体验到的是“狂喜般迷失自我的能力”[1]。

一、祛魅与解构：明星形象的颠覆与反转

明星形象本是多重媒介塑造的结果。约翰·费斯克定义“明星”为：“由于在银幕上与其他媒介上的公开表演而出名，并被视为各种文化群体之内与之间重要表征的个体。”[2]在传统媒介环境中，明星的媒介形象由明星在荧幕之内（影片、电视节目）和荧幕之外（报纸、广告、社交媒体）的视觉形象、话语和声音文本等多元符号共同组合而成；同时，这些媒介形象是符号化的产物，它们以正面为主，且无一例外地展现着明星姣好的样貌与出众的个人魅力。而《吐槽大会》则颠覆传统，节目邀请自带标签、话题和“黑历史”的名人明星，围绕他们的负面新闻和争议话题，通过“吐槽”“调侃”等方式颠覆明星既有形象、打破其“完美人设”，以此实现明星形象的祛魅与解构。因此，“选择嘉宾—展开槽点—交互调侃和吐槽”构成了《吐槽大会》解构明星形象的内在逻辑。具体而言，该节目对明星形象的解构分为以下几步。

第一，选择自带话题、标签和流量的嘉宾。“吐槽”一词源于日本漫才（即一种日本相声形式），具体指漫才表演中通过“找到对方话语漏洞、并以犀利、简洁和幽默语言反击，来往之间形成对事物、现象调侃的话语形式”。在我国，“吐槽”因结合本土文化而更为具象，具体指“围绕不符合逻辑的事物与言语进行的一种犀利直爽的批评”。因此，“吐槽”的本质在于围绕话题和槽点延伸出

[1] 约翰·费斯克.理解大众文化［M］.王晓玨，宋伟杰，译.北京：中央编译出版社，2001：67.

[2] 约翰·费斯克等.关键概念传播与文化研究辞典［M］.李彬，译.北京：新华出版社，2004：270.

系列幽默犀利的话语表达，“吐”什么、怎么“吐”是决定节目可看性的关键。基于此，《吐槽大会》为了丰富吐槽内容、提升嘉宾吐槽的话题度和可看性，会选择那些自带话题、流量和标签的名人明星。尽管这些嘉宾并非超一线明星，但是却十分有看点，如“被嘲笑一无所会、只有锦鲤人设”的杨超越；“与郭德纲师徒反目、绯闻丰富”的曹云金；“靠妻子和女儿、被骂吃软饭”的王岳伦；“被质疑演技”的李小璐等。

明星的话题源于其他媒介中大众对明星形象的认知及反馈。以缠绕明星的话题和标签为起点展开吐槽和调侃，既奠定了当期节目的基调、便于节目主体设计，且此举实质上也是对受众认知的贴近和迎合。可以说，话题意味着可看性，更意味着流量和关注度。因此，《吐槽大会》选择的嘉宾，或是自带话题和标签、或是近期处于舆论风暴的中心，他们自身的看点不仅与“吐槽”的节目初衷相符、为“吐槽”的延展性和丰富性奠定基础，甚至更能帮助节目迅速抓住观众眼球，以此实现话题和关注的平行迁移。

此外，节目组还会以“主咖”为核心，围绕其人际关系或与当期话题的相近程度选择其他 8 位嘉宾。这些嘉宾由不同圈层、不同职业、不同类型的名人明星组成、且自身亦具二三槽点。如歌手张韶涵为主咖的一期请来的嘉宾女主持人“大王”，以参加歌手节目时经常夸张大哭而受到外界诟病。如此一来，不同圈层、不同类型的名人明星聚集在一起，使节目的可看性和丰富性大为增强。如节目多期邀请体育明星、喜剧演员、歌手、流量明星、脱口秀编剧等不同身份的个体同堂一聚，他们由各自不同的话题和话语表达中碰撞出看点与火花。

第二，以嘉宾“槽点”为内核，强化嘉宾既有标签，并延伸出多重吐槽视角。《吐槽大会》以“吐槽”为核，“槽点”既是节目的引子，也是节目的核心。大众的传统认知中，明星自带“光环”，而《吐槽大会》则多角度挖掘嘉宾身上的负面话题，进一步“消费”明星自带的标签。每期节目伊始会播放一则关于主咖的短片，片中将其相关的争议话题和“黑历史”进行罗列；嘉宾上台后，针对其他嘉宾的负面话题调侃和吐槽。这些话题尖锐、火爆，不仅直戳嘉宾痛点，更将明星的绯闻、秘闻以调侃吐槽的方式摆上台面，使嘉宾直面流言蜚语和尖锐质疑。过气、整容、演技差、爱炒作等传统采访不可触碰的禁区，构成《吐槽大会》的核心内容。如第一季第 8 期李小璐担任主咖的节目中，嘉宾分别围绕李小璐“演技差”“靠女儿捞金”“网红脸”“爱追逐流行”等槽点展开吐槽；凤凰传奇担任主咖时直面“歌曲俗气老套”“组合重此失彼”的指责；主持人李湘则当面被调侃“过分消费女儿”“身材过胖”等问题。嘉宾“槽点”的强化和延伸、奠定了节目反抗性和颠覆性的基础。

可以说，《吐槽大会》节目最突出的后现代特征之一，就是对明星形象的祛魅与解构。“祛魅”一词最早由马克斯·韦伯提出，具体指：“对于科学和知识的神秘性、神圣性、魅惑力的消解。”[1] 而《吐槽大会》则围绕明星的负面话题，借助脱口秀中的话语表达，消解了明星的神秘性和魅惑力。在嘉宾间你来我往的“唇枪舌战”中，“明星”光环被无情扯下，建构于传统媒介中的积极正面的形象被解构和颠覆。更深层而言，这种形象的颠覆，表层上看是满足了受众窥视明星生活、宣泄压力与情绪的娱乐化需求，但其实质上是在迎合后现代社会和网络文化中大众反转圈层、颠覆传统、消解权威的心理诉求。

二、语言狂欢：草根话语体系与碎片段子的拼贴式表达

“狂欢”之意取自苏联思想家巴赫金的“狂欢”理论。该理论指出，在中世纪走上街头载歌载舞尽情欢乐的庆典活动中，形成了一个脱离宗教、阶级等社会身份限制的“狂欢场”：“在狂欢中，人与人之间形成了一种新型的相互关系，并通过具体感性的形式，半游戏、半现实地表现了出来，这种关系同非狂欢节生活中强大的生活等级关系恰恰相反，人的行为、姿态、语言，从在非狂欢节生活里完全左右着人们一切的种种等级地位中解放出来。”[2]

脱口秀的核心是使用语言和话语体系以完成表演，因此，这场“秀”的成功与否，与其选择的话语体系和言语表达方式关系密切。《吐槽大会》精准把握网

[1] 欧阳友权等 . 网络文学论纲［M］. 北京：人民文学出版社，2003：62.

[2] 巴赫金 . 诗学与访谈［M］. 白春仁，顾亚铃，译 . 石家庄：河北教育出版社，1998：162.

络文化的特质，通过使用凸显后现代特征的话语体系和表达方式，以凸显“草根性、平民性”又兼具“犀利性、颠覆性”的表意系统打破了现实社会中个体与明星间森严的距离感，为大众构建了一个反叛且颠覆的语言“狂欢场”。

1. 草根话语体系：迎合流行、消解距离

话语表达方式决定着脱口秀节目的整体语言风格，更决定着大众对节目的接受程度和喜爱程度，因此网络综艺节目在不同程度上都表现出放低话语姿态、迎合观众旨趣的特点，而《吐槽大会》则更是在此特征之上大做文章。

该节目以草根话语体系为主体，综合网络流行语、日常生活用语甚至是粉丝的“粉圈专用语”，形成贴近网络文化、贴近日常生活、贴近年轻观众旨趣的话语风格。在此之中，严肃、崇高的表达系统被摒弃，接地气、贴近大众的话语成为主体。如节目中调侃身材微胖的张绍刚为“大胖娘们”，将张艺兴的黑粉称呼“白莲花”“莲言莲语”摆至台面；张雨绮“网上老有人心疼我，说我多苦似的，我谢谢大家关心我，其实我过得挺好的。有两个特别好看的孩子，事业也很顺利”的家常式表述；建国形容法老“尼罗河畔法力无边的前辈们”的趣味性表达等。这些话语方式和表达体系在传统电视节目中难以见到，甚至是在综艺节目中都几近难见；而《吐槽大会》则规避严肃、正式的表演语言，以贴近日常生活、网络和流行的口语表述，甚至掺杂着嬉笑怒骂、俚语脏话的草根话语来打破距离。其话语系统，既体现出“低语境”“易理解”的特征，也带有消解权威、反严肃正统的后现代特征。

2. 犀利的语言风格：凸显对抗、宣泄情绪

“吐槽”，以“吐”为表、以“槽”为里，其本身就是指草根大众用于娱乐的话语表达。因此，在语言风格上，“吐槽”强调以犀利、揶揄、戏谑等具有对抗性、情绪化特征的表达方式述说观点。

《吐槽大会》正是抓住“吐槽”的语言特点，其脱口秀表演以言辞犀利、冲击性十足的表达为主。在尖锐话题的基础上，嘉宾与嘉宾、观众、主持人之间产生激烈的“言语对抗”，各方围绕彼此的“黑点”展开自黑与互黑，从对方的言语漏洞中发出直击痛处的调侃与讽刺；同时，这种吐槽甚至互怼节奏极快、冲突

性极强，而观众则在此之中收获“爽字当头”的精神体验和酣畅淋漓的情绪宣泄感。如吐槽张绍刚的土味穿衣、王岳伦的“吃软饭”、王晶拍“烂片”、蔡明“一把年纪拍摄男人装”等，吐槽越狠、表述的言语越犀利恶毒，观众的反应则越热烈。这种在吐槽中形成的激烈话语风格，既是在制造冲击与对抗，也是在反严肃正统。即使嘉宾们是为了节目效果遵循剧本进行“表演”，而观众依然沉浸其中。实质上，观众是以此为契机，或是表达对某位嘉宾的厌恶，或是借以释放积聚于现实生活的压力与情绪。在激烈的言语碰撞中，《吐槽大会》以“吐槽”出口迎合大众的情绪释放需求与对抗反叛欲望，观众在观看吐槽、参与吐槽中明星的演技、人气、婚姻等话题中，实现窥私欲望的满足感和颠覆身份的接近感。

3. 杂糅的话语内容：碎片段子的拼贴式表达

后现代主义是对现代主义的反叛，它拒绝整体与连贯，主张碎片化与非延续性。[1]后现代的话语表达中强调碎片化、非连续的特征，而《吐槽大会》杂糅、拼贴的话语内容和节目形式，正表现出这一特征。

《吐槽大会》的节目流程是，嘉宾分别上台进行脱口秀表演，在十几分钟的时间内，嘉宾需要吐槽其他数名嘉宾，且其吐槽的内容能引起受众的兴趣甚至是喜爱。因此，槽点的内涵、质量以及与受众的贴近性尤为重要。基于此，《吐槽大会》以源于网络的嘉宾话题和槽点为主要的表达内容，在网络的碎片段子和原创段子糅合的基础上拼贴出对不同嘉宾话语表达风格的吐槽文本。这些吐槽文本由密集的段子和笑料拼贴而成，虽带有“重笑点而轻内涵、重吐槽而轻逻辑”的特点，但却围绕受众关注的艺人话题大做文章。节目播闭，当天节目的经典语录会再次以碎片化的段子形式回归微博、微信等社交平台实现二次传播。

如大张伟担任主咖的节目中，嘉宾围绕“歌曲抄袭—杀马特造型—歌曲口水话—嘴碎—上节目胆小”五点分别展开吐槽。这些段子源于大众对大张伟负面新闻的认知，其正面的明星形象则被解构颠覆。在槽点与段子串联产生喜剧效果的同时，这些拼贴的槽点一方面由网络“位移”至在场的舞台，满足了大众对大张

[1] 高建平，丁国旗．西方文论经典第六卷：后现代与文化研究［M］．合肥：安徽文艺出版社，2014：264-265.

伟的解构欲望；另一方面，在吐槽中产生的语言反转和槽点笑点迁移，使观众降低对明星的心理防备，消解了明星与观众间的认知沟壑，明星反而通过吐槽重构了自身形象，取得意想不到的积极效果。

《吐槽大会》杂糅的另一表现，是节目类型的杂糅。不只是话语内容，在节目内容上，《吐槽大会》也通过拼贴“脱口秀、歌舞表演、小品喜剧”等多种形式丰富节目内容和类型，打破节目风格单一的限制，在多元节目的拼接中满足不同受众的观看偏向，也嫁接出不可思议的喜剧效果。

概而述之，《吐槽大会》正是利用脱口秀最本质的表现方式——言语表达，借助草根话语体系、犀利吐槽的话语风格和碎片段子拼贴等方式建构起“语言狂欢场”。在此之中，大众拒绝深度，排斥严肃，主张随意与娱乐；个体与个体间、观众与明星、受众与节目制作者之间森严的阶级感、秩序感被打破，节目在嬉笑怒骂中营造着全民狂欢的娱乐氛围，并展现出后现代特征中的“平等与全民性”。正如狂欢理论表述的那样，“人与人之间的平等，成为整个狂欢节世界感受的本质部分。”[1]

三、同时在场：跨屏互动以凸显受众主体地位

网络时代，用户为王。当下的网络环境，尤其是以社交媒体为主导的网络环境中，受众更多地参与至节目的宣发乃至创作中，受众的观看“旨趣”、在节目中的“融入感”和“体验感”，决定着节目的影响力和传播力，也决定着节目的引流能力和商业价值。

为了满足受众需求、增强节目收视率和点击度，《吐槽大会》也遵循着网络综艺中“以受众为主、凸显受众主体地位”的创作规律。除了开发贴近受众兴趣点的节目，更通过弹幕互动、跨屏互动来强调受众的“在场”感，以拉近受众与嘉宾之间、受众与节目之间的距离。

第一，作为一档以脱口秀表演为主要内容、以棚内录制为主要方式的网络喜

[1] 陆道夫．狂欢理论与约翰·菲斯克的大众文化研究［J］．外国文学研究，2002（4）:21–27.

剧脱口秀节目，该节目除了在节目议题设置上贴近热点和年轻关注聚焦点外，可与受众互动的方式和渠道十分有限。因此，《吐槽大会》首先注重与棚内录制现场观众的互动。嘉宾和主持人在表演中，注重与现场观众互动，甚至当出现打断节目正常进度的观众插话时，现场嘉宾也会积极回应。节目还利用现场观众的反应在笑点和槽点上做文章，当某一话题或段子在场内引起较为激烈的反响后，主持人会反复强调，迎合观众的趣味点。如嘉宾联合现场观众调侃主持人张绍刚的配色奇怪的西装后，张绍刚再次上台时会“回怼”观众，并质问：“对什么对，你们跟着瞎起哄什么？”因此，节目最后呈现出来的是明星嘉宾、主持人与现场观众之间无障碍、无限制的互动交流，甚至还有打乱节目流程却看点十足的对话和互怼。

此外，《吐槽大会》中，现场观众掌握票选 Talk King（当期表现最好的嘉宾）的权利，观众喜恶直接反映在节目现场，这也是对受众观看旨趣的迎合、对受众主体地位的尊重。

第二，设计“跨屏吐槽”“弹幕互动”等形式，实现节目与观众的“同时在场”。在第三季《吐槽大会》中，节目设计了“跨屏吐槽”的环节：观众通过特定的短视频平台吐槽节目嘉宾，人气最高的吐槽视频会被挑选至节目中播放。此举激发了大众参与至吐槽明星之中的欲望，观众在节目中的存在感也与之提升。

此外，节目还注重利用弹幕与观众多向互动。弹幕是观众个体的“在场化身”，具有较强的互动性及与节目同步的共时性特征，观众看到哪里、想说什么，都可以随时通过弹幕表达。《吐槽大会》一方面注重对弹幕内容的反馈，使观众体验到参与节目的乐趣；另一方面，嘉宾、主持人还在节目现场与弹幕形成“跨时空”互动，他们通过号召观众“多发弹幕”；甚至当场读出弹幕内容激发观众的互动欲望。嘉宾李诞在调侃主持人张绍刚“滚出吐槽大会”一梗时，甚至使用丰富的肢体语言躲避弹幕以暗讽张绍刚不受欢迎，呼唤观众“此时此刻”多发弹幕以调侃让“张老师看到群众的呼声”。

《吐槽大会》中的“弹幕”被“玩”活，受众吐槽明星、解构明星的欲望与诉求得到充分挖掘，并由此形成“节目现场与屏前受众填补空间沟壑、共同在场吐槽”的秩序感。这种交互性体验的开发，满足了受众参与节目制作、参与传播宣传、参与解构明星的多重愿望，实现了不同空间的同时“在场”，更凸显着后现代主义所强调的“个体价值”与“全民性”并重的特征。

四、反思与归因：《吐槽大会》的后现代特征及其原因与影响

《吐槽大会》是互联网综艺与欧美脱口秀形式的双向度融合。一方面，它根植于以受众为主导的网络文化，着力追求新奇与个性，反对教条和权威，自然而然地表现出消解深度、为了娱乐而娱乐的后现代特征；另一方面，它也深受消费文化和个体主义的影响，致力迎合受众怀疑和否定、批判与调侃的收视旨趣，在制作传播中更不断强化其本身蕴含的后现代特性，以求最大限度地将受众关注度转化为点击率，满足其背后资本运作和商业营销的目的。可以说，《吐槽大会》的后现代特征是其成功的重要助力；同时也展现着交互媒体时代网络脱口秀和网络综艺发展的新特点与新走向。

正如《吐槽大会》在其简介中所提出的：“吐槽”，是一种年轻态的沟通方式，让人们在日常的交往中用坦诚的态度与机智幽默的语言去拉近彼此之间的距离，从而达成理解、收获关怀、彼此鼓舞。可以看出，该节目的创作初衷就是在颠覆与反抗的语态和制式中，实现全民性的吐槽狂欢。话语权力的下放使大众拥有了消解明星所代表的“上层精英文化”的主动性，“吐槽”为大众提供了一个平等的舞台，任何身份、地位、职业和年龄的个体均可不拘形式地吐槽他人，这是对传统社会结构的消解，也是对个体平等的追求。同时，于社会意义层面，在吐槽文化的影响下，观众以年轻化、娱乐化、大众化的沟通方式笑对生活压力，传递娱乐精神。而不可忽视的是，这种对抗与解构的“狂欢”背后，有深刻的社会原因：随着社会城市化进程加快，现代人，尤其是为生存打拼的年轻一代正面临多重社会压力。在规训与服从中，个体价值被群体掩覆，个性被共性磨灭消解。因此，社会现实催生的反抗精神与对抗意识只有在网络中得以表现。以《吐槽大会》为代表的网络综艺节目，其裹挟的后现代特征为当代年轻一代的情感宣

泄、压力释放提供出口，大众通过吐槽、调侃等方式解构权威形象、颠覆明星光环，表达着对现实的对抗，也传递着对新奇与个性的追求。

但不可忽视的是，以《吐槽大会》为代表的网络综艺节目中，对后现代性的关注和强调亦会带来诸多负面效应。当大众陷于解构、吐槽与调侃的狂欢中，低俗消解严肃、虚无吞噬意义的场景就会出现。在对后现代性“尊重个体、消解权威、膨胀个性”等特征的过度吹捧中，还会诱发网络综艺节目在制播中过分迎合受众旨趣、迎合大众窥私名人生活的猎奇心理，使节目变得无意义、低俗化和过度娱乐化。如《吐槽大会》第一季第一期，就因为尺度过大而被勒令下线整改。

此外，网络综艺节目对受众旨趣的迎合，本质上是为导入观众流量、提升收视数据服务。在“设计节目—造收视数据—演化话题度和二次播放量—吸引招商”的逻辑主导下，观众对节目的关注度被“二次售卖”，并变现为商业赞助。在此影响下，网络综艺节目内含的资本逻辑与商业动机易使节目出现广告扎堆、过度植入、过度营销等问题。

网络综艺节目始终需重视传播内容的社会性与理性，面对“吐槽热”“脱口秀热”，网络综艺节目未来如何迎合受众口味、防止过度娱乐化；如何在娱乐、解压与传播主流文化、弘扬社会正能量中寻得平衡，需要更多的“冷思考”。

网络游戏的传媒艺术特征探析

——以《英雄联盟》为例

王博霄*

网络游戏作为现代传媒艺术的一种，成为越来越多人的休闲娱乐方式。随着我国网络游戏的规范化发展以及年轻人对于网络游戏的认知越来越成熟，网络游戏的发展覆盖程度以及人们对其的认可程度也在迅速增加。随着国内网络游戏市场的不断成熟，用户品味和消费能力持续提升，从而推动游戏开发商更加注重对于游戏品质的投入。与此同时，愈发成熟的市场环境也给独立游戏开发者提供了良好的发展空间。第 42 次《中国互联网络发展状况统计报告》显示，截至 2018 年 6 月，我国网络游戏用户规模达到 4.86 亿，占总体网民的 60.6%，较去年末增长 4391 万人。从 2017 年 12 月至 2018 年 6 月，中国网民各类互联网应用的使用率来看，网络游戏的使用率从 57.2% 增长到 60.6%, 半年增长率为 9.9%，可见网络游戏这种新媒体艺术形式正在迅速普及发展；而网络文学作为网络艺术创作的代表，网民使用率为 50.6%，甚至低于网络游戏的使用率。据 GMG 的全年回顾报告，2018 年单单 Steam 平台的总游戏市场就比去年增长了 88%，第一名的 CSGO 的总游戏时长达到一亿九千万小时，可见每年网络游戏玩家的数量和投入时间都在不断地增长。尼尔森旗下的 Superdata 显示，2018 年全球数字游戏的总收入达到了 1134 亿美元，位列年收入第三名的《英雄联盟》年收入为 14 亿美元，同时因 2018 雅加达 – 巨港亚运会英雄联盟表演赛决

* 王博霄，中国传媒大学“网络文艺学”硕士研究生。

赛中中国队的胜利以及 S8 总决赛中国队 IG 战队的夺冠，已经运营了近十年的《英雄联盟》在 2018 年中国服务器在线总人数增长为 4693 万，相比去年增加约 50 万。本文就以在国内大热的《英雄联盟》为例，讨论网络游戏与其他种类传媒艺术的异同及其自身的传媒艺术特征。

一、网络游戏的传媒艺术特征

自 2002 年起，游戏形态便从电子游戏、单机电脑游戏转向网络游戏。从 2001 年年底引进的至今仍在各个短视频 App 中火热的《传奇》，到 2005 年引进的引领硬件革命的暴雪公司的《魔兽世界》，再到 2009 年由拳头公司推出，2010 年被腾讯公司代理的《英雄联盟》，短短十年内网络游戏行业飞速发展，而《英雄联盟》是一款 3D 竞技多人场战（MOBA）网络游戏，也就是大部分玩家所称的多人对战网络游戏。这类游戏主要发展于 *War3* 的澄海 3c 系列以及 Dota 系列，在游戏中玩家不仅可以获得团队合作最终谋求胜利的游戏体验，而且可以感受其中丰富并极具个性的人物角色、优美精致的游戏画面、稳定平衡的自动匹配玩家系统，这些都吸引着玩家的目光，同时这也是它成为今年最为热门的网络游戏的原因。这之中蕴含了许多非常特别的亮点。[1] 主要的网络游戏行为也细分为独自游戏和集体游戏两种形式，独自游戏是指游戏玩家独自一人在游戏中探险，不与其他游戏玩家产生任何互动。集体游戏则是指游戏玩家在虚拟世界中互相沟通和互相合作，大部分玩家在游戏中都会进行社会化的行为。[2] 在《英雄联盟》这种回合制的游戏中，独自游戏的形式几乎没有占比，多数时刻是团队之间的配合，而《魔兽世界》过于社会化的公会以及团队的社会化现象并不明显，所以游戏主要以集体游戏的形式存在但并不过度社会化，组织大型的集体战役（raid）现象以及公会领袖、分配战利品等现象并不会出现于游戏中。相比于其他网络游戏，更易上手的难易度、公平的竞争环境、精美的画面和数量丰富的人物角色吸

[1] 张爱华，祝笛．《英雄联盟》的多元化模式与网游发展前景［J］．科技传播，2014（2）．

[2] 钟智锦．网络游戏玩家的基本特征及游戏中的社会化行为［J］．现代传播，2011（1）．

引了许多玩家涌入此游戏中。而相比于其他种类的传媒艺术，网络游戏不仅具有传媒艺术的特征，同时也拥有着其他类别艺术所不具有的特征。

传媒艺术具有的第一个特征便是科技性，自摄影技术出现以来，现代科技在传媒艺术的生产创作和传播中发挥了深刻的作用。具体说来，指的是现代科技在介质、材料、手段、方法和传播方式等方面的深度介入，对传媒艺术本体形态和价值实现等所产生的不可替代的影响。[1]科技开始与艺术共生，传播也走向了非实物的模拟，进行虚拟内容的传播。传统艺术是对现实进行复刻，传媒艺术则是进行模拟与虚拟，而游戏便引领艺术从模拟向虚拟的跨越，在网络游戏中构建的宏大世界观构建完全脱离现实世界的新的真实。如《英雄联盟》中所构建的艾欧尼亚大陆，几个大陆之间的矛盾和纷争成了游戏的主要线索；而每一位人物之间的关系，包括亲情、爱情和友情的故事线索，又引领各位玩家的情感。精细的画面和精美的人物渲染使玩家的体验和审美有着很大的突破，而游戏的 CG（计算机动画）由 2D 转向 3D 的过程也引领了动画技术的革命和发展。在《英雄联盟》新角色亚索推出时，同步推送的 CG 使得多数玩家被精美的动画和游戏角色的绚丽技能震撼，纷纷加入购买此角色的阵营中。而游戏画面的细腻程度也推动着电脑硬件水平的发展，越是精细的画面越需要更高端的硬件进行支撑，由此也推动了硬件水平如显卡、内存等的发展。对于《英雄联盟》来说，所需要的硬件水平其实并不过于高端，而近年来大热的“吃鸡”也就是《绝地求生》所需要的硬件水平就高于很多个人电脑所能支撑的水平了，庞大的地图以及要求极高的画面渲染程度使得大部分中端电脑配置无法支撑游戏的运行，这不仅引领了多数玩家进行了电脑硬件的更新换代，也促进了各个硬件公司的发展，推动了一系列与科技有关的技术发展。

媒介性使得传媒艺术因大众传播的介入而发生了变化，使传媒艺术与大众传媒互相依附。从艾瑞公司 2017 年度对于中国玩家下载网络游戏的驱动原因调查中可以看出，社交类因素的重要性大大凸显，目前玩家下载游戏的主要驱动因素不再是游戏是否精美有趣，而是朋友和社交媒体上的网红、热议的游戏，可见其

[1] 胡智锋，刘俊．何谓传媒艺术［J］．现代传播，2014（1）．

拥有着强大的社会动员等能力与性质，如图 2–3 所示。如 2018 年的《英雄联盟》S8 世界总决赛上，中国队 IG 战队夺冠使得许多人的朋友圈里都充斥着狂喜的情绪，特别是大部分年轻人，更有甚者将 IG 战队的队徽当作了自己的头像，而 IG 夺冠的话题也在微博上成为热搜。网络上的统计显示，这场比赛的直播观看人数达到 1.3 亿人。以网络游戏为代表的交互式媒介的使用，与传统媒介的使用存在很大的差异。因为玩家（用户）不是被动地接受媒介内容，而是主动地消费甚至创造媒介内容，游戏中玩家之间丰富的社会化行为正反映了这种交互性和主动性。所以，不同的人对同一种交互式媒介会有完全不同的使用行为，媒介效果也会因为千差万别的使用方式而迥异。[1] 同时，因为拥多数的年轻玩家用户，网络游戏便也成了一种社交话题，成了沟通的一种媒介。网络游戏的高度交互性能使玩家积极主动地参与媒介消费，表现在对媒介内容进行个性化的选择甚至创造，而不像看电视、读报纸一样被动地接受媒介信息[2]，这样的特征使得网络游戏具有很强的媒介性。

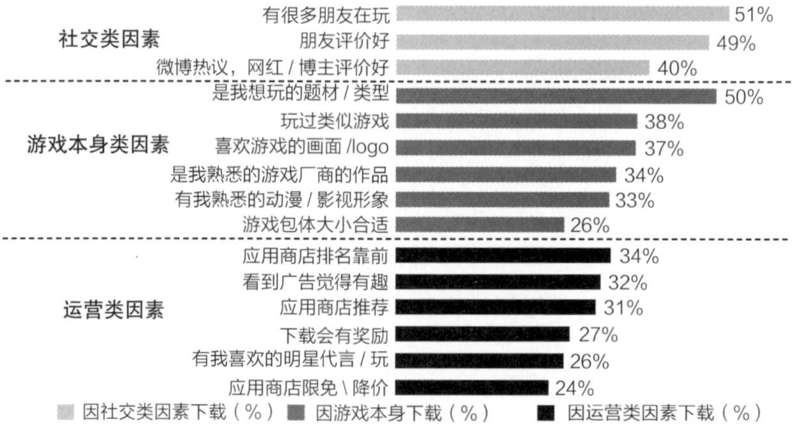

图 2–3　2017 年中国玩家下载游戏的驱动因素

[1] 钟智锦 . 网络游戏玩家的基本特征及游戏中的社会化行为［J］. 现代传播，2011：1.

[2] 钟智锦 . 使用与满足：网络游戏动机及其对游戏行为的影响［J］. 国际新闻界，2010（10）.

网络游戏的参与规模是巨大的，在游戏的过程中也会形成社交群体，在部分玩家主动下载进行游戏的同时，游戏也会主动大规模地涌向用户。《英雄联盟》借助本身由腾讯公司代理的优势进行大规模的宣传，同时因社交类因素促进更多的玩家进入游戏，这种极具交互性的特点使得这款游戏飞快地在人群中进行传播。设备门槛的降低也是网络游戏能普及并成为玩家主要消遣的原因，《英雄联盟》游戏不同于《魔兽世界》引领的硬件革命，其不需要过高硬件要求的特点使得游戏平民化，设备的因素使得其便捷、直接、迅猛地提高了大众参与数量，这个游戏在运行近十年的时间后依然是低设备门槛，大大提高了用户的黏着度。走向集体大众化的创制也是提升大众参与的主要原因之一，《英雄联盟》各个角色的插画除了使用公司自己的设计师设计的作品外，还会设置奖励机制，向网络上的大众插画师征集作品，很多角色的皮肤插画都来自大众玩家之手，而且很多角色都是在大众玩家创作的插画入选后，建模师按照其插画再来制作角色在游戏中的 3D 模型。[1] 同时，画风柔和唯美的角色插画、节日和季节主题以及模仿经典影视剧角色创造的角色皮肤，使游戏少了如 CS 这类游戏的火药味，更加亲民化和艺术化，这也是该游戏能吸引部分女性玩家的主要原因。匹配模式也是《英雄联盟》游戏能够吸引玩家的原因之一，“匹配”的含义便是通过玩家的胜率状况、游戏局数以及竞技等级等因素为其分配水平相当的队友，这种设定提高了游戏的可玩性与竞技性。同时，购买的皮肤只是使角色的外在形象更加绚丽却并不影响游戏中角色的实力，使得游戏更加公平，“人民币玩家”的消除也是此游戏参与性提升的原因之一。

二、网络游戏的沉浸与兼容

传媒艺术多数为综合性艺术，而网络游戏更是如此。网络游戏是一个虚拟的世界，有自己独立的基本单元，可以将多个用户联系起来。同时，网络游戏还包含着动画、音乐、视频和文字等多种文化内容，因此它也可以被界定为一种传播

[1] 张爱华，祝笛.《英雄联盟》的多元化模式与网游发展前景［J］. 科技传播，2014（2）.

式的网络文化。❶同时，随着科技的发展进步，传媒艺术给追求沉浸感的用户带来的沉浸体验也愈来愈强。对于网络游戏来说，沉浸感是其保持玩家黏着度的主要因素，所以追求更高的沉浸感是网络游戏制作和宣传的主要目标之一。

不同于其他传媒艺术，网络游戏在多种类艺术类型的融合中做到了极致，包括对于视觉艺术的细腻表现、对于听觉艺术的准确传达以及对于个人代入感的增强。大众化的创制以及对于玩家体验反馈的改进都使一个网络游戏愈来愈被接受和欢迎。而一个网络游戏的出现也预示着一个新的网络文化场域的产生，如《英雄联盟》游戏出现之后带来的并不仅仅是一个由动画、音乐、视频和文字融合的传媒艺术形式，同时还有其衍生的《超神学院》系列动画片、网络同人插画、各个漫画展中的Cosplay以及风靡全球的电子竞技比赛等，一个游戏如同以往的传统文学作品一样成为一个IP（知识产权），衍生出了一个品牌文化以及一个文化场域。对于网络游戏来说，其综合性艺术的特性是显而易见的，如《英雄联盟》中融合了人物角色插画的图像艺术、游戏开场动画的动画影视艺术、游戏人物配音的口语传播听觉艺术等，这样的一类新媒体艺术形式拥有着前所未有的兼容性，多重艺术形式的融合以及玩家的自身参与使网络游戏给玩家带来的感官惊颤更大。同时对一个游戏的品牌文化有着极强的树立作用，如2016年基于《魔兽世界》游戏推出的电影《魔兽》票房达到4.32亿美元，被很多“80后”游戏玩家观众称为“情怀”。

沉浸感是现代传媒艺术一直追求带给用户的主要体验之一，从影视艺术的标清到高清，再到4K，从音响的5.1到7.1，再到杜比全景声，影院从4 ∶ 3荧幕到宽荧幕，再到IMAX，从2D到3D，再到4D，以及如今的VR和AR，这些传媒艺术所希望达到的效果就是为观众带来虚拟世界和模拟世界的“真实”，使媒介与现实融为一体。网络游戏也同样随着其他传媒艺术的发展而发展，从运用的视觉细腻程度到2D和3D的进阶以及如今在VR设备平台上的运营，都是为了给玩家带来更高的沉浸感。根据使用与满足理论，受众使用媒介是有目的的，受众基于心理或社会的需求，想借着使用某种媒介来满足内在需求。❷对于游戏沉

❶ 朱艳琳.从《英雄联盟》到《王者荣耀》：理性思考网络游戏文化［J］.新媒体研究，2017（14）.

❷ 钟智锦.使用与满足：网络游戏动机及其对游戏行为的影响［J］.国际新闻界，2010（10）.

浸的体验是每一个网络玩家所追求的目标，他们在网络游戏中建立自己的新世界。模拟世界给网络游戏玩家带来的是新的真实，青少年从事游戏的心理需要来自现实情感的补偿与发泄、人际交往与团队归属以及成就体验。当然这也是网络游戏在国内出现时被称为“电子海洛因”的原因，其带来的沉浸体验使青少年和儿童过度依赖游戏世界从而无法辨别真实世界与虚拟世界的区别，这种现象与现今人们在短视频 App 上出现的过度沉浸是相似的。巴特是最早对网络游戏动机进行研究的西方学者之一，他把 MUD（基于文字界面的多人在线游戏）游戏玩家分成四类：成就者（achiever）、探索者（explorer）、社交者（socializer）和杀戮者（killer）。斯坦福大学余建伦在其基础上认为游戏动机主要为成就型、社交型和沉浸型。沉浸理论（Flow Theory）是在 1975 年由著名心理学家米哈里奇·克森特米哈伊（Mihaly Csikszentmihalyi）首次提出，它是指一种个人精力完全投注在某件事情上的感觉，忘我、忘记时间、忘记其他所有不相关的东西，完全沉浸在某项事物或情境中，就像是自己极端地专注于做某件喜欢做的事，完全没有因为迷惑、重复、繁杂的任务而引起烦躁或无聊，沉浸产生时会有高度的兴奋和充实感。[1] 网络游戏为玩家带来了成就感以及一个新的媒介社交平台，同时其如同一项传统体育运动一般可以让人们在统一平台上进行竞技进而获得成就感，纵然玩家年龄越大，在虚拟世界中追求成功、寻求人际关系和逃避现实的需要越弱，人越成熟越能区分虚拟世界与现实世界。据研究表明，教育程度与社交型动机和沉浸型动机呈负向相关，但成就型动机强弱与教育程度无关，也就是说无论玩家的年龄与教育程度如何，他们会或多或少地希望能在游戏中快速的升级与获得成就，所以网络游戏给玩家带来的沉浸体验是其他传媒艺术无法比拟的。

三、网络游戏的发展趋势——从“电子海洛因”到“中国创造”

网络游戏作为一种新的媒介和新的传媒艺术形式，不仅带来了新颖的交互体验、叙事方式和意义生产场域，还衍生出“电子竞技”等文化实践。2017 年年

[1] 沈瑞月. 从《魔兽世界》的成功探讨沉浸理论对产品设计的启示［J］. 艺术与设计，2010（4）.

底的《英雄联盟》S7 全球总决赛在“鸟巢”举行，中国观众观看直播峰值超过了 1 亿人，同时还在居庸关长城上上演了红蓝灯光秀；2018 年的 S8 全球总决赛的观看人数和热情只增不减。从 20 世纪 80 年代我国引进电子游戏到 2009 年后把游戏产业建构为新的经济引擎，网络游戏经历了从“电子海洛因”到“中国制造”的转型，也完成了从代理进口到自主原创的转型，《人民日报》不吝赞美，用“中国创造”的意象为其加冕，认为这是“民族网络游戏”产业的核心竞争力，可“强势参与国际竞争”[1]。在这近三十年的时间里，网络游戏已经从当初的“新兴文化休闲活动”转变成了一种主要的媒介和传媒艺术形式。

网络游戏的发展大大促进了融合性媒介的发展，其作为媒介大大提高了人类的延伸，在游戏过程中玩家自由地交流和社会化团队化的形成也凸显了新媒介去中心化的特点。而作为一种综合性艺术，一个网络游戏所需要的动画、影像和音频等都会极大地促进 IP 和一个品牌的树立，从而使各种样态的艺术形式多样化地发展。在提高玩家沉浸体验感的同时，创制方要对各个层次的硬件进行适配，对于硬件水平最大化的利用使得软硬件水平飞速发展，不断增加人们对于游戏的新体验，如体感或 VR 等设备都在网络游戏的升级换代中进行着更新。

2018 年中国游戏用户规模达到了 5.83 亿人，游戏市场实际销售收入达到了 2336.1 亿元人民币，同比增长 22%。可见游戏已经成为一种普遍的大众娱乐方式，成为近半数中国人日常文化消费的对象，近五年来，中国游戏市场年度收入一直是中国电影票房的 3 ~ 4 倍。而我国自主创造的网络游戏出口率也大大提高，如《逆水寒》公测后吸引了大量的国外玩家；同时国外的游戏也通过大量加入东方的元素来迎合中国玩家的口味，如《守望先锋》中的中国女孩角色小美、《英雄联盟》中的孙悟空角色以及每年春节的生肖皮肤，再及 2019 年即将上线的《Apex 英雄》中大量的中国风地图元素等。我国的《王者荣耀》在作品布景、建筑、服饰、人物、音乐等方面体现着传统文化元素，虽然不涉及中国传统文化的精神内核，但却借用背景展开作品；再如《梦幻西游》以国风元素为创作主题，

---

[1] 何威，曹书乐．从“电子海洛因”到“中国制造”：《人民日报》游戏报道（1981—2017）的话语变迁［J］．国际新闻界，2018（5）．

世界观、剧情、背景、人物等均取材于传统文化作品、故事或宗教思想，围绕该主题展开故事线；《剑网三》中的花朝节则是在特定的节日或与一些文化机构合作举办“国风主题活动”，或推出国风作品衍生周边；《新天龙八部》和《天涯明月刀》则是对传统文化中的经典作品进行再创作。网络游戏产业不仅使东西方文化元素融合，同时也能够让中国传统文化元素输出，使“中国文化走出去”，创制“中国游戏”“民族网络游戏”，推动着我国文化产业的振兴。

在近40年来《人民日报》关于游戏报道中，态度倾向从1989—2001年7年没有一篇正面报道，到近5年来负面报道占比仅有13%；主导框架从“危害青少年”转向“产业经济”，兼有“文娱新方式”；游戏玩家形象由劳动者主体变为“施害者/受害者/被拯救者”的沉默客体、再到消失不见的消费者或模糊不清的新人类；游戏则从“电子海洛因”变身“中国创造”。由此可见，我国网络游戏正在向积极、休闲娱乐的文化产业方向发展。作为传媒艺术中极为特殊的综合性很高的网络游戏，应注重游戏文化品牌的建设及文化营销，在游戏中更多融入一些传统文化特色以及英雄色彩，并赋予其一个合理的世界观，保持操作难易度和用户操作技能之间的平衡，在保证沉浸体验的同时应设立足够的防沉迷机制，在传达中国传统文化以及推动文娱产业发展的同时延续其高综合性和沉浸感的特点。

网络文艺，如何讲好中国的“乡土故事”？
——评农村题材网络剧《乡村爱情 11》

◎张　芳*

进入新世纪以来，党和政府把“三农”问题作为事关中国社会发展的战略性问题予以高度的重视。网络为东北农村题材电视剧更好地提供了一个展现东北人民的生存环境、生活方式和价值取向等多元化和丰富性的传播方式和平台。当下的东北农村题材网络电视剧正紧跟时代发展的热点，关注时代发展难点，触及时代发展敏感点。只是，东北农村题材网剧所显现更多的是“娱乐至上”、“戏化”现实，与以直面现实、服务现实与礼赞现实的乐观与昂扬姿态抒写新世纪中国农村的变革图景中优秀的现实主义剧作，去之遥遥。

一、直面现实还是戏化现实？

《乡村爱情》系列剧自 2006 年首播至今，历经 13 年，目前已播出的集数共 525 集。2015 年伊始，《乡村爱情 8》转战视频网站播出，2019 年上线的《乡村爱情 11》，其总播放量突破 44 亿次，完全可以同当下热播的 IP 剧分庭抗礼。但播放量的高低并不能代表其艺术水准的高下。《乡村爱情 11》一以贯之地延续了平实化的审美追求和别样的影像风格，传达出象牙山农村所具有的独特的乡土气息。它再现了东北地域独特的传统文化面貌，将农村的民风民俗呈现在人们面

* 张芳，中国传媒大学“艺术史论”博士研究生。

前。但在呈现的这一过程中，受众感受到作品所展示的乡土图景和农民的生活风貌充斥着些许的虚假与造作。❶

《乡村爱情 11》试图还原东北地域的风土人情和生活，反映新时期新农村发展变化的时代主题，给观众以浓厚的东北农村的生活气息之体验。但在人物居住环境的设置与服饰装扮上有刻意为之的嫌疑。剧中试图以弯弯的小河、绿油油的田野、窄窄的田间小路、白云飘过的蓝天、无垠的土地、红瓦的屋顶以及极富特色的“大脚超市”等这些景观来营造清新、朴实的乡土风情，借助东北农村剧中女人头上戴的围巾、男人穿的半吊裤子以及冬天的皮帽和军大衣以体现极富特色的“地域风格”。此外，还试图通过剧中人物使用的陶瓷缸子以及罐头瓶子做水杯等体现农民的生活习惯。但是，这只是为了博取观众的“一笑”或是优越感而脱离现实语境的设置。当下的农民已非同于过去那样，如此的设置，不过是浸淫在过去对农民生活环境与方式粗浅的臆想而已。

《乡村爱情 11》延续了东北的象牙山村中农民生活的叙事方式，再现当下农民事业、爱情以及家庭等的方方面面。通过讲述以刘能、广坤、赵四为首的象牙山“F4”在当下的社会语境中，对“土地流转”“大学生村干部”“精准扶贫”“招商引资”等国家惠农政策从误解到正解的过程，以及年轻的一代，如刘一水、小梅、小双、宋晓峰、青莲等的情感纠葛、现实遭遇与人生抉择，展开了一系列搞笑、温情又极具开放性的故事。这部剧紧跟中国社会的现实语境和时代主题，产生了一定的现实意义。《乡村爱情 11》可以被看作当代乡土文化的症候性文本，有助于进一步反观作品与现实构建之间的对话。

仔细审视这部作品，其仍然缺乏对现实生活的深刻反思，甚至有学者指出：“《乡村爱情》是一部有意回避乡村现实难题，贪图制造奇幻爱情图景的‘伪现实主义’之作。它所塑造的人物形象带有显著的脸谱化、扁平化和浅薄化的痕迹，充满了‘以俗为雅、以丑为美、以傻乐为娱乐的反智主义市侩美学的内涵’。❷事实上，在《乡村爱情 11》中，记录的是琐碎的、日常的农村生活场景，记录

---

❶ 李红艳，祁晶."本山喜剧"被批伪现实 赵本山：其实我也想玩高雅［N］. 北京日报，2010-04-12.

❷ 周志强. 从现实主义到傻乐主义：论赵本山乡村叙事的去政治化［J］. 南京社会科学，2010（12）.

的是平淡的、冗长的家长里短。该剧的编剧张继存说："在农村中，并没有什么石破天惊，或大是大非的问题，有的只是一些小摩擦、小智慧、小碰撞。"其问题的关键在于，剧中大篇幅地描绘象牙山中男女情感的纠葛和家长里短的琐事，过分地专注于记录生活中"一地的鸡毛"，以至于大大地削弱了作品本身对于农村在大时代背景中对现实意象的关注，缺乏对当下时代中农民人性的深度开掘。因而割舍了作品与时代背景之间的血肉联系，进而使得作品无法企及和具备更强有力的批判深度。

此外，在这部剧中，人物形象的设置也引起了学者的普遍争议，认为存在着丑化、矮化人物形象以期搞笑的倾向。甚至有批评说："《乡村爱情》一剧塑造了众多的人物形象，其中，美好形象寥寥无几，而自私、狭隘、猥琐之徒却充斥全剧，令人看了极不舒服。"[1]具体地说，剧中塑造的刘能集大光头与结巴而又笨拙的身形，同时又好事事抢风头、自作聪明所形成这样一个精怪的形象；谢广坤以其秃顶和猥琐的外形，和与他的虚荣、作的个性令人咋舌；赵四以说话时歪嘴，万年不变的"红配绿"衣着和充满魔性的舞步让受众"大开眼界"；在《乡村爱情11》中还塑造了时而疯癫时而正常，特别"无厘头"的大脚这一女性形象；其他剩下的角色其性格则过于类型化。这些形象的塑造没有刻画出真实的农民形象，也没有很好地呈现出中国乡村生活的真情实感，已经偏离了现实主义的特质，这应当是理解《乡村爱情11》的症结之所在。

《乡村爱情11》是置于当下时代的一个简单而近乎流俗式的关于爱情与奋斗的故事，特别是剧中有意地结合当下的热点现象来拼凑剧情的"梗"。比方说，在剧中，二丫和崔姐商量参加最美女主播的活动，玩直播等想要"走红"的心态；宋晓峰向青莲提婚时，遭到老丈人要婚房婚车为难的现实映射；王大拿的保姆小郭被老母亲逼婚的压力等。该剧更多的是将当下的热点事件和现象统摄在其中，而致使深度的意义欠缺，欠缺表现某种历史思考的深入。在仲呈祥先生和张金尧先生合著的《坚持"美学的历史的"标准的和谐统一》中写道："艺术家只

[1] 张君平．没有美感，就没有艺术生命力：评电视剧《乡村爱情》[J]．作家，2009（11）．

有在科学的历史观即历史意识导引下，才会尽可能地克服自身的局限，最大限度地逼近和把握历史的本体,从而通过正确认识历史达到更深刻地认识现实的目的。才能成功地塑造出历史人物的艺术形象。塑造历史人物的艺术形象，在对历史思考的中心母题下，可以以‘广角镜’来进行多种形式的意义呈现，从而实现‘较大的思想深度和意识到的历史内容。’”[1]

艺术应当作为时代风貌的风向标。不同时期的文艺作品就如同一个“多棱镜”，或多或少地从不同角度折射出现实世界的千姿百态，或隐或现地折射出特定时代独特的文化内涵和思想倾向。进入21世纪以来，党和政府把“三农”问题作为事关中国社会发展的战略性问题予以重视。这个时候的东北农村题材电视剧应紧跟时代发展热点、剖析时代发展难点、触及时代发展敏感点，着力表现农民生活、创业的艰难历程。以直面现实、服务现实与礼赞现实的乐观与昂扬姿态抒写新世纪中国农村的变革图景，以强烈的现实主义精神引领农村剧在网络电视剧中的重要地位。

二、审美反思还是娱乐泛化?

在消费社会的语境下，在网剧中，“艺术的主题变得轻松随意，艺术在这里不再承担严肃的启蒙、鞭策、批判等使命，而像一堆堆美丑间杂的气泡迅速泛起，却又瞬间破灭。这是一个众声喧哗的时代。启蒙、鞭策与批判精神虽不再显得严肃，但借助艺术作品的观念表达仍然流行。只不过这种表达经常呈现出强烈的、未经凝练的情绪化色彩。”[2]受众在审美鉴赏中获得更多的应是审美的娱乐快感，而非以审美的态度去反思我们习以为常的东西。相对于目前网络电视剧呈现的总体面貌来说,《乡村爱情11》这部剧作另辟蹊径，聚焦东北人民的生存环境、生活方式和多元的价值取向。在镜头的运用上并不刻意追求变化，用光上主要以协调、统一作为主要原则。这些视听元素运用上的特点结合起来就形成一种

[1] 仲呈祥，张金尧．坚持美学的历史的标准的和谐统一［J］．文艺研究，2008（10）．

[2] 王廷信．试析后技术时代的艺术［J］．江苏社会科学，2011（3）．

视听上的美学风格，不仅反映了农村生活的淳朴和浓郁的生活气息，还反映了新时代农民思想的开放和转变，迎合了当代大众的审美需求。以其浓郁的地方气息和风趣幽默的表演给观众带来了独特的视觉享受，但最终也未脱离“娱乐至上”的怪圈。

《乡村爱情11》较多地采用了喜剧、轻喜剧的艺术风格，将喜剧元素和喜剧手法融入其中。主要演员大多都是活跃在小品舞台上的笑星或二人转演员，通过塑造丑角，再融合小品“抖包袱”的手法，用大众化的、喜闻乐见的艺术形式来表现农村生活。基于该剧背后所蕴藏的整个东北民间文化，所表现出来的“草根”性取消了等级间的差异。在巴赫金的民间狂欢文化理论来看，以取乐为目的的活动形式更容易亲近观众，使受众在紧张繁忙的工作之余放松愉悦，其所蕴含丰富的娱乐成分能够充分满足受众的娱乐、消遣的需求。

在《乡村爱情11》中，人物形象、叙事套路、主题表现呈现出一种模式化、程式化的创作的倾向，创作者大批量地对《乡村爱情》前几季进行机械的复制和细微的修改，进而进行发行推向市场。特别是在这一季中，虽然有新的人物，比方说大学生村干部小双和富豪李奇伟等的加入，在某种意义上为该剧注入了新活力，但是，还是可以从中看出“旧酒换新瓶”的无力感。人物性格的塑造缺少立体多层面的变化，缺乏个性的张力。我们大致可以将剧中的人物分成三类：第一类是典型的“好人”形象，比如《乡村爱情》中塑造的四哥形象；第二类是乡村中的“恶人”形象的代表，比如《乡村爱情》中的谢广坤，无事生非，蛮横无理；第三类是扁平人物，这类人物是农村生活中的大多数，他们或热情泼辣，或多事小气，比如《乡村爱情》中的谢大脚。所以，在这部剧中，人物塑造太过单一，缺乏人物多层、立体式挖掘。而在情感方面的表现也呈现出重复雷同的痕迹，比方说小双和刘一水这一对欢喜冤家，从“不打不相识”到互相暗生情愫，延续这样的套路，极易造成观众的审美疲劳，引起观众的反感。

《乡村爱情11》一味地在追求“浅”“俗”“直白”“土味”，很容易给受众造成刻板印象，使作品显得很庸俗。比如剧中宋晓峰每每有感而发的打油诗，在宋晓峰、大个儿以及小李聚餐时，他有感即兴道：“感情到位不说话，感情小酒唰唰下。人有情，酒有席，好哥们儿慢慢处。”诸如此类，使得这部剧在整体上呈现出的是审美内涵不足。

加缪认为，“艺术告诉我们，人不仅仅归结为历史，还在自然秩序中发现了一种存在的理由。”[1]这种存在的理由就是艺术，是审美的态度。因此，一部好的网剧，不能忽视对人物精神世界的剖析。一部好的电视剧，应当是思想性、艺术性的有机结合，丰富的审美内涵和对作品的思想深度的挖掘是非常重要的。因此，创作者有必要深入挖掘农村这片沃土上的文化底蕴和生活在这里的人们的精神特质，将两者结合起来，通过艺术的语言讲好中国新农民、新农村的故事。

所以，创作者“意识到的历史内容”的深度和广度同“审美反思的介入”在如何讲好中国的“乡土故事”中是相辅相成的。可以通过对网剧《乡村爱情11》的分析，在时间的流动中去体悟农民的现实处境与精神生活。所以，好的农村故事带给读者更多的不应只是娱乐精神，而应是带有一种深度的悲剧美学的体验。

---

[1] 朱立元.二十世纪西方文论选（上卷）[M].北京：高等教育出版社，2002：492.

解码网络国漫剧的“爽点”

◎张开扬[*]

从“优爱腾”三大视频网站的收视数据看，近年来热播的国漫剧有三个共性特征，一是在内容上热衷于IP改编，二是在制作上重视技术应用并追求视听效果，三是传播方式上普遍为“季播+周更”。服务受众“爽点”是国漫作品市场成功的关键，然而“爽点”迄今为止仍是一个极为模糊的概念，其内涵构成、类型呈现以及价值判断等相关问题将在本文中逐一解码呈现。

一、近年来热播国漫剧的共性与规律

全方位服务受众“爽点”是《武庚纪》《斗罗大陆》《星辰变》等国漫剧市场热播的奥秘所在，也是目前国漫影视化发展的主要趋势。

1. 改编网络“爽文”扩大圈粉

热衷于改编网络文学以及连载漫画是近年国漫剧生产的一大显著特征。“爽文”是网络文学中的一个类型，许民彤认为，“爽文就是看起来酣畅淋漓的文章。这类小说的核心诉求是让阅读者获得爽的体验。”[1]“爽文”改编对于国漫剧而言具有明显的流量拉动作用。首先是“爽文”自带庞大的粉丝效应，市场前景被投

---

* 张开扬，中国传媒大学“传媒艺术学”博士研究生。

[1] 许民彤．“爽文”为什么流行？［N］．内蒙古日报，2018-10-12.

资方看好。其次，“爽文”中的文字经过影像化打造之后被赋予了具体可感的视听形象，产生了新的影像消费群体。虽然纸媒和网络的连载漫画也具有极高的IP转化价值，但隐性的“次元壁”对改编构成了巨大挑战，网络剧、网络电影在用真人面孔演绎虚构角色时难免会与观众的审美想象存在偏差，而动漫则可凭借数码造像手段成功“说服”观众接受人物形象，在破除次元壁方面更具优势。

2. 大制作带来的震撼视听感受

大制作带来的震撼视听感受是近年来热播国漫作品所具有的第二个共性特征，《雪鹰领主》《武动乾坤》等近年来热播的国漫剧在观赏性上完全可以媲美好莱坞影视大片。计算机虚拟构图、3D-MAX成像等技术的飞速发展不断提升国漫剧的艺术变现力，作品中的虚拟景观和人物形象越来越逼真，无论是人物细微的动作、表情变化还是场景中复杂的物质运动，都可以被表现得淋漓尽致。体验的震撼并不仅限于视觉方面，原创音乐、真人配音、模拟环境声等元素的加入使国漫受众在听觉上也同样受宠。《武庚纪》的原创音乐《热血无赖》在作词上完美契合了当下青年亚文化中“反叛”“解构”的特征，曲调旋律方面为了适应年轻人的需求，特意加入了动感的打击乐元素，并邀请有着高亢激情嗓音的林宥嘉担任主唱。

3. “季播＋周更”模式提升受众黏性

在中国经济高速发展的时代节奏下，受众的信息接收时间被碎片化分割，以至形成了非线性的收视习惯。观看时间的碎片化决定了国漫剧传播必须采取“季播”与“周更”的形式。首先，网络文学普遍具有篇幅庞大的特征，动辄数十卷的体量需要分次制作。其次，连续的播出容易给受众带来审美疲劳，而适当的“待更期”可以有效激发受众对新作的收视兴趣。“周更”是指每周更新一集内容，以此递进，直到全季完结。从制作角度看，“周更”有利于保障剧集的画质和音效水准，是精品化生产的必然结果。此外，每周推出一集的播出形式也能够让主创团队倾听受众的反馈，对内容及时进行调整，以便最大化地创造更多“爽点”，通过精品化内容生产策略打造国漫品牌并提升粉丝的收视黏性。

二、多维审视下国漫剧“爽点”的内涵构成

“爽点”是指国漫剧中能够触发受众爽感的地方，它在审美目的上指向感官愉悦与心理满足，不同于既有的“看点”“亮点”“高潮”等影视艺术概念。此外，“爽点”是复合性概念，需要从艺术接受、艺术创作和审美功能多角度对其内涵构成展开思考。

1. “爽点”概念的主观性

“爽点”是一个主观性很强的概念，一是不同的受众对“爽点”有着不同的理解和需求，二是同一个体在不同的时空条件下对“爽点”也会产生理解和需求的变化。尽管“爽点”是一个主观化且易于流变的概念，但也具有可供把握的共性特征：一是视听符号和故事情节营造的感官享受；二是主体的欲望投射得到艺术满足时引发的心理快慰。

晚清国学大师王国维在《人间词话》中对诗词歌赋以“境界”划分其审美价值，曰：“有境界自成高格，自有名作。”在商业化小说生产中，“爽文是市场的发展方向，因为商业小说归根结底是要给读者提供基本的阅读快感，这是前提。”[1]国漫剧作为网络爽文改编作品，在继承原著小说中原有故事架构的基础上，通过技术手段生成各类视听奇观，带给观众以更具震撼力的观赏体验。“所谓奇观指的是影视艺术中所呈现出来的超出人们现实视觉经验的、能够带来强烈视觉冲击和情绪感染的新奇影像。”[2]国漫剧爽感另一重要来源是现实欲望得到“艺术补偿”后产生的心理满足感。代入式叙事的核心诉求是创造环境条件让受众把“本体自我”和剧中“虚拟角色”相互置换，在叙事进程中享受内心欲望被满足的巨大乐趣。

2. “爽点”概念的独立性

从辨析的角度论，“爽点”不同于影视艺术理论中既有的“看点”“亮点”以及“高潮”等概念。

---

[1] 邵燕君．以“爽文”写“情怀”：专访著名网络文学作家猫腻［J］．南方文坛，2015（5）．

[2] 张晓健．浅析数字影像的奇观化呈现与表达［J］．新闻研究导刊，2018（20）．

首先，“爽点”不是“看点”，后者常常指代某个作品中“引人注目或值得观看的内容”，它往往给人一种审美心理期待，具有悬念的性质。“看点”未必能够引发主体的“爽感”，如文化类动漫、政宣类动漫、科普知识类动漫等都具有丰富的“看点”，但是在实际语言的应用中却不能把这类“看点”称为“爽点”，因为这些节目中的精彩内容以及意义内涵等并不是用来“爽”的。

其次，“亮点”不可用来替换“爽点”。“亮点”是一个褒义性的词汇，比喻有光彩而引人注目的人或事物，通常指一档节目或者一部影视剧作品中内涵意蕴深厚或形式新奇有趣的地方。然而“爽点”从词性上看似乎偏于中性，除了亮点之外，只要成功触发了受众的爽感，作品中那些没有艺术创新的内容和形式也可称为“爽点”。

最后，“审美高潮”与“爽点”也有所不同。虽然从表象上看两者都引发了审美主体大脑皮层兴奋、快感信息素的释放与传递，以及最终进入一种喜悦快慰的心理状态，但是进入“审美高潮”的前提是康德提出的“审美无功利”心境，即真正艺术的欣赏是不夹杂个人主观功利因素的，审美本身是纯粹的。而“爽点”在网络文艺传播语境中更接近一种体验式消费，用时间、金钱换取体验“爽感”是买卖双方心照不宣的默契。因此，二者在目的上有着本质差别，前者是为了观照美，而后者则是为了爽感体验。

3. “爽点”概念的复合性

（1）艺术接受角度：“爽点”是持续收视的目的和动力。本雅明在《机械复制时代的艺术作品》一书中早已将当代的艺术品视为“光晕”褪去的工业化复制品，其生产目的早已由精英膜拜转向了大众消费。[1] 近期热播的作品大多是玄幻、修仙、武侠等类型，其接受动机并非是对知识的瞻仰膜拜，而是对爽感的体验需求。

（2）艺术创作角度：“爽点”是代入式叙事与视听奇观。从创作角度看，“爽点”的目的是让受众感到愉悦，而愉悦的来源主要有两方面：一是内心欲望的满足；二是感官体验的愉悦。代入式叙事是国漫剧带给受众爽感的重要方法和手段。代入叙事的基本原则是按照受众内心所想去建构故事情节，而不必考虑现实

---

[1] 瓦尔特·本雅明．机械复制时代的艺术作品［M］．王才勇，译．重庆：重庆出版社，2006：8-15.

合理性。作品给观众展现的是一个梦境空间，在这个空间中，主角的实力一直在不断突破限制，人生发展潜力几乎无限，让观众在无意识中把“自我”与主角进行对调置换，享受到打怪获宝、爱情丰收、天下无敌的人生乐趣。为了更好地创造“代入感”、补偿受众在现实中的欲望缺憾，国漫剧近年来积极应用新技术参与创作，不断增强视听效果，使现实与艺术的维度边界变得模糊。

（3）审美功能角度:“爽点”是异“次元世界”的链接。在日本动漫语境中，“一次元”世界代指一维线性时空，譬如纸媒传播的文学便属于“一次元”艺术。动漫艺术则常被称为“二次元”艺术，这一术语来自日语的“二次元（にじげん）”，意思是“二维”。早期的日本动画、游戏作品都是以二维图像构成的，其画面是一个平面，所以被称为“二次元世界”。“三次元世界”则是指真实世界，是人类生存的时空范畴。在三个不同的“次元世界”中，动漫作品具有“链接”其他两个次元世界的功能。作为IP的改编，网络国漫剧毫无疑问唤起了受众对“一次元世界”的阅读记忆，在两个异“次元世界”之间形成意识链接并产生审美呼应现象。

三、国漫作品中“爽点”的类型与呈现

法国的社会批判学者让·鲍德里亚在《消费社会》一书中揭示了艺术生产的消费本质，即“艺术品的经济价值”。[1]面对日趋激烈的市场竞争，生产者唯有找准作品的“爽点”才能打造出“爆款”，获得市场成功。“爽点”在类型上可以大致划分为“心理型”和“感官型”，对应的呈现形式分别为代入式叙事与视听奇观。

1. 心理型“爽点”：代入式叙事的三种模式

心理型“爽点”能够让受众将“自我”代入到剧情中，与主角合为一体，在沉浸状态下获得一种假定性欲望满足。“爽感”便是对现实缺憾的艺术补偿，“是对无法完成愿望进行象征性满足后的强烈愉悦感，国漫剧使我们在主人公身上实

---

[1] 让·鲍德里亚.消费社会［M］.刘成富，全志钢，译.南京：南京大学出版社，2014：104-111.

现我们自己的白日梦，而不必自我责备或感到羞愧。”[1]

（1）模式一：因果报应。“因果报应”是叙事中的张力结构得到释放所产生的快感。此模式下，主角往往先是遭受到常人难以承受的侮辱、打击、失败等，随着时间线索的推进，主角不断自我强化，最终实现了自己的目标。《斗破苍穹》开场就交代了主角萧炎因为未知的原因而遭受到功力倒退、等级降低的巨大挫折，紧接着自己的订婚女友上门闹事并要求退婚。命运对萧炎的不公与戏弄形成了一个充满张力的叙事结构，让观众在主角能否“翻身”的悬念下“沉浸”到剧情中，在审美移情下产生主体与角色的心理置换。如此一来，随着剧中主角不断变强并最终报仇雪恨，观众也在观剧过程中逐渐被戳中“爽点”进而达到愉悦的高潮心理状态。

（2）模式二：人生开挂。“人生开挂”这一叙事模式具有典型的非理性、超现实特点，在“真实性原则上遵从的是‘内指性’而非‘外指性’，即文本结构内的逻辑自恰”[2]。大多数国漫剧主角的人生际遇总是离奇得超乎想象，仿佛在电子游戏中打开了“外挂”（一种作弊插件）。《武动乾坤》对同名原著进行了适当删改和调整，在叙事上明显加快了节奏，使得主角“开挂”的人生经历被压缩在极短的叙事时间内，主角林动几乎每一集都在不断提高实力等级和修为境界，与此同时还顺便获得各种神奇武学秘籍和装备珍宝。没有人不希望生活能够超越凡俗、事业能够惊天动地、爱情能够可歌可泣、机遇能够不请自来，“人生开挂”的叙事策略就是为观众在现实之外另构一维空间，去寻获内心欲望的满足。

（3）模式三：傲视苍穹。无论主角起初实力如何羸弱，最后都会成长为天下无敌的“至尊”，所有对手在“至尊”面前都不堪一击，“至尊”是特定时空中最强大的存在，是奇迹的创造者。《雪鹰领主》男主角东伯雪鹰经历了少年时“亲人离散”“家道中落”等不幸后奋起修炼，在一次次机缘巧合下屡获得高人指点，实力因此飞速提升，最终逆袭强敌。“至尊”的不可战胜在于其超越了人类的极限而进入超自然境界，他高高在上，以神的身份傲视苍穹，给观众带来一种

[1] 西格蒙德·弗洛伊德．弗洛伊德论美文选［M］．上海：知识出版社，1987：37.

[2] 童庆炳．文学理论教程［M］．北京：高等教育出版社，2015：78–92.

孤独高冷的审美快慰。

2. 感官型“爽点”：技术打造的视听奇观

感官型“爽点”是指作品中具体可感的视听符号，包括人设、场景、动作等元素。人物相当于故事的“灵魂”，人物造型成功能够直接获得观众对作品的好感，提升“追更”的忠诚度。“技术是网络文艺的本质特征，无论在形式、内容还是传播方式上，网络文艺在科技背景之下诞生、发展，技术创新与应用伴随着网络文艺策划、创作与接受的全过程。”[1] 国漫剧的收视成功很大程度上归功于技术带来的高清画质和高度仿真的细节展现。例如《武动乾坤》中林动与古影展开生死决斗，一道道“杀气”划破长空、周围看客们惊骇的表情变化以及微风拂过头发的细微摇动都在画面中被表现得淋漓尽致，让人叹为观止。

四、国漫剧“爽点”的价值分析

“爽点”的形式美感一方面给观众带来愉悦的审美感受，另一方面也有力提升了作品的收视热度，兼具艺术和市场双重价值。此外，“爽点”以“艺术补偿”的方式关怀、抚慰大众内心的情感欲望，也展现出了“疏导人情、维护稳定”的社会价值。

1. “爽点”的艺术价值

国漫剧“爽点”在生产目的上是获得理想的收视和口碑，从市场竞争中脱颖而出。在消费动机上，是为了追求感官体验的刺激和内心欲望的满足，因此“爽点”无疑是功利性的。康德在剖析美的本质时认为：“质的方面：美是非功利的，量的方面：美是非概念的，关系方面：美具有无目的合目的性，情态方面：美是可传递的共同感。”[2] 依据康德的定义，作为纯粹功利消费对象的“爽点”是算不得艺术的。叔本华同样否定艺术品的功利性，他把作品分为“纯美型”和“媚美型”两种，那些唤起人现实欲望的作品就属于“媚美型”，这类作品在叔本华看

---

[1] 赵莹．论网络文艺的科技审美［J］．浙江传媒学院学报，2018（5）．

[2] 朱光潜．西方美学史［M］．北京：人民文学出版社，1979：363-364.

来毫无审美价值，甚至不算作品。

服务受众的爽感自然具有很强的功利性，但这并不代表作品审美价值的缺失。尽管康德、叔本华等人否定了艺术的功利性，但是随着时代的发展以及艺术观念的进步，越来越多的现当代美学大师开始接受艺术的功利性。譬如朱光潜先生提出“艺术是主观和客观的同一”，李泽厚则把“社会性”纳入艺术概念之中。“主观性”与“社会性”就是对审美功利性的学术表达，前两者与后者存在必然联系，因此在市场经济环境下，艺术创作不可能单一化追求审美品格而忽略市场价值，二者在作品中是统一共存的关系。

2. “爽点”的市场价值

进入爱奇艺、腾讯、优酷三大视频播出平台的国漫频道，几乎所有的作品都是以服务“爽点”为生产导向的。少有的主打文化内涵牌的如《百家姓》，前几集的热度数据居然显示为0。一部普及中华传统文化知识以及带有幼教启蒙功能的作品市场反响如此冷淡，着实令人扼腕叹息。市场经济环境下，艺术创作必然受到资本逻辑影响，唯有服务大众而不是小众才能使国漫产业做大做强。因此，“爽点”的市场价值决定了国漫剧不可能走向“阳春白雪”式的精英主义创作，市场化、大众化（非低端化、恶俗化）才是产业前进的方向所在。

3. “爽点”的社会价值

“爽点”在响应市场需求，获得经济效益的同时也体现出关怀人生、抚慰情感的高贵艺术品格。无数的孤独个体在当下承受着来自工作、学习、家庭、交际等诸多领域的压力，寻求精神抚慰和人生动力成为一种时代刚需。大众在现实生活中总会有不愿言说的欲望和难以实现的梦想，从心理学角度看，大致有三条释放途径。第一是自我压抑，这毫无疑问会损害主体的身心健康。第二是在现实中以违犯法律法规和道德戒律的方式释放，这无疑会对社会公共安全和他人正当权益构成严重危害。第三则是将欲望幻想代入到艺术作品中获得一种想象性满足。三者相比，“艺术补偿”方式既能解决主体需求同时又无害社会，值得大力提倡。不少国漫剧虽然叙事上具有反逻辑和非理性倾向，但却精准对应了受众的内心欲望，疏导了部分受众长期积压不散的负面心理能量，为社会秩序的和谐稳定作出重要贡献。

五、结语："爽点"与"经典"之思辨

谈起美术，人们通常会联想到《微笑的蒙娜丽莎》《雅典学院》等大师名作。论及音乐，贝多芬《命运》、肖邦《夜曲》等作品流传至今依然优雅动人。再说到影视艺术，张艺谋的《红高粱》、陈凯歌的《黄土地》、李安的《卧虎藏龙》等作品斩获国内外大奖，至今影响深远。然而说到国漫艺术，却发现尽管产量可观，但却几乎找不出一部经典。"有高原无高峰、有热量无营养"的现象背后表明产业盲目追求数量而忽视质量，未能认真贯彻落实中央倡导的"文艺为人民群众服务，为社会主义服务"的顶层设计蓝图。在市场经济环境下，国漫剧不仅要满足受众对"爽点"的需求，也要兼顾作品本身的艺术品质和社会意义，要以打造时代经典为创作取向和生产诉求。国漫剧或许可以学习、借鉴传统影视剧的经验，探索如何用独特的动漫艺术语言传播家国情怀、社会情感以及现实矛盾，让国漫的"爽点"摆脱低层次的感官愉悦和欲望满足，展现出更高层次的对人文情怀和观照现实的艺术追求，让"爽点"为打造艺术"经典"而服务。

刍议互联网时代女性动漫作品的流行

◎周　曦[*]

一、概述

1. 中国动画艺术的发展

自1922年我国第一部动画片《舒振东华打字机》成功拍摄以来，动画艺术在我国发展已有90多年了。在中华人民共和国成立之前，中国动画多半以政治宣传为主。之后，《乌鸦为什么是黑的》《骄傲的将军》等影片不仅成功地走上了“中国民族动画的道路”，而且还在国际上获得大奖。“文化大革命”之前（1960—1965年），新中国动画的发展期，动画创作中呈现出浓郁的民族风格，确定了中国动画的基调，产生了《大闹天宫》《小蝌蚪找妈妈》《牧笛》等在国内外享有盛名的作品。“文革”之后的20世纪80年代是我国动画发展的黄金年代，动画人创作出《三个和尚》《天书奇谭》等优秀作品，这类作品取材于传统的文学作品和民间传说，叙述手法上借鉴了现代艺术的风格。20世纪90年代，我国动画市场被日本、美国动画片侵占。随着网络技术的进步，更多的国产动画作品在网络动画片平台播放。

2. 网络动画的发展

21世纪以来，随着互联网时代的发展，动漫行业的触网成为必然的趋势，

* 周曦，中国传媒大学教师。

动漫已经成为国内各大视频网站继电视剧、电影和综艺节目之后的第四大内容板块，目前已经诞生了哔哩哔哩（bilibili）、腾讯动漫、淘米视频等垂直动画视频网站。这些网站也取代传统电视频道成为动画内容产品集成分发的首要媒体。

2010 年，以《泡芙小姐》为代表的国产动画像雨后春笋般在网络上流行起来，其中不乏一些口碑不错的作品，如《秦时明月》《十万个冷笑话》《中国惊奇先生》等。2017 年，中国网络动漫行业用户规模达 3.1 亿人，同比增长 14.8%，94% 的用户愿意为网络动漫作品付费。❶

3. 动画艺术的细分发展

题材类型的多元化是一个国家或地区动漫产业发展成熟的标志。进入 21 世纪之后，我国网络动画学习了国外动漫产业化的模式，开始了类型化的发展，以满足更多不同层次观众的审美需求。

根据中国广视索福瑞媒介研究（CSM）常年对中国电视收视的监测，在全国主要城市动画节目的收看观众中，男性观众比例从 2008 年的 54.4% 下降到 2016 年的 47.8%，而女性观众从 2008 年的 47.6% 上升到 2016 年的 52.4%，这反映了中国动画节目的受众发生了男女性别比例的大逆转。❷女性受众数不断增加。为了满足女性受众的收视期待，我国的女性题材动画作品也在不断地发展。

二、女性题材动画的类型

根据《2017 年度中国数字阅读白皮书》，在阅读收看网络文艺的领域中，男女受众对不同题材的作品的偏好有着明显差异——男性读者偏爱职场商战、军事战争类作品；女性读者则更喜欢青春校园和时尚类作品。❸笔者根据对腾讯动漫、爱奇艺等网络动漫平台流行的动画进行调查，大致将女性喜爱的动画题材分成以

❶ 艺恩咨询 .2017 中国在线动漫市场白皮书［EB/OL］.（2018-04-16）［2019-10-10］.http://www.199it.com/archives/710929.html.

❷ 孙立军 . 中国动画产业发展报告（2017）［M］. 北京：社会科学文献出版社，2017：15.

❸ 2017 年度中国数字阅读白皮书［EB/OL］.（2018-04-15）［2019-10-10］.http://news.youth.cn/gn/201804/t20180415_11598764.htm.

下四种类型。

1. 成长励志类

动画创作者针对观众普遍比较年轻的特质，将“成长题材”运用到动画中，着重塑造了坚强、勇敢、独立而又温暖的人物形象。如动漫作品《拜见女皇陛下》将时代背景设定在20世纪90年代，正值改革开放风起云涌的时期，社会发生了非常大的变化。影片运用巧妙的角色设定，从学生的视角叙事，写实地描写了当时城市中典型的人与事，还原了“80后”一代人的情感体验和成长历程。作品的女主角小华从一个沉默寡言的女孩到班级的“女皇”，带领班级走向了一条全新的道路，后来班上发生的一些有趣的事情也同样催人奋进。作品所宣扬的是“皇冠”不会永远戴在这个小小的“女皇”头上，孩子在长大，大人在老去，时代也在转变，只有那颗炽热的、自强不息的心是不变的。

总体来说，成长类型动画作品既有来自现实题材的，如《快把我哥带走》是从妹妹的视角叙说了她和哥哥的故事，经历了“兄妹不睦—哥哥离开—找回哥哥”三个阶段，妹妹更加懂事，珍惜兄妹之情，珍惜完整的家庭。也有些动画取材于神话题材，如《狐妖小红娘》讲的是一只叫作涂山苏苏的小狐妖为了证明自己存在的意义，领取了“牵红线”的任务，并在此过程中不断成长。这些作品有不同的时代背景，却是同样的主题：创作者希望受众能受到鼓励、积极奋斗、迎接生活中的挑战。

2. 玄幻穿越类

动画艺术与电影类似，都以图像和声音结构空间与时间。电影以摄像机的记录为基础，而动画则是直接对现实的再现。因此，高度的假定性是动画的本质属性。假定性是指动画是被艺术家创作出的视觉符号的合集，创作者建立在整体的假定的世界中，而观众观赏动画要融入这个假定的世界。[1]所以，比起真人影视作品，动画更容易表现玄幻的场景。

网络动画作品《盛世妆娘》中运用了穿越剧的架构，女主角因为发生了车祸而穿越到了电子游戏中，成了游戏中的角色。游戏中是一个架空的历史环境，女

[1] 贾否，孙鸿妍．动画概论［M］．武汉：武汉大学出版社，2011：19.

主角在这里和几个王子产生了感情的纠葛。另一方面，很多动画作品以中国传统文化中练“气”为切入点来展现修仙的故事，如动画作品《一人之下》《我的天劫女友》等。《一人之下》女主角冯宝宝是一个长生不老的女娃娃，穿越了无数的朝代，练就了一身本领。《我的天劫女友》则是流落在现代的女仙人想要通过修炼回仙界的故事。这类题材深受女性观众的喜爱，动漫《盛世妆娘》上映五集就已经有 4320 万的播放量。

3. 都市言情类

中国动画从诞生之日起，就与传统文化有了不解之缘，所以动画作品中展现国风古韵的题材多于现代题材。而在为数不多的现代题材作品中，却是展现爱情故事的作品占据高地。《泡芙小姐》就是一部典型的都市题材的作品。作品以泡芙小姐的视角叙述，其中融入了很多的现实元素，比如都市人的情感价值观、道德取向、就业问题、城市问题以及当今社会艺术生存的尴尬处境等。

另一种比较常见的都市言情题材作品源于“灰姑娘”的母题，融入现代社会的元素，变成了“霸道总裁”的故事构架，如《先婚后宠小娇妻》《绝世宠妻》等，均受到女性受众的热捧。

有些都市题材的动画中也加入了一些玄幻的元素，《甜美的咬痕》是腾讯推出的国产原创作品，讲述的是一位独立的人类美少女的父母被吸血鬼所杀，所以憎恨吸血鬼，但是却从讨厌到爱上吸血鬼王子的爱情故事，前期纠结于人类与血族的仇恨之中，后期为了整个世界的和平决定放下仇恨共同抵御外敌，爱恨交织的情节，完美探讨了爱是禁锢与占有还是奉献与自由的话题。截至 2018 年 4 月，此作品已累计收获 200 亿热度，并且被列入未来三年动漫扶持项目中。[1]

4. 耽美类动画

除上述之外，女性题材动画作品中还有另一大类题材——耽美。“耽美”一词源于日本，原本指一切可以带给读者一种纯粹美享受的东西。初期，网络上很多的女性作者在写作中假设自己为男子来抒发豪情壮志，实现自己在现实生活中不能实现的事，这也从一个侧面说明了现在的社会并没有完全男女平等。此类作品被称为

[1] 陈莹洁 . 我国网络漫画发展现状与趋势分析［D］. 厦门：厦门理工学院，2018.

“耽美类作品”。一般来说，女性作者的作品中也免不了主人公之间的情感故事，耽美类的作品也一样。久而久之，耽美类的故事发展成为漂亮的男性之间的恋爱感情故事，而这一类作品受到了广大女性受众的喜爱，表现了女性对异性恋中不平等的抵抗和对平等的诉求，造成了女性对同性恋爱中的平等的钦羡和追求。[1]

动画作品中美少年和美少女的形象本来就很相似，所以对主角性别定位不明确的耽美类作品在动画中得到“发扬光大”。因为中国现代社会并没有肯定“同性之爱”，所以中国的耽美动画往往把背景设在古代中国，更加具有中国传统文学的韵味。网络动画作品《魔道祖师》《帝王攻略》就是典型的代表，并受到观众的欢迎。《魔道祖师》上映第一天的播放量就达到了 3 亿次，之后几天内，播放量突破十亿大关。[2]

三、女性题材动画的美学风格

总体来说，动画作为一种艺术形式，创作者力求满足不同层次观众的审美需求、引起观众的注意、提高他们的兴趣，进而受到观众的认可和喜欢。而女性题材的动漫作品更加注重从女性的视角出发，营造出女性受众更愿意接受的审美风格。

1. 画面审美风格

动画片的审美过程就是观众观影的过程，而动画片的这个过程则是通过无数个绘制出来的单个画面连续起来传达给观众的。一个作品的画面风格往往也决定了其美学风格。

被称为“动画之父”的艺术家诺曼·麦克拉伦曾提出，动画不是“会动的画”的艺术，而是被“画出来的运动”的艺术。动画在英文中被叫作“Animation”，也就是“被赋予生命”的意思。所以，动画作为一种艺术形式，对创作者和鉴赏者都提出了更高的要求。一方面，要求动画的创作者运用具有极强视觉表现力的画面进行叙事，通过虚拟运动性场景和人物传递主题。同时，动

[1] 刘芊玥．作为实验性文化文本的耽美小说及其女性阅读空间［D］．上海：复旦大学，2012.

[2] 百家号，https://baijiahao.baidu.com/s?id=1609388009872182577&wfr=spider&for=pc。

画的鉴赏者要有一定的图像解读能力和想象力，从假定性的故事和情节中感悟出最真实的情感，从而得到满足。

男性读者偏爱职场商战、军事战争类作品；女性读者则更喜欢青春校园和时尚类作品。[1]所以，女性题材动画的画面颜色大多比较明亮、饱和度高，整体风格比较清新、唯美，在画面中给人一种温暖的感觉，给人美的体验。从动画的本体特征来说，女性题材动画并没有真正发挥动画艺术核心的“动”的特性，很少表现人物的运动。如腾讯动漫出品的玄幻作品《一人之下》广受男性受众好评，作品将中国道教的“气”和传统武侠招式运用动画的夸张性、假定性的特质表现得惟妙惟肖。而女性题材动画作品中，人物的动作被弱化，画面与画面之间的连贯性被弱化，故事往往是靠人物的对话和旁白推进的。如在爱奇艺平台播出的《先婚后宠小娇妻》《帝王侧》等几乎忽略了动画艺术所有的本体属性，只是靠单帧画面和人物对话进行叙事。

综上，女性动漫作品中的美感通常是通过唯美的单帧画面和人物形象的塑造来体现的。

2. 女性角色的塑造

美国、日本动画产业形成早，在全球范围内产生的影响大，所以这两国的动画风格也对发展中的中国动画产生了不小的影响。迪士尼动画为早期中国动画提供了参照，中国第一部动画电影《铁扇公主》（1937 年）中珠光宝气妖媚的小妾玉面狐，扑闪着一双迪士尼美人般的长睫毛大眼睛，扭动着“S”形的身段，[2]像极了美国的“贝蒂”小姐。[3]

近年来，中国动漫人物造型逐渐受到日本动画风格的影响。自 20 世纪 70 年代以来，日本动画师对人物的眼睛、发型、服饰、背景等进行了细致的描绘，并利用细腻的静帧画面来增加整体的美感，利用大量的特写镜头来减弱美国动画的

[1] 艺恩咨询.2017 中国在线动漫市场白皮书［EB/OL］.（2018-04-16）［2019-10-10］.http://www.199it.com/archives/710929.html.

[2] 林清.论中国动画电影［D］.上海：上海师范大学，2012：20.

[3] 贝蒂（BettyBoop），美国卡通品牌，诞生于 20 世纪 30 年代，是由美国纽约 Fleischer 兄弟工作室设计制造的卡通（动画）人物。

夸张感。[1]其中比较典型的动画女性形象有小甜甜、美少女战士等。中国动画中的女性形象也从中吸取了经验，不管是古代还是现代的女性，都是小脸大眼睛、身体有明显的“S”形曲线的九头身美女。

法国社会评论家罗兰·巴特先生指出：“流行之所以能够成功，是借助于大量、反复传播某种符号，以使这种符号逐渐成为大众的观念。”从目前看来，动画中时尚、新潮而又可爱的美少女形象的塑造，已经成为女性题材动画，甚至是所有中国动画的标志。

当然，美好的人物形象只是影片吸引观众的第一步。黑格尔在《美学》中写道，“性格就是理想艺术的真正中心。”[2]因此，作品中对人物性格的塑造才更为关键。女性题材中的女主角一般都有丰满的性格特征，而且不断地进步和成长。如动画作品《盛世妆娘》就打破了穿越宫斗题材作品的套路，注重思想价值观的传达。作品以女主角思妍进入皇宫以化妆为工作展开剧情，她主张化妆品带来的美丽不是最重要的，最重要的是灵魂的美丽。影片中她拒绝三无化妆品和皇宫中的勾心斗角，并试图通过自己的努力，变成宫中的榜样展现了现代女性“自由”“平等”“不妥协”的精神。

宫崎骏曾说：“我相信故事在人类的成长过程中发挥了重要的作用，给故事的跨听者以激励、震德、启发。”[3]《快把我哥带走》中对妹妹时秒的性格塑造也分成两个阶段。妹妹一开始不理解哥哥，厌恶总是“惹麻烦”的哥哥，渴望自己也是独生子女，体现了人性中的自私；当经历了与哥哥的分离之后，开始理解哥哥的动机，并和哥哥一起努力维护父母的婚姻。先后鲜明的性格对比，也体现了女性不断地成长和进步。

3. 以爱情为主线的叙事模式

自 1892 年埃米尔·雷诺[4]使用自己发明的光学影戏机公开播放动画作品至

---

[1] 阮婧文．日本美少女动画的偶像化特征研究［D］．南京：南京艺术学院，2014.

[2] 弗里德里希·黑格尔．美学（第一卷）［M］．朱光潜，译．北京：商务印书馆，1981:300.

[3] 周结．动画电影分析［M］．广州：暨南大学出版社，2007：26.

[4] 法国人埃米尔·雷诺（Emile Reynaud）1887 年发明动画影戏机，并申请专利。他被誉为“动画的鼻祖”。

今，动画艺术诞生已有100余年。随着电视传媒的普及、互联网技术的发展，动画艺术也成了大众艺术的一种。为了使不同社会地位的观众都能理解它的信息、着重满足青少年观众的需要，动画故事的表达选择简明易懂。另外，网络和电视动画作品一般时长在7 ~ 13分钟，很少有超过20分钟的作品，所以线性叙事也是最好的叙事模式。

女性网络动画所涉猎的题材中一般都离不开一个“情”字，动画中所制造的白日梦、青春偶像梦最终的主题总是落在对“爱的力量”的肯定上。其中最明显的是“霸道总裁”“穿越”“宫斗”题材，是以“言情”为主旋律的。如《甜美的咬痕》中主线是人类普通女孩和血族贵族王子之间的爱情故事。《盛世妆娘》中展现了思妍与9个皇子的情感纠葛。即使是涉及玄幻、成长这类题材，动画故事的主线也是由“情”展开的。《狐妖小红娘》作者小新在接受专访时谈道，虽然该动漫的创作灵感来源于中国古典神话，但是爱情是文艺创作的一个永恒主题。

综上，爱情为女性动画题材的叙事主线。

4. 现代感情生活与传统心理的融合

一般来说动画艺术来源于生活，却构建了与现实生活有相当距离的理想化的文本，动画五彩斑斓的颜色造就出了现实生活中的理想乌托邦，去掉了现实生活中的粗糙感，却多了唯美的色彩。而动画中反映的核心情感依然是人类对真善美的追求，女性题材动画中爱情观仍受到了现代人们都市情感生活和传统民族心理的影响。《泡芙小姐》深刻探讨了都市人的情感价值观、道德取向、就业问题、城市问题等。故事中设置了两个主要女性角色“泡芙”和“十三妖”，两人在爱情观上的巨大差异，代表着传统与现代之间的伦理道德的冲突。

动画作品中依然是传统的东方审美的心理，温文尔雅，含蓄深沉；他们的恋爱心态，也暗含着东方人的伦理观。即使是在耽美作品中，女性在塑造笔下男性时在男性身上留下了种种女性气质，设定小受还是“清白之身”，甚至没有恋爱经验，这也是传统贞操观念处女情结在作祟，但也表明了中国人的情感诉求。[1]

虽然说我国现代女性在西方文化的影响下都表现得较为积极、坦率，但是她

[1] 刘芊玥．作为实验性文化文本的耽美小说及其女性阅读空间［D］．上海：复旦大学，2012.

们心中仍然是含蓄的、含情脉脉的，强调对爱情的忠贞和执着，歌颂为爱的付出和牺牲，渴望一种有情人终成眷属的大团圆结局。

四、女性题材动画走红原因分析

1. 发展的外部环境

女性题材动漫作品的主要载体为网络平台，它的发展与互联网技术的发展有着密不可分的关系。新媒体技术不仅从根本上改变了创作者的思维方式，也改变了观众和影片交流方式。相比起传统的电视动画，网络动画通常具有成本低廉、收看免费、带有实验性质等特点。

另外，2014 年 11 月，习近平总书记在文艺工作座谈会上发表重要讲话，提倡我国文化繁荣兴盛，提倡大力发展社会主义文化。2015 年 7 月，国务院制定了《关于积极推进“互联网 +”行动的指导意见》，充分发挥互联网在经济形态发展中的积极作用，这些都为动漫创意产业发展提供了难得的机遇，注入了前进的活力。

2. 受众收视习惯的改变

首先，我国动画的黄金时期是 20 世纪 90 年代，这时，“80 后”“90 后”是动画的主要受众，他们从小养成了收看动画片的习惯。当我国动画行业经历了其发展的蛰伏期，重新走入观众视野时，比起自己的父辈们，“80 后”“90 后”的受众更愿意选择动画作为自己的休闲娱乐方式。综上，观看动画是现在年轻人的主要娱乐方式之一。

其次，在电视节目作为主要娱乐途径的年代，当一家人安静地坐在电视机前，一场争夺遥控器的战争也就开始了，不同的家庭，遥控器的操纵权有所不同。西方的调查显示，在大部分的家庭中，男主人更容易获得这种特权。虽然有时候女主人也会反抗，但是这种反抗是无力的。[1] 而“互联网 +”时代的到来却

[1] 金丹元 . 电视与审美：电视文化审美新论［M］. 上海：学林出版社，2005：86.

改变了这种状态。大数据显示，我国手机用户为7.53亿人[1]，可以说，读屏时代，每个人手上都掌握了自己的“遥控器”。

再次，互动式的观影提升了动画的质量。网络动画一般每周只播放一集，这样吊足了受众的胃口、催生了持续的热情。另外，受众对动画本身的要求和期待可以通过“弹幕”“留言”等方式及时反馈到制作者身边，动画制作者会根据受众的诉求在之后的动画中加以体现，极大地满足了受众的参与感。[2]

综上，女性题材动画作品在年轻观众中的走红与收视习惯的改变有关。

3. 取材于优质网络文艺作品

截至2018年4月，已有多家公司宣布开展共计94部动画作品的制作，其中包括31部原创动画，29部小说改编动画，27部动漫改编动画，7部游戏改编动画。[3]原创动画仅仅占1/3，其余2/3为改编作品。女性题材动画作品也往往取材于网络文学作品。这些文学作品多半由女性作者写作，较为了解女性的心理，更容易受到女性受众的青睐。如晋江文学城、红袖添香小说网、潇湘书院、云起书城等代表性女性向网站，其女性用户占据绝大多数；晋江文学城有数十部网文IP售出动画版权，其与动画公司建立了紧密的合作关系，2018年首批推出了《魔道祖师》《帝王攻略》《末日曙光》和《盛世妆娘》等4部由IP改编的动画作品。

动漫创作者幽·灵姐妹的连载作品《快把我哥带走》首先在快看动漫平台推出，期间超过5亿阅读量。之后改编成了同名的动画和电影作品，取得不俗的票房和视频播放量。IP改编剧有它的优势，有一定的群众基础（所谓的书粉）和关注度，比起原创动漫作品也节省了制作周期，只要编剧能立足于其他艺术类型的本体研究，对原著进行适当的改编，就能实现成功的转换。

4. 充分调动了审美愉悦感

弗洛伊德在《作家与白日梦》里曾经提到，作家的每次写作都是一次幻想的完成，而这幻想便是作家未满足的愿望。张抗抗评价网络文学时说：“在作者写

---

[1] 第41次《中国互联网络发展状况统计报告》发布［J］. 中国广播，2018（3）：96.

[2] 阮婧文. 日本美少女动画的偶像化特征研究［D］. 南京：南京艺术学院，2014.

[3] 陈莹洁. 我国网络漫画发展现状与趋势分析［D］. 厦门：厦门理工学院，2018.

作时，表达一种倾诉的欲望，是非功利性的。”[1] 早期的网络文学是一种“草根”的文学创作，有情感宣泄的意识，而发展成熟的网络作品则有强烈的“意淫”性质。参与到网络小说或者剧本写作中的女性作者创作的小说也是一个个“梦”，或是被拯救的公主，或是男女平等、女性独立意识被激发等。动画作为一种特殊的艺术形式，可以把这种美好的梦进一步地激发。比如，画面中的“美女”形象也会让女性观众有很强的代入感，仿佛自己也是这么美。所以在观看这种动画的同时，审美愉悦感被调动起来了。

5. 成熟的市场运作模式

“现代商业的发展及其对于整个社会领域的渗透，使流行文化几乎等同于消费文化，成为商业推销和发展的主要手段。”[2] 一部动画播出后，获得大量读者的追捧，就会被制作成动画、电视剧、电影、游戏等各种衍生产品。所以，随着受众对网络动画的关注程度日渐上升，一些传统动画企业、影视公司、独立动画工作室和内容生产网站也开始进入网络动画生产领域，大量的资金确立了商业化的运营模式和内容生产方式。其中有以“腾讯”为代表的互联网企业，以“光线传媒”为代表的影视发行公司，还有以“三只松鼠”为代表的周边厂商。毋庸讳言，这些资本的涌入从一定程度上促进了网络动画作品的发展。

根据权威调查发现，93.5% 的 18 ~ 35 岁女性消费者都有过非理性消费行为，女性消费群体也承认购物消费是自身缓解压力、宣泄情绪的重要方式。[3] 所以，女性消费群体是网络营销的重要对象。而通过动画作品进行营销比起广告更有可信度和情景体验度。这也在一定程度上促进了女性动画作品的走红。

作品《盛世妆娘》就将动画、游戏、人工智能、美妆等元素完美地融合，是一个成熟的 IP。一方面，让二次元动画与美妆相融合；另一方面，垂直化女性市场，在内容输出的过程中引起了女性用户最大的共鸣。动画中并没有刻意地强调品牌，而是对化妆品进行了美妆科普。题材上的少女动画将美妆的独特性调动起

[1] 张抗抗 . 网络文学杂感［N］. 中华读书报，2018-03-02.

[2] 高宣扬 . 流行文化社会学［M］. 北京：中国人民大学出版社，2006：256.

[3] 廖可贵，桂学文，张凌云 . 论以女性消费群体为目标的网络营销广告制定策略［J］. 商业经济研究，2017（13）：46-47.

来，让该作品十分热血。动画中女主思妍自带游戏系统和美妆技能，比起一些脸谱化的动画角色，思妍更加具有现代女性精神和鲜明的个性化表达。动画片中游戏、人工智能等元素的出现，进一步展现了作品多元化的创新特色。从内容到线下营销，《盛世妆娘》动画中美妆产品高频化、工具化的出现，赋予了动画很强的线下商业联动能力和很高的营销价值，思妍妆容成了各个平台美妆博主模仿的对象。随着动画的热播，更多品牌与这个动画片达成了合作，推动其 IP 价值发酵，更有线下“妆娘美颜急救包”等主题活动，直击女性的需求。创新的线上线下联动，根据现代社会的需求，为女性用户提供了高反馈、高互动的联动体验。

五、女性题材动画发展乱象

从上文的归纳与分析中，我们可以看出，国漫中的女性题材作品虽然取得了一定的成就，但也有以下几个不足之处。

1. 作品质量有待加强

网联网是把双刃剑。互联网一方面为动画作品的传播起到了加速和推进的作用，另一方面，网络动漫的知识产权问题尚未被完善，尤其是网络传播中著作权法、商标法、专利法的被漠视，使得互联网作品存在不正当竞争、同质化、质量参差不齐等问题。曾经《锦绣未央》一文甚至被指抄袭了 200 多位作者的文章。这些抄袭作品严重损害了原创作者的利益。

2. 思想引领作用薄弱

由于互联网审核机制较为宽松，因此许多网络动漫作品存在打色情、暴力等擦边球以吸引更多寻求刺激的读者的行为。动漫作品的受众中，有一部分人的人生观、价值观、世界观还未成形，如果不加以正确引导，不良的动漫内容很大可能会对这部分读者产生不利的影响。

中国是一个具有深厚的传统文化底蕴的国家，我们的社会崇尚孝道，“百善孝为先”“不孝有三，无后为大”。中国的传统思想和理念让“同性恋”在中国很难被人接受，但是在动画片中却出现很多。虽然社会学家李银河认为，女性观众之所以喜欢耽美，“更多从审美的角度，更多是浪漫的东西，比如讲到漂亮的美少年，反映的更多是青春的冲动。”[1]但是这种恋爱关系是否会对青少年造成不好的影响，还是有待考量的。

3. 女性意识未被完全激发

波伏娃说：“一个女人之为女人，与其说是‘天生’的，不如说是‘形成’的。”[2]在不同的文化语境中，艺术作品中女性的形象也是不同的。受中国传统思想的影响，女性的地位并不高。所以，在文学与艺术作品中，女性往往以“次要角色”和“反面角色”而存在。我国动画发展的初期也是如此，女性要么就是配角，要么就是反面角色，如《葫芦娃》中的蛇精。而现在女性网络动画的流行，大大改变了这种情况。

虽然说女性题材动画中的女性角色变得自强不息、积极进步、有理想、有个性、有朝气，甚至有的反叛，但是作品中的男主角性格却有脸谱化的现象。无论是古代的帝王、皇子还是现代霸道总裁或是哥哥，都有出众的相貌、出色的才华，对女主角深情、忠心不二，时时刻刻可以成为女性的保护伞和避风港。男主角这些完美无缺的气质其实是女性对男性幻想和渴望的体现。动画中男性多为社会的精英，证明“灰姑娘”的母题故事在现代社会中依然能够让女性陶醉。女性对男性优秀完美的幻想实际上确定了男权社会中女性的弱者地位。[3]虽然这些女主角的性格不像格林童话中灰姑娘那样温顺和软弱，但是依然是被王子拯救的灰姑娘模式。

当然，这也与中国的传统文化有关。心理学家荣格曾说，神话是集体无意识的体现，在系统层面推动事物的发生。日本文化中一直将“记纪神话”作为日本历史中的一部分，神话中的主神天照大御神就是女性主神，她温柔、善良、庄严。在日本的宗教中，女巫是王权的象征。历史上，日本曾经出现了十朝八代开

---

[1] 郑丹丹，吴迪．耽美现象背后的女性诉求：对耽美作品及同人女的考察［J］．浙江学刊，2009（6）：214-219.

[2] 西蒙・波伏娃．第二性［M］．陶铁柱，译．北京：中国书籍出版社，1998：425-426.

[3] 杨青．日本漫画改编电视剧研究［D］．南京：南京师范大学，2018.

创功绩的女性天皇。女性统治者数量远远超过相邻的中国和朝鲜。[1]日本人期待女性一方面像“贤妻”一样，美丽与温柔；另一方面用母亲的权威管理家庭（国家），所以日本动画中的救世主往往是女性。《圣斗士星矢》中的雅典娜、《美少女战士》中的水冰月家族等女性都是“女神”一样的存在，就连中国的《西游记》改编成日本动画之后，唐僧也被变成了女性角色。

但是当下中国女性的社会地位有了很大的改善，所以在动画创作中也应该对女性形象进行有意识的完善。正如丹纳在《艺术哲学》中指出，在“艺术作品从属于时代精神与风俗”[2]的原则下，美国人所塑造的女性角色，随着时代的不同也产生了很大变化。以迪士尼公司的作品为例，早期动画中的《白雪公主》（1937 年）、《睡美人》（1959 年）都无法掌握自己的命运，最后都是由机智、勇敢的王子用“真爱之吻”唤醒她们。女权运动之后，全球女性地位逐步提高，迪士尼公司在角色中有了从“白雪公主”到了“花木兰”的转变。花木兰不再是被拯救的弱者，而变成了拯救将军、拯救皇帝、拯救国家的“强者”。

相比美国、日本动画中对女性角色进行有意识的塑造，中国动画中的女性依然缺少自我意识。“女性意识”的觉醒和释放是 20 世纪末迪士尼动画女性散发动人魅力的根本原因，在国产动画中却还是一个有待认识的新课题。[3]综上，女性题材动画中也对男女主角进行有意识的塑造，消灭刻板印象。

六、结语

随着互联网技术的发展，网络文艺作品的繁荣，网络动漫作品也越来越受到观众的瞩目，在这样的情况下，满足于女性受众心理的女性题材动漫作品也越来越多，其中比较典型的有四种类型——成长励志类、玄幻穿越类、都市言情类和耽美类。

---

[1] 高晨．比较文学变异视角下的日本动画创作研究［M］．成都：四川大学出版社，2013：111.

[2] H·丹纳．艺术哲学［M］．傅雷，沈耀峰，译．南京：江苏文艺出版社，2012：193.

[3] 张慧临．国产与迪士尼动画电影中女性形象的演变与比较［J］．当代电影，2018（8）：100-103.

相比起男性观众对动画中运动元素的要求，女性受众更喜欢动画中唯美的画面、偶像化的角色塑造和爱情主题。这些类型的作品之所以能流行，是受到网络动漫发展的外部环境的影响，也与观众的收视习惯转变、动漫产品的市场运作等原因有关。

当然，中国女性题材动画在发展中也存在一些问题，除要提升作品的整体质量之外，也要从日本动画、美国动画中汲取经验，对男女主角进行有意识的塑造，消灭刻板印象。另外，创作者要充分考虑到受众的年龄层次，加强对观众的思想引领能力，从而促进动画艺术健康繁荣发展。

第三部分
发展趋势篇

媒介融合时代重新呼唤内容为王

◎郤颖波*

在互联网出现之前，媒介是叙事的起点。比如，在平媒时代，我们在写文章之前考虑的对象是纸张和版面；在视听时代，我们需要考虑的对象是胶片的长度，但是随着移动互联网时代的到来，这一现状大为改变。媒介融合时代，让媒介之间的界限逐渐消融，文本的迁徙变得越来越容易。可以说内容变成了可以打穿所有媒介的“媒介”。

无论科技如何突破，平台如何更新，对受众吸引和正确引导，并非透过一套规则系统的控制就能克尽全功，而是召唤更加丰富的内容。虽然内容并不代表互联网的全部价值，而且由于技术的推动作用，技术制胜论也不乏信徒，但是没有优秀的内容和正确的导向，加工再精细、再完美，也改变不了垃圾的本质。只有优质的内容，经过数字化的武装，形成放大效应、美感效应。在内容为王和渠道为王之间，内容才是用户真正追求的东西，决定着用户的走向，通过内容留住客户才能实现流量变现。因此网络时代，我们需要重新呼唤内容为王。

然而，“内容为王”作为这一行业圭臬，其“王”的定义在目前仍然具有模糊性。艺术产业自初始就有“叫好”“叫座”之分。在不同的受众、不同的研究学派眼中，同样的叙事内容能不能“称王”，定义是不同的。在过去，要生产一个成功的叙事作品，有“宣传牌”和“娱乐消费牌”两张牌可以打。在我国，

* 郤颖波，中国传媒大学教师、博士。

“宣传牌”主要靠财政支持，如一些主旋律电影、电视剧，对市场考虑较少，这一点从历届“五个一工程”的入选作品即可窥见；“娱乐消费牌”则主要以通俗文化产品消费者的喜好为主，对主流价值观的渲染和引导不甚明显。这就有了两条可以称王的路：有社会效益的和有经济效益的。但是，在当前的跨媒介融合现状下，这两条路渐渐有了交合点，一个文化产品要想“称王”，既要有宣传功能，也要有娱乐消费功能，这样才能跨越更多媒介平台，以更多面目到达更多的受众面前。

如热播电视剧《人民的名义》，虽是反腐倡廉的宣传剧，但因其人物刻画鲜明、故事线丰富而受到广大受众欢迎，在微博上引发大量讨论，各类微信公众号更是井喷式发文，从各个角度切入剧情：与娱乐有关的公众号，围绕演员们的从业生涯、八卦新闻做专题；有关美容的公众号，从探讨演员的面目特征出发，介绍了相关整形手术和医疗美容项目；而一些文学类公众号，则挖掘了官场小说的前世今生，介绍了许多相关作家、图书……以一部电视剧之力，达到了跨媒介宣传的效果，这主要来自其内容的扎实。

在资本运作成熟的欧美国家，“内容为王”则以更精准的商业案例呈现。以表现中产阶级焦虑的美国电视剧《希尔街的布鲁斯》为例，其生产者米高梅公司将其卖给全国广播公司（NBC）发行，而 NBC 的观众拥有比大多数电视观众更高的社会经济地位，因此 NBC 成功地将这些观众（注意，并非个人信息）“卖”给了广告投放商奔驰公司。这套电视剧首季获得了 8 项艾美奖，收视率颇为体面，但与其他电视剧相比，因其受众本身范围较小，因此收视排名并不靠前。

作为内容生产者，米高梅公司有许多种操作方法可以修改剧本架构，使得电视剧获得更多观众，但如此一来，增加的受众将只能是社会经济地位较低的观众，并非奔驰汽车的购买者阶层。因此，这套一共七季的电视剧从头到尾保持了原有的叙事架构。在约翰·费斯克看来，“《希尔街的布鲁斯》是美国电视节目中少有的几个具有坚实阶级基础而明显没有多大阶级冲突的节目之一……这个节目是围绕雅皮士的阶级观点、社会良心和道德责任感来描写的，这构成了它在文化经济中提供意义和快感的基础”[1]。

这种以广告商“金主”为目标的叙事架构设置，目前也成为我国大部分综艺节目的制作方向。综艺节目制作宣传的资金投入要求较高，无论是制作方还是购买方（以电视台及视频网站为主）都需要财力雄厚的广告商支持。因此，一档综艺节目，从其制作之初便要合理定位，以便顺利招商。目前已经播过三季的美食综艺《12 道锋味》，主打谢霆锋，每一集都请了大牌嘉宾坐镇。对比同期上映的综艺，《12 道锋味》的收视率排名并不算高，2016 年第二季的同期节目中，排名甚至较为靠后。但因其定位为环球高端美食之旅，设计受众的经济能力、有闲时间均处于社会较高水平，因此获得了正苦于广告投放渠道受限的高端厨房产品广告商的青睐，其广告收入季季攀升，第三季的广告收入已达 5 亿元。我们可以看到，在现代大众经济环境下，能为特选阶层提供意义、为广告商提供精准的受众的文化内容才是能“称王”的。

但从本质上看，文化产品为人类提供的还是幻想与生活可能性，单纯从经济效益出发来制作产品路子将越走越窄。如以大热综艺节目《奔跑吧兄弟》《爸爸去哪儿》《欢乐喜剧人》为故事底本拍摄的大电影，其电影票房便经历了跳水。2014 年 1 月，《爸爸去哪儿》大电影上映，票房为 7 亿元，被称为“现象级”影片。然而大电影的制作水平并未达到人们认可的水准，高票房的背后，是剧烈消耗的节目人气。到了 2015 年 1 月，《爸爸去哪儿 2》大电影上映，票房仅为 1.67 亿元，呈断崖式下跌。同期上映的《奔跑吧兄弟》大电影，票房为 4.389 亿元，与其一路飙高的收视率相比，也并不算高，并且观众口碑呈现下滑趋势。

可见，当纯粹地以经济利益为追求、以无脑娱乐性为叙事基调，一个文本即使跨再多媒介，也无法取得良好的发展前景。内容为王，需要谨慎严肃的创作，不能仅以“精准、合适”的受众为追求目标。

---

[1] 罗刚，刘象愚．文化研究读本［M］．北京：中国社会科学出版社，2000：115.

造梦与解梦

——青年亚文化语境中的“互联网＋仙侠”奇观

◎梁　岩*

从2005年国内第一部由电子游戏改编的仙侠剧《仙剑奇侠传》系列，到2012年曾创下国内周播收视纪录的《轩辕剑之天之痕》；从2015年首部网络播放量破200亿的《花千骨》，到2017年全网播放量超过295亿的开年大剧《三生三世十里桃花》(后简称《三生三世》)；从内地票房高达24.38亿元的电影《捉妖记》，到引发全民热议的手游“王者荣耀”，再到2017年年底“先网后台”的《九州·海上牧云记》……“仙侠奇观”作为影像符号，正在被当代青少年所追捧和消费，更是青年亚文化对后现代主义的理解和体验。

“仙侠”属于浪漫主义超现实作品范畴，作为一种文化题材曾在文学作品中占有一席之地，更是早期影视剧作品的重要素材之一。然而，在新媒介时代，“互联网＋仙侠”却促成一种文化消费的“奇观”，天生具有网感的仙侠玄幻影视作品代表着传统影像艺术生产的重构和嬗变，体现在：一是新的创作理念，传统的受众变成了如今的用户，作品成为商品，一切以经济利益为出发点的IP改编，让传统的艺术理论“失语”；二是新的播出方式，台网联播改变了原有的单一渠道，成为“媒介融合”和“大数据”的最佳产物；三是新的接受习惯，移动互联网成为用户的虚拟世界，弹幕吐槽、二次原创、恶搞八卦，碎片共享式文化

* 梁岩，北京青年政治学院讲师、博士。

成为大众文化衍生的后现代主义文化表征。本文试从“造梦”和“解梦”两个维度对“仙侠奇观”进行审视。

一、造梦：仙侠奇观外壳下的青春剧内核

纵观近几年仙侠玄幻题材的电影和电视剧，从人物设定、情节叙事到情感表达，必备的套路包括高颜值的演员阵容、脱离现实的爱情故事、模式化的成长历程、“CP”卖腐的八卦营销、“玛丽苏”式的人物设定……除了场景变成了玄幻历史，在剧情设置和营销运作上几乎与时下的青春剧套路不谋而合。

1. 虐恋是主线

与青春剧一样，纯爱是仙侠玄幻剧的主线，而且往往上演“2+N”的模式，其中“2”是男女主角，“N”代表第N者。如《仙剑奇侠传》中的李逍遥、赵灵儿和林月如的三角恋，《花千骨》中的花千骨、白子画、夏紫熏、东方彧卿的四角恋，《三生三世》中的叶华、白浅、素锦、离境、玄女等人的N角恋……这些仙侠情侣从相遇到分离，从虐恋到相守，与青春剧情节如出一辙，无外乎改变了场景和服装。当然，爱情是永恒的话题，但缺乏现实感的仙侠言情必然会走入情感架空的误区，也就是那些“为爱而爱”的剧情。比如《花千骨》和《三生三世》中，“玛丽苏”式的“大女主”不仅身边围绕着男主和男配等一群粉丝，一切叙事的逻辑和目标都为女主的“爱情”让路，缺少了仙侠剧应有的江湖道义、侠骨柔肠、天下之道……而反观多年前的《仙剑奇侠传》，从剧情到人物塑造都显得更加丰满且富有内涵。

2. 成长是母题

仙侠玄幻剧一般是按照主人公的成长时间来叙事，主人公的不明身份、儿时的奇特经历、少年的坎坷奇遇、青年的跌宕起伏……这些“与众不同”的成长元素成为剧中必备的情节。如《仙剑奇侠传》中的赵灵儿是“女娲后人”，《花千骨》中的花千骨是“世间最后一个神”等。由于不少仙侠玄幻剧改编自游戏，因

此主人公的成长过程也遵从了游戏模式，主人公在一次又一次的“打怪升级”中经验值和体力值不断增加。另外，与青春剧一样，主人公往往与剧中的主流价值观相抗衡，如《仙剑奇侠传》中的李逍遥是个玩世不恭的少年，《三生三世》中的白浅上神更是一直与“天宫”背道而驰的青丘女帝。但如此模式化的人物和情节设定，必将造成作品典型人物的扁平化问题。相比之下，电影《捉妖记》中主人公的小人物设定显得更加的典型且人性化。同时，仙侠玄幻剧也是“80后”和“90后”的集体成长回忆的体现，无论是游戏还网络小说改编，都能唤醒一代人的青春记忆和情感共鸣。

3. 偶像是消费

低口碑与高流量，仙侠玄幻剧的艺术价值和商业价值呈现两极化，究其原因，“粉丝文化”绝对是其重要因素。从业者并未将资金预算重点放在编剧和制作上，而是将大量投入押宝在明星身上，这种本末倒置的创作思路必然导致粗制滥造的现象出现。且由于中国大陆偶像产业链上的种种弊端，演员缺乏生活历练、表演平平、台词功底差等问题，经常备受质疑。2016年3.3亿元投资的《幻城》邀请了众多当红明星出演，更是有原著作者郭敬明助阵，然而人设、叙事、特效等方面的漏洞让这部剧开播后便遭到全民吐槽，可见，“大IP+强明星阵容+大投资”并不是高流量通行证。

二、解梦：后青年亚文化的符号物化和资本逻辑

当代后青年亚文化主体凭借其“次文化”的特质，通过互联网建立了一个新的虚拟场域，他们将对权威的否定、对主流文化的抗争、对父辈的反叛、对自我身份的怀疑等传统亚文化形式转变为通过虚拟场域的互动进行宣泄和消解，并将原本的反抗特性转化为温和的戏谑和个性的表达。在《通俗艺术》中，霍尔认为：“青少年文化是货真价实的东西和粗制滥造的东西的矛盾混合体：它是青年人自我表现的场所，也是商业文化提供者水清草肥的大牧场。”仙侠奇观正是利用将青少年的游戏、二次元、神话、科幻等情结物化为商品，成为被广泛传播和

增值的“IP 符号”，冲击和影响着后青年亚文化的走向。

1. 符号物化：“武侠 + 神话 + 科幻 + 二次元”的中西文化拼贴与重构

符号消费不断嵌入于现代社会中，成为现代社会不断分化的一道景观。互联网新媒介为网民用户提供 24 小时的“符号资源”，以青年人为代表的用户更是将其视为赖以生存的“精神家园”，他们建构了全球化的多元虚拟时空。正如鲍德里亚所说的意义的“内爆”（implosion），日常生活审美化和“形象”的霸权地位已经导致的幻象与真实界限模糊。“在青年亚文化构成要素到技术重组与创建方面，网络媒介以‘数据’‘图像’‘多媒介视频’到技术特质为基础，创建了一个互动、复制、仿真和拟像的世界。”仙侠奇观将“武侠、神话、科幻、二次元”等“仿像”进行拼贴与重构，成为当代后青年亚文化的载体，使青年人在泛娱乐狂欢中完成时代的生活体验和文化认同。

一方面，武侠与神话情结具有一定的文化基础和可操作性，是对中国传统文化的延续，更是架空历史的仙侠玄幻剧掩盖其文化短板的遮羞布。《三生三世》中的“四海八荒”架构，很大成分就来源于古代《山海经》《神异经》《淮南子》和《吕氏春秋》等典籍，女娲补天等古代经典神话母题也经常出现在众多仙侠玄幻剧中。然而，不同于 20 世纪八九十年代的《封神榜》《西游记》《新白娘子传奇》等经典神话剧，近几年热播的仙侠玄幻剧大部分改编自网络文学或游戏，剧本缺乏文化底蕴、故事漏洞百出、叙事模式化等问题异常突出。

另一方面，外来的科幻和二次元文化的文化渗透。近年来，互联网技术的发展全面加速了文化的全球化进程。伴随互联网成长起来的“90 后”和“00 后”“网络原住民”更是对国外的主流文化耳濡目染，欧美的科幻、日本的 ACG 二次元等文化成为互联网传播的内容，也凭借着其亚文化的特性在广大青年群体中广泛传播，培养了大批粉丝。国内 CG 特效技术的发展，以及 3D、VR 等虚拟现实手段的出现，为奇观影像的视觉呈现提供了技术支持。但目前中国的特效产业链存在诸多问题，致使国产特效与国际水准仍有相当大的距离。《花千骨》《古剑奇谭》《封神英雄榜》等热播剧的特效制作被网友戏称“五毛钱特效”，“国外特效制作的存在是为了渲染剧情，让观众自然融入故事中；中国电视剧特效的每次出现，都是为了提醒观众，请注意，此处正在使用特效。”

2. 资本逻辑：从复制到共享的青年生活方式

以电影和电视为代表的大众媒介，改变了印刷时代的简单复制，消解了精英文化的唯一性；而以互联网为代表的新媒介又进一步打破了复制的时空场域，成为一种全景式共享文化。这种共享文化在后青年亚文化语境中体现为新社群和新生活方式的建立。借用古德纳的“文化资本”概念，生长于网络时代的互联网青年，每天面对海量信息，他们对于“文化资本”的积累时间在不断缩短，但是随之而来的是缺乏深度和专注力。在互联网构建的虚拟空间中，人们尤其是当下青年的生活方式、交往方式和表达方式随着“文化资本”发生了改变，同时为货币、信息、观念的转换提供了新途径。

一方面，青年用户画像成为创作来源。当互联网迈进 Web3.0，当代社会正在走入“万物互联”的人工智能时代，创作者和接受者的角色重新定位，“仙侠奇观”的创作者进行 IP 改编的前提是对大数据“青年用户画像”的应用，全程进行针对性的创作、传播和营销，颠覆了传统的艺术创作范式。比如《古剑奇谭》制作者将用户画像定位为“游戏党、学生党、粉丝党”，“针对游戏党，制作方特别邀请了游戏玩家参与到电视剧拍摄环节中来，从故事改编、造型设计甚至包括主要角色的配音等小细节都进听取了他们的建议，所以《古剑奇谭》播出后，大部分游戏粉对剧情改编非常满意。针对学生党以及粉丝党，《古剑奇谭》制作方的宣传策略将重点放在了网络及新媒体宣传上。自确定拍摄起，有关演员选角、拍摄进度、演员互动的娱乐消息便源源不断从网络、微博、电视等多种渠道发布出来，该剧还没有制作完毕便有粉丝表示迫不及待想要观剧。”数据显示，该剧开播当天，微博话题总阅读量超过 3 亿，获得了收视率 1.57%、份额 10.89% 的超高收视成绩。

另一方面，青年群体成为二次传播的制造者。互联网空间形成了私人化、圈子化、个性化的新型社交，虚拟空间的身份让青年人的身份更加自由和多元，青年群体在对信息各取所需的同时，也在积极进行着创造性的 UGC（用户生产内容）

参与文化。仙侠奇观的出现为青年亚文化群体提供了话题和素材，弹幕、直播、表情包、网络流行语……当代青年在共享文化中尽情地宣泄和表达，积极参与和创造着消费符号，以期获取身份认同。威利斯在《普通文化》(*Common Culture*, 1990）一书中认为，青年人“不是消极地或不加辨别地购买”，相反，他们“对可获得的商品有自己的理解，有自己的审美判断，某些时候会拒绝”。“青年亚文化能够创造性地与媒介及文化工业接触，可以被视为能够盗用商品并创造出意义，形成对统治的权力结构的一种象征性挑战。”青年人的消费方式再现了一种关于认同、空间、文化形式的自我创造，用“拼贴”和“同构”的表达方式进行符号消费。

三、结语

仙侠奇观现象不仅具有大众文化的娱乐性和快餐性，同时又呈现出亚文化和后现代文化的多元和解构特征，是一种流行的文化矛盾体，这种矛盾体现在三个方面。一是大众和分众的冲突，在资本文化的操控下，为了追求更多利益的生产者在“大众”和“分众”间游走，以“分众”之名，希冀获取“大众”之实，在某种意义上体现为对异身份青年亚文化的“收编”；二是个性化和同质化的冲突，从作品和用户的关系来看，提供个性专属的影像作品能够有针对性地吸引用户的注意力，但不断培养用户黏性，实质是将用户的“个性”审美一次又一次趋于“同质”，终究导致陷入模式化的怪圈；三是经典与流行的矛盾，“IP 改编”是近两年的热词，更是各类影视剧趋之若鹜的流量法宝，但是并非所有经典都能成为“网红”，也不是所有经典都适合被多元文化解构，缺乏深度的表达和架空的历史使得文化成为快餐消费品。然而，仙侠奇观所营造出来的“异世界”满足了青少年的“猎奇”心理，也符合互联网新媒介的传播语境，作为中国式的“科幻”，仙侠奇观既是新生影视技术的最佳载体，也是“泛娱乐”的大势所归，更承载着“网生代”中国青少年的全球化审美和价值转向。一些优秀的作品承载着让中国传统文化走出国门的重任，2017 年 9 月，

《择天记》作为“一带一路”海外展映推荐剧目走出国门，彰显了中国的文化自信。同时，仙侠奇观也在带动媒介生态产业链的形成，游戏 + 影视 + 网络文艺，三者互为 IP，彼此反哺借力，产生了巨大的商机。因此，如何对仙侠奇观加以利用并进行正确的价值引导，是未来仙侠玄幻题材影像艺术作品的创作之路，更是新时代网络文艺发展的需求。

传统粤剧“跨媒介叙事”的新探索

——以粤剧《刁蛮公主憨驸马》动漫电影改编为例

◎刘　妍*

一、作为非物质文化遗产的粤剧

2009年，粤剧被列入中国非物质文化遗产名录。在弘扬粤剧传统文化的同时，不能忽略戏剧自身的发展规律和外部因素。历史上，广东的粤剧有过无上的荣光和辉煌，如今却呈现萎缩和弱势，当下多种尝试和探索的鼓与呼，并没有从根本上解决广东粤剧文化实质的问题症结。有人认为，粤剧被娱乐、外来文化侵蚀而备受冷落，年轻人不喜欢拖沓冗长沉闷的腔调；又认为传承的断层问题严峻，粤剧应该退出历史舞台。新时代背景下，作为优秀传统文化的粤剧，义不容辞地全力以赴争取和培养年轻观众，培养优秀粤剧从业人员和创作优秀剧本。只有一出好戏才能吸引到更多的年轻人。

从历史文化上看，广东是粤剧的重要的发源地形成地，粤剧是广东人的骄傲。一个地方剧种，300年不衰不弃，名剧名伶备出不断涌现，成为两广地区群众最为常见的娱乐项目。还有分布在“地球村”各个角落2000多万粤籍华侨华人，大多是观看、收听粤剧的粉丝。一个粤剧团一年上百场演出是非常常见的，逢年过节，美国、加拿大、澳大利亚、新加坡、中国香港等国

* 刘妍，北京师范大学文学院硕士研究生。

家与地区的华人社团，对粤剧团是热烈欢迎的，有名望的粤剧团，声望与经济收入成正比，因此广东粤剧仍有相当大的发展空间。互联网时代，群众获取高质量的娱乐资讯更为便捷和有效，文化消费能力不断提高，艺术鉴赏水平日益呈现多样化和多元化，一味墨守成规，始终无法从困境中找到希望的曙光。粤剧式微大致可以归结为内因和外因。内因与粤剧自身发展密切联系，粤剧行业的从业人才整体素质欠缺和艺术思想观念停滞不前，周而复始形成了惰性和疲软，乐不思蜀，不思进取，缺乏综合型素质人才。观众自掏腰包入场观影，最重要的是精神内核，要有优秀的剧本，打动人心的好故事。经典曲目《关汉卿》《搜书院》《山乡风云》等，存在演出频率过高的现象，在艺术追求和表现手法上早已与当下的新媒体传播手段脱节，导致观众群体流失严重，缺乏年轻观影群体补充。年轻的粤剧编剧与社会大多数年轻人有着共同之处，都希望在短时间内立竿见影、马到功成，追求经济效益，形成浮躁的创作氛围，后继无人是粤剧编剧界面临的尴尬问题。

就外因来说，可归纳为时代发展大趋势带来的挑战。新媒体冲击下青年人更青睐碎片化娱乐化阅读和观影，如抖音、快手等，青年人爱不释手津津乐道，容易被流行文化、娱乐资讯、追星文化等吸引。的确，上述娱乐新方式，传播更便捷，更容易被年轻人所接纳。往日粤剧“皇帝女儿不愁嫁”的日子一去不返。

二、戏曲与电影融合的“跨媒介叙事”

影戏融合的“跨媒介叙事”是电影本体和戏剧美学的融合。电影与戏剧在本质上是两种不同的媒介。美国传播学者詹金斯曾在21世纪初提出“跨媒介叙事”[1]的概念。科技日新月异，新媒体出现和多媒体融合业态的不断深入，“跨媒介”叙事在电影产业中出于高频率地呈现。戏剧作为当下正在兴起的一种新

[1] 亨利·詹金斯. 融合文化：新媒体和旧媒体的冲突地带[M]. 杜永明，译. 北京：商务印书馆，2012：423.

媒介的多样性叙事特点，同时保留了传统电影的叙事特点与基本叙事结构。影片内部增添传统戏剧元素所特有的叙事元素，增加了只有在戏剧中才会出现桥段和情节；影片外部增添了对戏剧互动叙事学的采用[1]，与经典叙事学受叙者只能被动接受叙述者的叙事意志不同，互动叙事学强调叙事必须在叙述者与受叙者之间的互动中开展，无疑影片与观众之间，搭建了一扇互动的桥梁，观众可以通过对电影中的情节或细节的洞察与重新拼凑，最后获得全新角度的连贯叙事体验。

任何艺术创作不可或缺的一项重要能力是想象力。戏剧动漫电影的想象力尤为突出，常规电影大多描写成人世界中的价值取向，当下不少青少年题材的电影中或多或少地人为地加入了成人视野中的价值观。戏剧动漫电影是反常规反套路的，动漫戏剧冲突中寓教于乐，从而使动漫电影形成自己独特的表现形态和叙事风格。

戏剧动漫电影中的中国语言文化是深入浅出的，深刻地体现了反传统反封建，生命个体的自我觉醒与追求自我实现自我价值的独立个性。戏剧动漫电影的传播，说明中国的传统文化正在“地球村”内闪耀光芒。戏剧动漫电影在本土文化的传播上，应赋予更多的“中国元素”“中国故事”文化内涵。

戏剧动漫电影系一定时空内的情感艺术表达手段和形式，具有较强的民族性。除了传统文化中精髓伦理文化、审美趣味、文化心理等，最重要的还是选择什么样的艺术载体，艺术作品中怀揣何种本民族本时代的情怀，才能塑造出何种民族风味的艺术作品。粤剧是两广、海南等地区，群众喜闻乐见的娱乐休闲方式，面谱化的人物造型设计，强烈表现出民族性、地方性和戏剧性，是中华传统艺术的继承和民族化道理结合所达到的创新。

戏剧动漫电影创作是历史性的创新，传统戏剧有其固有的特定“风貌”，是一个个体与群体相结合的过程，是艺术形式的创新变革，选择经典戏剧中“原型”“母本”作为创作，遵循“生活艺术化，艺术生活化”的美学观点，是动漫

---

[1] 玛丽－劳尔·瑞安在《故事的变身》（译林出版社，2014 年）所涉及的概念，用以区分新媒介与旧媒介之间的叙事特征。

电影创作之路。

三、粤剧《刁蛮公主憨驸马》动漫电影改编的典型意义

首部粤剧动画电影《刁蛮公主憨驸马》讲的是西戎北狄借口凤霞公主嘲笑其两使臣驼背、跛足有辱国威而兴兵侵犯中原。三关元帅孟飞雄破敌擒将，因公主嘲辱使臣招来外患，于是回朝请旨究罪。凤霞公主聪明秀丽，深为帝后骄纵，金殿上先是唇枪舌剑，折服了两员北狄俘将，后又伶牙俐齿，辩赢了孟飞雄请旨追究罪责的诉求，令孟为之倾心。公主亦看上了孟飞雄的智勇轩昂，并当庭自作主张钦定驸马，父皇、帝后降旨许婚。大婚之日，驸马憨犟，公主刁蛮，遂使良宵虚度，公主逼迫父皇悔婚，孟被贬出家。在禅师的斡旋、开悟下，这对小冤家终成恩爱夫妻。

《刁蛮公主憨驸马》作为粤剧传统剧目，讲述了一个倡导夫妻、家庭、邻邦以“和为贵”的故事。1943 年初，红线女与马师曾首次合作该剧，并在广西梧州首演，受到好评。半个多世纪以来，《刁蛮公主憨驸马》一直是红线女的保留节目之一。面对粤剧艺术越来越不被青少年熟悉的现状，红线女希望寻找一种有效的方式向青少年推广粤剧。2000 年，她第一次提出将该剧目改编成动画电影的构想，并与编剧着手改编剧本，经过 4 年的努力终于完成。

（一）传统粤剧的历史积淀和传承

红线女在当代粤剧史上占有重要地位，从演 60 载演出的粤剧近百步，艺术上承前启后、继往开来，粤剧在传统的基础上吸收京剧、话剧、昆剧、歌唱、西洋歌唱方法等技巧。

粤剧承载着数代人的集体回忆，成为“地球村”拥有共同语言文化人群的情感归属。真正理解和喜爱粤剧文化内涵的人，才能作出真正让人动情动心动容的设计。一代粤剧大师马师曾、薛觉先、红线女等早已驾鹤仙去，而他们留下的珍贵影像资料，却是时代的宝贵财富。运用先进的数字影像技术，还原或再现一代

粤剧名伶的风姿绰约，实属一件幸事。由此，我们可以欣赏到高品质的粤剧视听效果和舞台服饰效果，充分利用Flash视频嵌入技术、3D投影、VR等体感交互手段，增强互动和参与性。众所周知，声音、图像、文字、动画、视频等多媒体信息手段的综合运用，呈现给观众全新的具有数字交互性的体验作品。例如，在动漫电影《刁蛮公主与憨驸马》中，配音全是马师曾和红线女原声，让观众在欣赏真人原声之中，重温两人的定情之作。观众在被不刻意营造的氛围中熏陶，特殊的情绪中欣赏多媒体影片。年轻的粤剧观众，既参与了粤剧的生命史，心灵和情感世界也会因此而丰厚。

数字化是新媒体的基本特征，具有网络媒体互动强、传播快、画面感强等传播优势。便于携带和使用是手机媒体的主要特征，而基于Flash视频嵌入技术、3D投影、VR等体感交互手段而创新的动漫电影《刁蛮公主憨驸马》则成为一种新形式的动画。Flash视频嵌入技术是集现代计算机、互联网技术与当代流行的审美文化，运用规则化的设计原则，将数字媒体技术融入艺术设计中，给我们带来许多新的作品形式和美学概念，提高设计艺术和数字媒体技术革命性的变化。手机动画，通过互联网下载、玩、转发等功能服务，在交互式图形制作的多媒体动画内容中实现与消费者灵活互动，更加符合现代人的快节奏生活。这与互联网流行的动画是相同的，通过技术手段，以无线的方式直接在手机客户端呈现，接受相关动画服务，提供动画短片以及手机动画系列图片。

（二）粤剧《刁蛮公主憨驸马》动漫电影的审美特点

动漫电影《刁蛮公主憨驸马》是传统粤剧戏曲内核加上新元素动漫。当动漫邂逅传统戏剧，会发生什么样的“化学反应”。主创人员认为，《刁蛮公主憨驸马》非常适合增添动漫元素。无论是从人物设计还是表达主题上都很适合加入动漫色彩这一现代化元素。具体而言，从服装、头饰还是人物设计角度，该剧充满了动漫风和飘逸的浪漫情怀，配之色彩丰富的造型、民族特色的服装配饰，动漫人物代替了体现演员基本功的大花脸、大水袖等造型，无不让各个年龄层的观众叹为观止。此举使粤剧焕然一新，观众有了全新的体验，有趣好玩新鲜活泼。观众心中留下的视觉和心理的想象空间和高饱和度的色彩奢迷，引导观众留恋和再次消费。在这一消费心理的引导下，引起 15~25 岁年轻观众的好感和兴趣。

传统优秀戏剧求变求新非突发奇想，而是时代的呼唤，观众的需求。2003 年 9 月，两名中国戏曲学院毕业生的京剧动画作品《空城计》《霸王别姬》，在全国动画大赛中获得殊荣。动漫与传统戏剧结合，已成为传统戏剧生存与发展的必然选择。

《刁蛮公主与憨驸马》是经典粤剧保留曲目，更是马师曾与红线女的倾情之作。早在 2000 年 12 月，红线女首先提出将《刁蛮公主憨驸马》改编成动漫电影的设想。影片讲述一个刁蛮任性的公主如何被她的那个憨驸马所折服，宣扬“和为贵”的传统道德观念，戏剧节奏清新明快，既有爱情主线又有逗趣戏弄的情节。改编成动漫电影后的《刁蛮公主憨驸马》不仅保留了原有传统戏剧的艺术精髓念和唱，而且增加了电影中的独有的技术、音响效果等方面的优势，较之舞台剧表现得更加美轮美奂，细节处理上更加逼真时尚美感。刁蛮公主的动作姿态表情全部使用了动漫人物进行塑造，传统的道具、服饰、化妆在影片中不再使用，推动剧情不可或缺的火麒麟、八哥，在影片中处理成了写实的情景。“鹦鹉学舌”生动有趣，十分吸引年轻观众。

动漫版的经典粤剧，情节更为紧凑，节奏更为明快，人物关系更为一目了然。影片的时长仅为原剧的一半，从 3 个小时缩短到 1 个小时 19 分钟，更符合现代人的审美习惯。深爱粤剧的红线女曾动情地认为，动漫粤剧这一新载体，可使粤剧传播更为广泛。

网络“同人”：盎然生机下的现实忧思

刘怡男[*]

网络“同人”，是随着网络文艺不断发展壮大而逐渐进入大众视野的一种生产方式。目前，网络同人作品数量愈发庞大，质量也在逐渐提高，已经初步形成了一种生机盎然的、受众反哺再生产的现象级景观。[1]但是，网络文艺的同人衍生作品也有质量参差不齐、版权等法律纠纷难断之嫌。基于种种问题，习近平总书记在十九大报告中提到，在互联网时代，要致力于打造“清朗的网络空间”[2]。那么，如何打造这个清朗的网络空间，对于网络同人创作的原因分析与价值引领就具有了现实意义。

一、何谓“同人”？

“同人”创作一般指的是根据已有的作品，如漫画、动画、小说、影视作品中的人物或人物与剧情设定进行的二次创作再生产活动。一般来说，同人创作具有小众性、草根性的特征。但是，随着网络文艺的兴起与发展，同人创作似乎有了更广阔的实践沃土。在网络文艺蓬勃发展的大环境背景之下，同人创作无论是从深度还是广度来说，都已经形成了一个全新的景观。

---

* 刘怡男，中国传媒大学“传媒艺术学”博士研究生。

❶ 居伊·德波．景观社会［M］．张新木，译．南京：南京大学出版社，2017：3.

❷ 习近平．决胜全面建成小康社会夺取新时代中国特色社会主义伟大胜利［N］．人民日报，2017-10-28.

1. 传统的同人创作

关于“同人”一词的来源有多种说法。例如，可以将“同人”理解为日本文化中的“同人志”（どうじんし，doujinshi）的缩写，指一些漫画、文学爱好者自主结集的作品，这些作品没有营利性质，只是一群热爱作品的“同人”（日语里为“同好”的意思）创作出来的“志”，后期简称为“同人”。这一概念与说法最早在19世纪末期就已经出现。同时，美国粉丝文化中“同人”这一概念也早已有之，“Fanfic”（粉丝小说“Fan-fiction”的缩写）一词就是美国的同人粉丝与同人文化研究学者赋予这类作品的新词汇。早期美国电视剧《星际迷航》的观众粉丝们就通过读者来信的方式对于该剧进行了很多延伸创作。[1] 在中国，“同人”这个术语虽然因其“同人”释义进入主流文化研究视野较晚，但“同人”的实践却是古已有之。《金瓶梅》就是借用了之前已经成型的小说《水浒传》中的人物进行创作，我国四大名著之一的《红楼梦》后四十回其实并不是曹雪芹本人所著，而是高鹗在研读前八十回后写作的文本，依然沿用了《红楼梦》的角色设定，这就已算是一种同人创作了。[2]

2. 网络同人创作

同人创作真正在我国被传播开来，无疑是借助了互联网的发展。互联网的兴起与发展使得中心话语被消解，我国传统的“文人墨客”所代表的精英文化与大众文化之间的界限也开始变得模糊。网络空间令观众在一种充满“诡异”的自相矛盾中，营造了一种“疏离”效果，又让观众产生了强烈的现代性体验。[3] 在这一背景下，传统的同人创作的范围更加泛化，以往创作所基于的文本大部分都是叙事性作品，而在网络文艺蓬勃发展的大背景下，一些非叙事作品，如直播、游戏等都可以被用来进行同人衍生创作。此外，网络同人作品的形态也更加多元：囿于技术水平与传播范围，传统的同人创作一般都是衍生为文学或绘画等作品；但在互联网技术的发展与品类繁多的网络文艺形式的交互影响下，不止网络文

[1] 亨利·詹金斯. 文本盗猎者：电视粉丝与参与式文化［M］. 郑熙青，译. 北京：北京大学出版社，2016：45-50.

[2] 王哲. 想象的可能和另一种世界的构建：网络同人小说研究［J］. 上海文化，2017（8）：19-33.

[3] 彭丽君，哈哈镜. 中国视觉现代性［M］. 上海：上海书店出版社，2011：207.

学，一些网络剧、网络综艺、网络游戏、网络电影、网络直播、网络微视频等同人创作都次第涌现，且其中不乏一些精品。当然，同人衍生的主要阵地依然是网络文学与网络短视频领域，这些领域的创作具有非常明显的粉丝文化特征，在尚未由专业公司与内容制作团队接手之前，这些衍生作品几乎成为受众在对于网络文艺接受过程中的必经之路。

二、网络文艺衍生“同人”创作的新特征

传统的同人创作所具有的草根性、小众性、无功利性等特征，在网络文艺衍生的同人创作中也都具有，但在互联网的驱动之下，网络文艺衍生同人的创作具有了以下一些较为突出的新特征。

1. 虚拟性

虚拟性可以从几个方面来谈。首先是创作者的虚拟性。不同于过去的粉丝来信、投稿或者线下聚会进行同人志的交流等方式，互联网上，一位创作者可以扮演的角色更加多样，不仅可以在每一个趣缘群体里拥有一个不同的 ID，甚至可以在同一个论坛、社群里有多个 ID，这样的虚拟性使得创作者的隐匿性加强，其作品表现的可能性就变得更加多元。其次是作品的虚拟性。由于是在网络上传播，无论怎样的作品形式，最终都会被编码成为一个个二进制字符在赛博空间中存在，这种没有实体的虚拟作品却可以借助于迅捷的传播手段而裹挟更多潜在观众的真情实感进入这个再生产的实践场域。无论质量高低好坏，由于不占用实际的物质资源，互联网上存在的网络同人作品数量是十分庞大的。美国著名同人文学网站 AO3（archiveofourown.org）上，有超过 177 万的用户，产出了超过 445 万部的作品，关于“哈利·波特”的同人衍生文章有 20 万部。再者，无论是接受者、传播者还是评论者，对于同人作品的接受都是虚拟的，通过虚拟的留言、长评、转发，更多的声音可以迅捷地传递出来。此外，作品本身常被架构在虚拟世界中，科幻因素作为虚拟性的代表频繁出现在美国、中国的同人创作中。

2. 迷狂性

有学者提到："网络剧是一种瞬时的审美。"[1] 实际上，由于互联网的冗余信息已远远溢出每个观众的接受阈值，导致观众理论上可以花在作品上的时间很短，所以，几乎网络文艺的审美都是瞬时性的。但若是在短时间内给予观众强烈的视觉、听觉与心理冲击力的话，就很容易让观众陷入一种迷狂而无法自拔，也就是俗称的"上瘾"。一旦对某个同人生产上瘾，就能与拥有这样相似情感的人产生强烈的共鸣，从而使得原本在虚拟空间内不甚确定的身份得到集体的认同，因此产生归属感。互联网的崛起使得传统的父辈地位在新的媒介环境中被边缘化，也使得"同辈群体"这一由年龄、兴趣、爱好、地位、价值观和行为方式大体相同的人组成的非正式群体的地位变得更为重要。[2] 在网络同人实践集体中，同人爱好者们所构成的一个个非正式群体有着一套排他又自洽的语言体系，与主流文化有明显的异质性，粉丝社群内与非粉丝的外界世界间的界限非常分明。同人爱好者之间能够互相理解彼此的行为，通过这种集体迷狂行为，爱好者们在这个自我的时代找到集体，从而寻找到了自我、完成了对自我身份的建构。[3]

3. 先锋性

创作者的原初生产动力并不是为了商业利益，同时，网络同人创作是在互联网空间这一全新艺术实践场域上的新尝试，这些原因就使得网络同人创作中带上了一抹先锋性色彩。先锋性反映了现代社会中人与人、人与社会、人与自然之间的异化关系，裹挟着一些悲观情绪、虚无意识、反对传统的成分，网络同人创作体现在技术、艺术、社会心理等多个层面。首先，对于一些同人视音频、图片制作等来说，由于技术的不断革新，如何游走在技术的边界，将影视音频结合，进行一些不同于原作的叙事性创作，就是一种先锋性的尝试。例如，网络同人视频中常采用的"鬼畜"剪辑手法，就是通过无意义的模仿与拼贴生成新的意义。[4]

---

[1] 吴昊．一种瞬时审美：作为流行文化的网络剧［J］．广西师范学院学报（哲学社会科学版），2018，39（01）:16-19.

[2] 周晓虹．现代社会心理学：多维视野中的社会行为研究［M］．上海：上海人民出版社，1997：136.

[3] 陈霖．迷族：被神召唤的尘粒［M］．苏州：苏州大学出版社，2012：59.

[4] 王文宏．网络文化多棱镜：奇异的赛博空间［M］．北京：北京邮电出版社，2009：124-125.

这正如菲斯克所认为的那样，现成意义无论多么重要，对大众而言也没有多少快感可言。[1]其次，从艺术层面来说，网络同人作品中很多的叙事都是杂乱无章或者意义含混的，一些文学、视频作品中，创作者有意追求风格上的新奇，追求作品形式上的意义，或是广泛采取暗示、隐喻、象征等手法来反映人物心理意识的流动，产生与原著完全不一样的故事情节或是情感走向，也具有先锋性的实验色彩。再者，在社会心理层面，由于现代社会的不断发展，人的意识也逐渐解放，一些过去被压抑的情感取向与性别认知也开始逐渐有了发声的舞台，这使得一些同人作品中除了将原著的男性角色、女性角色进行配对衍生之外，还出现了男性配对与女性配对等各种非传统婚恋关系中的取向配对，这也表现了很多网络同人创作者对于一个性别平等、反对歧视的社会的呼吁。

三、网络“同人”盛行的原因

前文已经对生机盎然的网络同人创作与消费进行了一些定性的现象描述，这种不容忽视的粉丝创作现象也引发了学界对其成因的思考。笔者认为，同人创作之所以历久弥新、经久不衰，一直是粉丝文化的隐藏核心与学界研究领域的前沿与热点，有以下几个原因。

1. 准入低与草根逆袭

随着互联网的不断发展，传统文化与网络文化之间的边界正在逐渐消弭。在赛博空间中，每一名读者都被赋予了再生产的权力与再生产的渠道，这种接受并非只是传统的“一千个读者心中有一千个哈姆雷特”就能够解释的。传统接受中，读者在心中有了“哈姆雷特”之后，顶多通过读后感对其进行阐释，即使是在脑海中以“哈姆雷特”为主角进行再创作，也没有可以公开发表并被广泛传播的渠道。但在网络文艺实践场域中，随着技术的不断发展，技术门槛的不断降低，读者能够轻松通过各种专业渠道，如各大文学、视频网站，或是非专业渠道如各种社交媒体、自媒体等，对自己脑海中衍生的“哈姆雷特”后续剧情进行创

[1] 约翰·费斯克．理解大众文化［M］．王晓珏，宋伟杰，译．北京：中央编译出版社，2001：153.

作。这些创作在艺术创作层面也并不要求作者有多么高明的专业技巧，只要作者有对于作品的热爱与创作的欲望，他就能进行再生产并且将其反哺到原文艺作品中。这种由于话语权的逐渐让渡而出现的网络同人文化是一种典型的参与文化，有经验的文化参与者将他们的经验通过一些非正式方式几乎无偿地传递给初学者，每个人都可以对此文化有贡献、有价值。[1]其次，同人作品的传播方式也具有明显的草根特质，对于这些作品来说，主流媒体渠道的传播不是必需的，只要有介质，它们就能传播。利用社交媒体例如微博、微信，或者一些小众渠道如细分用户的 Fanfic、Lofter、AO3、半次元等，用户也能够找到其所爱的衍生作品进行接受与消费。对于一些经典的同人衍生母本，如美剧《星际迷航》、英国电视剧《神探夏洛克》、日本漫画《名侦探柯南》、中国小说《红楼梦》等，网上流传的相关作品是浩如烟海的，这些同人作品为原著进入更多观众视野也做出了一定贡献。再者，对于同人创作的接受与消费也不需要高准入，与去电影院花钱看一部电影，或者付费看一部成熟作者写作的网络小说不同的是，同人作品大多免费，在经济层面的准入门槛几乎为零；艺术门槛方面，一些视音频类作品可以把复杂的原著变得简单化，在没有原作的基础上，接受者也能够对其进行视听觉消费——即使是只看俊男美女的剪辑，已经让人感到心旷神怡了，衍生视频的情节与叙事并不是作品审美的必要条件。

2. 国际范围内性别平权运动兴起与中国婚姻关系新变

一般来说，经典的同人衍生作品的性别取向非常多元，其中不乏支持性少数群体的创作者。其中，各种边缘恋爱的情节时有发生，私人化的设定也非常众多。在很多同人作品的世界观中，男女性别可能不一定平等，但却大多在每个性别中都加入了性别平等的可能。例如，一些男男配对（BL）的同人作品中，男性也具有怀孕生子的功能；一些女女配对（GL）的同人作品中，男女性在权力、能力上都是无差别的。这些其实是一种乌托邦化的设置，一定程度上展现了创作者对于性别平等的呼吁、对于性别歧视的抵制。然而，

---

[1] JENKINS H.Confronting the Challenges of Participatory Culture:Media Education for the 21st Century[M]. Boston：MIT Press，2009.

这也是部分同人作品只能在一定范围内小众传播的原因——社会主流价值观并不愿意接受对于男性所拥有的既定赋权的质疑与改变。很多网络同人作品中还蕴含着女性的自我意识与性别意识的凸显，这与网络同人创作者的主体是女性也有很大关系。实际上，女性的“他者”地位是被社会所建构的，生理差别只是女性缺席的诱因，随之而来的文化地位的不同才是导致性别不平等的根本原因。正如波伏娃所说，是“人类文化整体，产生出男性与无性之间的所谓‘女性’”[1]。随着世界妇女解放运动取得卓越成绩，近年来我国的女性地位也得到了很大幅度的提高。网络同人也开始通过建构女性的主体空间来对男性的权力宰制进行抵抗。同时，近年来，我国女性已经可以自主掌握消费权力，有为自己喜爱的物品买单的能力和渴望，并逐渐成为消费市场上的主力军，这对一些网络同人作品的实体化如“出本”“出周边”等起到了推动作用。此外，女性在婚姻关系中的地位也已经有了很大程度的转变。约翰·霍普金斯大学的安德鲁·彻林（Andrew Cherlin）教授提出，人类社会的婚姻经历了三个主要阶段，分别为制度化婚姻、陪伴式婚姻、个人化婚姻。[2]在目前的中国社会中，婚姻关系正在由陪伴式变成个人化式，传统的“夫荣妻贵”思想早已不复存在，新时期女性观众的价值并不建立在丈夫的成功之上，而是一种“冷暖自知”的私人体验。这种现状下，女性观众渴求的“真爱”更多时候是能够突破种族、性别的纯爱，是一种极致的浪漫。在这些爱情中，恋爱双方没有从属关系，而是具有独立思想、人格的个体，并且都有着实现自身价值的渴望，对这种浪漫的追求使得一些带有酷儿性的同人作品开始出现。[3]一方面，这些作品由于带有浓郁的浪漫主义色彩，能够很大程度地吸引女性观众；另一方面，女性观众对于此类题材的持续追捧、消费和不断再生产也使得网络同人的影响力急速扩大。

[1] 西蒙·波伏娃．第二性［M］．桑竹，南珊，译．长沙：湖南文艺出版社，1986：23.

[2] CHERLIN A J.The Deinstitutionalization of American marriage[J].Journal of Marriage and Family，2004（66）：848-861.

[3] DOTY A.Making Things Perfectly Queer:Interpreting Mass Culture［M］.Minneapolis：University of Minnesota Press，1993.

四、网络同人衍生的问题与思考

尽管网络同人作品的数量与质量在网络文艺蓬勃发展的当下都已达到了一定的新高度，但在计算机所建构的赛博空间内，网络同人实践活动还是存在很多相应问题亟待解决。

1. 版权纠纷与维权困难

网络同人创作直接涉及的一个问题就是版权问题。金庸先生生前曾经状告网络作家江南的小说《此间的少年》使用了自己在多部武侠小说中的人物设定。而这桩被称为“同人第一案”的结局以金庸胜出、江南赔款并销毁库存书籍而告终。截至目前，大部分再生产的网络同人创作是非商业化的，在这一前提下，原作者对于衍生者的态度尚且友好，但一些同人创作最终衍生成了付费或盈利的内容，如“谷阿莫”“阅后即瞎”等以电影再剪辑为看点的自媒体，就可能对原作者的著作权进行了侵犯。在互联网环境中，维权也相较之前变得困难：一是所获利益渠道多元，一旦涉及快捷的互联网支付，创作者通过同人创作所取得的具体利益就不容易被量化；二是作者的身份难以界定，即使大部分网站要求实名制，但使用他人信息注册的作者并不罕见；三是对于“抄袭、沿用了多少”“应不应该算侵权”还没有一个尺度标准，法律的不完善与维权的困难使得金庸状告江南一案历时两年才算告一段落。同人视频版权更是如此，在主流平台版权之争已经进入白热化的阶段时，粉丝的二次创作很多时候却不以主流平台为传播载体，其产生的用户点击、流量等，是制作方与播出平台的直接损失，而这种损失的追回其实是相当困难的。

2. RPS 创作与隐私受损

RPS，是英文“Real Person Slash”的缩写，指的是真人同人配对，也是同人创作一大重要组成部分。卡茨曾指出，观众对于媒介的使用是出于“认知、情感、个人整合、社会整合和舒缓压力的需要”[1]。随着网络文艺的发展壮大，对于

[1] KATZ E, BLUMER J G, GUREVITCH M. The Uses of Mass Communications : Current Perspectiveson Gratifications Research [M] .California : Sage, 1974.

娱乐明星的配对消费也愈演愈烈（尽管这种配对多年前就已经存在于体坛、传统电视剧的领域中），一些网络剧、网络综艺的营销策略中或多或少都加入了CP（CP是“Characte Paiting”的缩写，指有恋爱关系的同人配对）这种同人成分，运用这种观众喜闻乐见的“拉郎配”文化来吸引更多潜在的观众。例如，《奔跑吧兄弟》中，演员鹿晗与迪丽热巴就因为其充满暧昧的互动而被节目有意无意打造成“陆地CP”，许多粉丝据此进行了网络同人文、网络同人视频、网络同人漫画的创作。然而，在男主角鹿晗公布与关晓彤恋情之后，愤怒的粉丝们开始对几位明星，特别是鹿晗和关晓彤进行人身攻击，认为他们欺骗了自己的感情，并对鹿晗的恋情表示了极大的厌恶，给卷入事件的各位明星都造成了不良影响。早期在我国互联网上比较知名的还有胡歌、霍建华的“胡霍”CP，如今还有湖南卫视综艺节目《声入人心》中的郑云龙、阿云嘎的“云次方”CP等。这些CP的兴起，一方面是出于明星之间良好的私交，另一方面则很大程度上来自剧组、节目组的炒作与粉丝同人创作的助力，这本是一个可以双向螺旋式上升的、通过吸引观众眼球而对于节目宣发有好处的方式，但一些过于狂热的粉丝混淆了虚拟与现实的边界，将自己脑海中虚构的一切强加在现实生活中真实存在的明星身上，给明星本人强加上“同性恋”的帽子，不仅有可能衍生出让配对明星本人感到不适应的内容，甚至还有侵犯明星隐私、干预他人生活的事件出现。所以，对于RPS衍生作品的热度控制与舆论引导的确是一个值得思考的问题。

3. 亚文化的无甄别主流化

近年来，伴随着性少数群体平权运动的兴起与倡导，基腐文化也逐渐盛行起来，这本是文化多样性的一种全新表达。赫伯迪格认为，亚文化的风格代表着一种拒绝，这种拒绝是有颠覆性价值的，而这种拒绝的姿态是有意义的。[1]但是，很多小众性取向的网络同人作品过于强调“同性间才是真爱，异性只是为了生育”等观念，会给作品的观众，特别是青少年观众产生一些不良影响。2018年暑假在网络上爆红的网络剧《镇魂》改编自一部网络耽美小说，出于各方面考虑，剧中将两名男主角的爱情改为了观众戏称的“社会主义兄弟情”，但读过原

---

[1] 胡疆锋．伯明翰学派青年亚文化理论研究［M］．北京：中国社会科学出版社，2012：77.

著或者理解到网络剧中一些暗示的观众们很多都喜欢上了剧中的双男主沈巍、赵云澜以及他们的扮演者朱一龙、白宇。在戏外，两名演员现实生活中的互动也是富有萌点，吸引了一大批站他们 CP 的粉丝，并且衍生出很多视频剪辑、文学创作等。但《镇魂》的影响远不止如此，剧中凡是与两位男主角有关系的女性角色，都或多或少得到了“厌女症”观众的批评，更讽刺的是，这些观众还几乎都为女性。名义上的性别平权下，实际上让女性更不尊重自己的性别，这种亚文化的无甄别主流化反而使得多元性别平权的路更加曲折了。不仅如此，网络同人中一般涉及一些约定俗成的世界观设定，比如西方网络同人中常采用的、沿用自赫胥黎《美丽新世界》的 ABO 世界观的人类划分、哨兵 / 向导世界观等，这些世界观下的产出作品很多甚至完全没有叙事，全是关于性爱的色情描写，非常容易给青少年接受者的健康成长带来不良影响。

综上所述，从作品传播与意义再生产的角度来看，同人衍生是网络文艺中十分具有代表性的、甚至是不可或缺的一环，但当我们细究其生产者、生产内容及传播影响会发现，在同人作品生机盎然的表象下，版权问题、隐私问题、亚文化主流化等一些深刻的现实问题也值得业界与学界注意。诚然，文化应该多元多样，但是，要想真正打造习近平总书记所说的“清朗的网络空间”，让“一个时代有一个时代的文艺”，就不能放任同人衍生作品的野蛮生长与任性发展。随着相关政策与法律法规的逐步出台与完善，相信在今后网络文艺的发展过程中，网络同人创作能够在多元化的基础之上，拥抱主旋律，以同人的外壳书写正能量的内核，讲好当下的中国故事。而这些，正是每一个网络同人参与者应该做到的。

网络文艺的主流化趋势
——兼论亚文化与主流文化的互动

◎王晓璐*

近年来，网络文艺日益成长为一股蓬勃发展的文化力量。1998 年被学界称为“网络文学元年”，2014 年被称为“网络自制剧元年”，2016 年被称为“网综元年”，2018 年是“短视频和直播元年”，网络文艺二十年的繁荣发展预示其呈现出“主流化”和“多样化”发展的趋向。在媒介融合的大背景下，资本力量、文化话语、社会舆论和国家监管的进入使网络文艺从“化外之地”变成了各种力量博弈的“主战场”，成为一道引人注目的风景线。

那什么是网络文艺呢？单小曦认为：“在艺术门类的划分上，今天的网络文艺既不属于传统意义上的文学、艺术中任何一种，也不是文学和各种其他艺术形式的简单相加，而属于它们的‘间性’艺类，是传统意义上的文学和美术、摄影、电影、电视剧、动漫、游戏等形式在赛博空间中的交合，形成的是文、艺、技渗透交融的新形态。”[1] 彭文祥认为网络文艺是“受网络技术、新媒体和社会变迁作用与影响而秉赋互联网艺术思维，并以新型艺术生产方式来表征时代生活、表达现代性体验和思想感情的审美艺术形式。”[2] 杨洋认为网络文艺是

---

* 王晓璐，中国传媒大学“广播电视艺术学”博士研究生。

[1] 单小曦．推进网络文艺批评理论建设［N］．中国社会科学报，2017-03-20.

[2] 彭文祥，付李琢．何谓“网络文艺”？［J］．现代传播，2017（12）：76.

一种新的文艺样式，其本质内涵是“指经信息化处理后通过网络平台进行发布和传播的各类文学和艺术形式的统称”❶。在此只是简单地对网络文艺的内涵进行介绍。

从互联网到移动互联网时代，网络文艺的定位经历了从先锋文艺到通俗文艺的转变，正在朝主流文艺方向发展。所谓主流文化，是指一个社会、一个时代所倡导的起着主要影响的文化，是在文化竞争中形成的能够在诸多文化中起到主导作用并具有整合和引领作用的文化。

本文所认为的主流化有两个含义：第一，网络文艺成为文艺的主要形态；第二，主流文化的网络化。这里的网络化不是简单地将主流文化的作品放在互联网上传播，而是特指具有网络文化或精神的主流文化。网络文艺主流化不可避免地成为文化发展的事实，也为网络文艺告别野蛮生长、转向规范化发展提出了内在要求。前盛大文学 CEO 侯小强认为，网络文学的主流化“就是跨界”❷。他认为，网络文艺不断跨界的能力是其主流化的表现，就是 IP 的“网络文学+”，是把小众的网络小说，通过跨媒介的能力变成纸质书、游戏、漫画、影视。每次跨界都会带来新的用户，这就是主流化的过程。当网络小说（或游戏、电影、漫画）成为一个 IP，就相当于加了催化剂，获得了加速度。“主流化”不是通过单一的媒介完成，而是通过互联网和移动媒体等新的技术手段加速度传播，以便在同样的时间内辐射更多的人群。从被认为“非主流”到获得“主流”的认同，网络文艺的身份和命运的改变，归根结底在于其文艺样式符合时代的潮流，可以满足受众的审美需求。

必须承认的是，网络文艺在蓬勃发展的同时也会消解主流文化的严肃性，也会带有缺乏理性和情绪化的倾向，在价值观的引导上存在着脱离现实、媚俗哗众、肤浅等亚文化的特征。那么，我们应该以什么样的心态看待网络文艺？如何在多元化的网络文艺生态中确立主流文化的影响力和整合力？网络文艺可以在什么程度上转化为主流文化？网络文艺中是否包含了某些必然的文化发展轨迹？在网络文艺的多

❶ 杨洋．网络文艺的意识形态属性及其引领策略［J］．中州学刊，2016（6）:155.

❷ 邵燕君．“主流化”就是“跨界”，IP 就是网络文学 +［N］．文学报，2017-11-23.

元生态格局中，打破主流文化的引导权、话语权也是我们急需解决的。

一、网络文艺内部的主流化

网络文艺最早的形态是网络文学，以“屌丝”“土豪”“杀马特”“小清新”“文艺范”等更加符合流行趋势和大众审美趣味的印象进入公众的视野。近年来，网络文艺不断走出单一的“俗文化”格局，网络文学、网络游戏等 IP 转化为网络电影、网络剧等文艺形态时，更有“主流化”现象，成为重塑国民心态、弘扬正能量的重要途径。网络文艺主流化的趋势不仅符合了受众的需求，也是主流意识形态的内在要求。

网络文艺内部机制的主流化首先体现在价值取向上。网络文艺是否可以真正进入“主流视野”，能不能成为主流的文艺，取决于其能不能承担起主流价值观的传播和引领。这就需要将主流意识形态的内容引渡到网络文艺中，而不是任由其肆意生长，乱草丛生。主流文化中的世界观、价值观在经由媒介技术手段和意识形态重塑和重写之后，不断生成新的情感结构、审美范式和文化娱乐形态，最终内化为网络文艺。网络文艺中出现了家国情怀、生命意识等内容，提供了“个体经验—大众心理—文化母题与故事原型”[1]，用其特有的艺术形态对“价值观”进行重述与重释，使其跨越“类型”和“IP”，深入大众心理和国民心态，将个体的需求发酵为潮流趋势。

网络文艺展现了时代的风貌，其体现的民主价值、文化内涵得到了认可，如《见字如面》《经典咏流传》等网络综艺对于传统文化的普及和弘扬，《局部》带你走进《千里江山图》与大都会美术馆，《致我们单纯的小美好》《你好，旧时光》对人类美好情感的赞美，《大军师司马懿之军师联盟》对历史人物的重新解读。网络小说《琅琊榜》以“非主流”的“权谋腹黑”为隐秘动力，奏响了家国情怀的“主旋律”，由此得到了“官方”和“粉丝”的共同认可。作为一种新的文艺生活组织形态和产业形态，网络文艺从“以爽为本”的传统逐步转向于传播

[1] 庄庸．网络文学的“主流化”：从时代风向标到创作机制瓶颈［N］．文学报，2014-06-05.

正能量和优秀的文化内涵。网络文艺必须担负起历史使命，讲述新的中国故事，塑造新的中国形象，这是网络文艺的历史必然和时代需求。

其次，网络文艺的主流化体现在网络文艺自身的升级换代。网络文艺蓬勃发展，其数量堪称海量。据《2018 网络原创节目发展分析报告》[1]，2018 年新上线网络电影 1526 部，较 2017 年下降 31%，在经历了爆发式成长后进入了“减量提质”的转型调整期。2018 年共上线网络剧 218 部，整体内容品质有所提升，行业发展日趋成熟理性。网络文艺像是一个金字塔，在塔底的是通常所谓的“三俗作品”，塔中是类型化的作品，塔尖是可以被经典化的时代里程碑的作品。既有传统文艺的网络化，也会出现新的网络文艺形态——网络游戏、网络剧、网络直播、短视频等，且网络文艺的点击量以百万甚至亿的单位来计算，网络文艺的爆炸式传播倒逼文艺的重塑和产业链的“供给侧结构性改革”[2]，逐步渗透进主流文化之中。网络文艺的主流化，要对其内在的内容题材、艺术呈现、价值判断等诸多方面进行归置，如果对其进行简单的价值观否定并粗暴禁止，则是关闭了对网络文艺逻辑理解的通道。

著名文学评论家、中国作家协会副主席李敬泽说：“长期以来我们对网络文学存在误会，总觉得那只是一种消遣文学。其实每个时代都有自己的文学经典，网络不过是一种载体。我相信我们这个时代的经典就在网络里。”[3] 在人类文明发展史上，每一次媒介革命都会带来文化普及和“文艺下沉”的悖论。据媒介变革理论，每一种新媒介成为主流媒介后，旧媒介文艺会变成新媒介文艺的内容而自身升格为更高雅或更小众的艺术形式。借助媒介革命的力量，网络文艺“弯道超车”占据了大众的视野。但是，能不能代表国家的“软实力”，“在世界舞台讲好中国故事、传播好中国声音、阐发中国精神、展示中国风貌”仍是任重而道远。

---

[1] 国家广播电视总局监管中心.2018 网络原创节目发展分析报告（网络剧篇）[EB/OL].(2019-01-11)[2019-10-10].http://www.sohu.com/a/288432756_152615.

[2] 庄庸.大力发展网络文艺的三大抓手[J].出版广角，2016（6）：26.

[3] 起点中文网.网络文学也能出经典[EB/OL].(2009-12-21)[2019-10-10].http://www.qidian.com/news/shownews.aspx?newsid=1010227.

二、网络文艺外部环境的主流化

首先，网络文艺外部环境的主流化体现在政府部门的监督和管理上。2015年颁布的《中共中央关于繁荣发展社会主义文艺的意见》指出，“网络文艺充满活力，发展潜力巨大”，要坚持“重在建设和发展、管理、引导并重”的方针[1]；同年，对动漫网站进行整改；2016年对《心理罪》《无心法师》《盗墓笔记》等网络剧和《大风水师》《消灭大学生》等60多部网络电影下架整改；2019年1月9日发布了《网络短视频平台管理规范》，对节目内容执行“先审后播制度”。可以看出，政府相关管理部门对网络文艺进行“规范化”的同时，也明显具有促进其“主流化”的意图。这种“主流化”意图，是从政策法规（外部环境）倒逼网络文艺（行业）对自身内容向着“艺术精湛、制作精良、思想精神”发展。同时，这种“主流化”意图与资本有着共同的指向，举例而言，网络电影和网络剧的会员付费观看以及独家直播也推动了内容生产的精品化趋向。

其次，网络文艺的创作者不断进入“主流文艺”的权力体制中。2011年召开的中国作协第八次全国代表大会上，唐家三少成为第一个进入全国委员会的网络作家；2016年，共有8位网络作家进入作代会全国委员会。网络作家进入具有公共权力的协会，意味着主流文学界对网络文学的接纳与认可，代表主流文艺的主流声音开始给予网络文艺积极客观的正面评价。2012年以来，文化部实施文化产业倍增计划，努力提高网络音乐娱乐、网络艺术品、网络动漫、网络演出、网络文学等网络文化产品的原创能力和文化品位。2015年，《中共中央关于繁荣发展社会主义文艺的意见》明确提出“大力发展网络文艺”的要求。自2016年以来，国家艺术资金一直在资助网络文艺人才培养项目、网络文艺传播交流推广项目，意味着政府有意识地对网络创作者予以培育和引导。

再次，网络媒介成为主要的传播方式。以互联网为基础的媒介是网络文艺产生、传播、接受和反馈的平台，并借由这一平台形成文化再生产的媒体机制及文化形态。据《2018年中国网络视听发展报告》统计，截至2018年6月，中国网

[1] 中共中央关于繁荣发展社会主义文艺的意见［N］. 人民日报，2015-10-20.

络视频用户规模为6.09亿，其中手机视频用户达5.78亿，占网民总体的76%，短视频应用用户规模5.94亿，30岁以下的网民短视频使用率为80%。[1]这些数据勾勒出目前中国网络文艺用户的特征：数量巨大，处于快速上升过程中。可以看出，网络文艺已经成为社会主义文艺的一支生力军，对繁荣发展我国的文艺事业、丰富广大人民群众的精神文化生活做出了积极贡献。

据《第44次中国互联网络发展状况统计报告》，截至2019年6月，从年龄结构来看，我国网民以青少年、青年和中年群体为主，其中10～39岁群体占总体网民的65.1%；从学历构成看，用户学历构成以中等教育水平的群体为主，大学本科及以上占比只有9.7%，高中学历及以下占比61.9%。[2]在国家广播电视总局监管中心发布的《2018网络原创节目发展分析报告》的数据中可以看出，网络剧的女性观众数量超过男性，年龄分布以18～35岁的青年人群为主，占比超八成，其中18～23岁占比最高。整体观之，这些群体具有低龄化（中小学生）、低阅读层级化（如小学、初中、高中、技校）、低社会融入度群体化（学生、个体户、自由职业者）的特点，在他们间最流行的就是玄幻文、乡村暧昧文和高干文、黑道文等，以及大面积的“小黄文”。[3]这三种人群恰恰是国家和社会政治最关注的“接班人”群体。相较于社会精英群体，这三种人群为主体用户的网民，更易于接受主流意识形态的主体询唤，“按照意识形态机器的要求来行动”[4]。

网络文艺从“草根庶出”的身份进入主流文艺的视野，不仅得益于宽松的社会文化氛围，更与承载这一文艺的媒介特色和技术传播密不可分。我们需要考虑媒介迭代所带来的多层次需求问题，重新思考传统文艺在网络媒介环境下的位置，尤其是网络文艺的发展规模和影响力使人们不得不认真掂量它的文化分量并对之“规训”。

---

[1] 国家广播电视总局监管中心.2018网络原创节目发展分析报告［EB/OL］.（2018-12-01）［2019-10-10］.http：//wemedia.ifeng.com/90759886/wemedia.shtml.

[2] 中国互联网络信息中心（CNNIC）.第44次《中国互联网络发展状况统计报告》［EB/OL］.（2019-08-30）［2019-10-10］.http://www.cac.gov.cn/2019-08/30/c_1124938750.htm.

[3] 王保升.中国当代网络文学主流化问题浅析［J］.文教资料，2015（33）：4.

[4] 北师大课题组.中国网络文艺的构成景观与发展问题［J］.艺术百家，2016（4）：11.

三、文化的内在博弈与互动：从亚文化到主流文化的发展

网络文艺是从亚文化中生长出来的，以“萌”“腐”“污”“吐槽”为表达风格和审美取向。然而这个具有快感意义的崭新文艺模式包含着低俗、粗俗和恶俗的成分，存在着与主流价值观的抵牾，表征着网络文艺中的趣味意义与身份政治。

从文化的角度来进行解读，网络文艺的“登堂入室”是在进行文化壁垒的打破，这个过程是亚文化与主流文化彼此交融的过程。从内部形态上看，网络文艺以网络青年亚文化元素为基础，形成了一套独特的话语体系、叙事形态、符号表征和接受特点。网络文艺的受众面来自社会的平民阶层，他们尚未经过文化精英的意识改造，其创造的文化具有反精英化、去崇高化的特质，体现出“日常生活的审美化”以及“审美活动的日常生活化”。因此，网络文艺在一定时期内自成系统并形成了一股特殊的潮流，这种文化形态和价值观都区别于主流文化，因而具有亚文化特征。上海电影学院副教授张斌认为：“网络文艺从价值观上似乎稍微远离主流，更容易被定义为亚文化的状态。很多主流网文，既有消遣娱乐也有关注现实，它是生活的一方面，并不与主流背离。其次，从文学的传播方式、载体和介质来看，电子终端的获取方式逐渐成为主流。第三，网络文艺受众主体是‘70后’到‘00后’，受众群体数量非常大，而且受教育程度很高。随着时间的推移，网络文艺将逐渐成为主流。”❶

具有天然亚文化属性的网络文艺被主流文化收编似乎是不可避免的结局，当其发展势不可挡时，主流文化就会对其进行“招安”。“青年一代是社会的希望，历来是支配文化实施霸权的重点对象。当亚文化的风格出现并且开始自下而上地传播以后，支配文化当然不会坐视不理……试图把亚文化的风格整合、吸纳进占统治地位的社会秩序中。这一过程就是‘收编’（incorporation）过程。”有时，

❶ 聂倩薇．网络文艺：瞻望与畅想［N］．中国艺术报，2016-08-05.

收编也是网络文艺所渴望的，是其群体借以“暴得大名”的“炒作”。[1]只有这样才能使网络文艺更加引人注目，也因此才具有真正的颠覆性。

被收编之后的网络文艺，就意味着主流化，就意味着一定程度上顺从另一套规则。网络文艺学会了主流文化的游戏规则，并逐渐获得了话语权，获得了“合法性”的地位，其亚文化的特质必然逐渐褪去，主流文化和亚文化会达成一种新的契约关系，达到一种动态的平衡。

从历史上来看，主流和非主流之间的关系是相互转化、相互靠近、相互对峙交流的过程。从被正视到被重视的网络文艺，必然会经历一个渐被接纳、被认可的长期过程，其与主流文艺的相互渗透和彼此交流，对建设繁荣的当代文艺至关重要。

历史的演进向我们证明，不管我们愿意与否，科学技术的发展会迫使某些文艺退出历史的舞台，甚至挫伤掉一些文艺样式，使其成为“博物馆艺术”和“非物质文化遗产”。同时，科学技术也会催生新的文艺类型，正如20世纪的影视艺术就是伴随光电技术和电子数码技术的发展而诞生一样。最重要的是，科学技术使原来只为少数人欣赏的文艺精品从神圣的殿堂进入到大众的视野。互联网和移动社交媒体等参与式媒介平台将看似微不足道的星星之火（普通大众）聚集起来，就形成了非常巨大的力量，不仅突破了权力的界限，也在塑造新的认同，更在调节着新的行为。

可以看出，网络文艺的主流化过程，是亚文化和主流文化的内在博弈，是亚文化逐渐自变为主流文化，这个过程不仅是从一个亚文化空间跨入另一个亚文化空间，而是跨入一个相对主流的文化空间。[2]网络文艺通过跨界，从而抵达不同的媒体，辐射到不同的受众人群，比如电影、电视、游戏、动漫，每一种媒介都对应着一个新的人群，通过跨界可以获得新的受众。另一方面，可以通过跨界来接受改变。其中要特别关注网络文艺中的青年群体，他们构成了新型的具有强大的表达力、话语欲和议政能力的公共话语空间，成为连接个人—

[1] 胡疆锋．伯明翰学派青年亚文化理论研究［M］．北京：中国社会科学出版社，2012：217，234.

[2] 邵燕君．“主流化”就是“跨界”，IP就是网络文学+［N］．文学报，2017-11-23.

社会—国家的中介，抓住青年群体和小镇青年，就能抓住网络文艺的思想和舆论导向的“高地”。互联网可以淡化社会身份、模糊阶层界限，形成一种强大的倒逼趋势，逼迫传统公共话语空间内的主流媒体、话语体系重新审视网络文艺，并签订新的契约与规则。

网络文艺已经成为一种强有力的“影响源”和“传播源”，可以最大限度影响、改变、重塑年轻一代的力量。商业化驱动、精英文化的逻辑、大众的诉求，都成为这个从“亚文化”到“主流化”的博弈元素。[1]文明主流是变化和丰富的，但是如果完全被颠覆，被边缘，那很可能使人类走向野蛮化、粗鄙化、原始化、情欲化，这对于人类社会肯定不是一种福音。我们的确需要清醒地认识到，网络文艺存在着极大问题。第一，网络文艺的数量庞大，质量却令人担忧。第二，网络文艺经常“被市场牵着鼻子走”，存在唯点击率、唯 IP 转让率、唯收视率、唯发行量、唯票房收入等问题，经济效益难以和社会效益达成好的吻合。第三，对于主流文化而言，其内在的保守性、封闭性和自我保护意识，不可避免地对网络文艺进行排斥，而且我国的网络文艺（如网络剧《太子妃升职记》、网络游戏《阴阳师》）缺乏完整的世界观这种对于原创而言最根本的核心要素，其创作和文本衍生的能力都明显不足，因此主流文化不能得到有效的传播和表达，以致不能转化为文化软实力上的成功。第四，网络技术的虚拟自由、跨时空传播、超文本多媒介链接、互动交流、推拉并举式欣赏方式等，并未充分用于网络文艺的审美创新和精神格局，并没有把技术的强势转变为艺术的优势和审美的胜势。当下正在发生的对于进一步规范网络视听节目传播秩序，坚持同一标准、同一尺度，维护广播电视与网络视听节目的健康有序发展，对网络短视频内容的审核，便是对这种危机最直接的反映。

综上所述，正如清华大学尹鸿教授所言，在互联网的推动下，亚文化、地下文化等在资本和技术的作用下“主流化”，并嵌入网络文艺的价值观和行为方式当中，是我们今天面对的最大挑战。网络文艺的野性气质就像痞子蔡所形容的在山间“不穿鞋奔跑”的孩子，自由自在却训练有素。相对于过去而言，它开始被

---

[1] 庄庸．网络文学的“主流化”：从时代风向标到创作机制瓶颈［N］．文学报，2014-06-05.

接纳、被主流认可，与主流文化有了对话、交流、互动、融合的端倪。网络文艺要成为一个有价值承载的历史节点，在拥有数量的同时还拥有质量，或者在赢得价值的同时赢得尊重，不仅要从点击率、注意力走向影响力和创新力，还需要跨越前行路上的种种障碍，把互联网这个“最大变量”变成网络文艺成长的“最大增量”。

媒介变革与发展中的传统戏曲文化

◎俞丽伟*

传统戏曲文化始终与新媒介的发展保持密切的联系与交融，网络新媒介产生前经历了戏院（剧院）、唱片与广播、电影、电视等媒介文化生态。戏曲的传统受众为剧院的观众，有爱好者，也有票友。当下除名家经典大戏和重视吸引年轻受众的改良剧目，如青春版《牡丹亭》等，可以有较好的上座率，其他演出的上座观众还主要由老戏迷和爱好者组成，上座数量较为低迷。

戏曲唱片与广播应该是电影进入公众视野前最受欢迎的媒介形态。唱片技术与广播技术使得众多戏曲名家的经典唱段得以留存和传播，包括谭鑫培、梅兰芳、杨小楼、余叔岩、程砚秋、马连良等名家为后世留存了宝贵的唱片。例如，梅兰芳自 1920 年开始灌制唱片，百代公司、胜利公司、日本蓄音器公司等均为其灌制了大量唱片。据统计，梅兰芳是 1949 年以前灌制唱片最多的京剧演员，在《梅兰芳老唱片全集》中收录了 169 面粗纹唱片，共 42 个剧目，记录了梅兰芳继承传统、加工改良与创编新戏的艺术片段，堪称梅兰芳剧目发展的缩影。这些唱片一方面成为传承和研究梅兰芳戏曲艺术的珍稀文献，另一方面反映了当时最具影响力的戏曲艺术家对新媒介形态的高度关注和身体力行。梅兰芳、余叔岩等戏曲名家对唱片剧目、唱段的严格筛选也代表了他们的艺术观和演剧思想，潜移默化地提高了唱片与广播受众的戏曲艺术欣赏水平。

---

* 俞丽伟，梅兰芳纪念馆“梅兰芳研究中心”研究人员、博士。

电影媒介进入中国后，传统戏曲很快与之融合，并已走过一百年的历史，戏曲电影经历了从辉煌到下行，再到平稳发展的阶段。戏曲电影在早期中国电影史中占有十分重要的地位，为电影发展做出了重要贡献。电影于19世纪末传入中国，1905年11月，北京丰泰照相馆拍摄了中国有史以来的第一部电影——京剧《定军山》。中国第一部彩色影片是1948年由华艺影片公司出品，费穆导演、梅兰芳主演的京剧《生死恨》，新中国的第一部彩色影片是上海电影制片厂出品，桑弧导演、袁雪芬、范瑞娟主演的越剧《梁山伯与祝英台》。梅兰芳十分重视并积极探索戏曲电影的拍摄，从1920年拍摄《春香闹学》《天女散花》至1959年拍摄《游园惊梦》，他将《贵妃醉酒》《霸王别姬》《洛神》《断桥》《刺虎》等多部作品搬上了银幕。他在《我的电影生活》一书中写道："总之，参加摄制《生死恨》彩色艺术片的全体工作人员，所付出的劳动，是有价值的，因为对舞台艺术进入彩色电影方面的工作，我们打了冲锋，作了大胆的、带有冒险性的尝试，因而是值得加以记述的。"[1]戏曲电影主要包括戏曲艺术影片、舞台纪录片、戏曲故事片，戏曲电影的出现使得戏曲传播的地域与观众群得到极大扩展。如今3D戏曲电影已经出现，如首部3D京剧电影《霸王别姬》、首部3D昆剧电影《景阳钟》、首部3D越剧电影《西厢记》、3D全景声京剧电影《曹操与杨修》等。从以上几部3D戏曲电影的创作主体来看，依然是国内主要戏曲院团担任创作主体，电影观众数量较之剧场观众数量有上升态势，传播地域也更加广泛。但是3D戏曲电影还主要在电影资料馆放映，在院线电影院的非热点时间排期和观众数量仍然不容乐观。

电视媒介使戏曲艺术的新表现形态更加多元，表现为戏曲电视剧、戏曲综艺节目、戏曲晚会、戏曲新闻节目、戏曲人物访谈等。中央电视台CCTV-11戏曲频道，有"名段欣赏""跟我学""中国京剧像音像集萃""戏曲采风""CCTV空中剧院"等多档戏曲节目。中央台戏曲频道每年的春节戏曲晚会是全国性的戏曲综艺晚会，获得了戏曲人的广泛关注。在近几年倡导的中国传统文化创新性节目中，央视推出文化益智节目"中国+大会"系列，如《中国

[1] 梅兰芳.我的电影生活[M]//傅谨梅兰芳全集（第七卷）.北京：中国戏剧出版社，2016：229.

汉字听写大会》《中国成语大会》《中国谜语大会》《中国诗词大会》。目前最新的电视戏曲样态节目即属于戏曲文化益智节目，如央视戏曲频道 2017 年推出的《中国戏曲大会》，因采用了知识问答与闯关竞答的方式，受到各领域观众的积极参与和大量关注，2018 年 10 月已举办第二届，参与群体和观众群体呈现多年龄层的特征。地方电视台也采用现代电视手段和传统戏曲有机结合的方式制作相关戏曲节目，如北京卫视的“传承中国”、河南卫视的“梨园春”、浙江台的“戏相逢”、广东台的“粤韵风华”等。

网络新媒介受众的激增为传统戏曲文化的传播提供了新机遇，中国互联网络信息中心（CNNIC）2018 年 8 月 20 日发布的第 42 次《中国互联网络发展状况统计报告》统计数据显示，截至 2018 年 6 月，中国网民规模达 8.02 亿，手机网民规模达 7.88 亿。

经过短短五年时间，2018 年的网民数量比 2013 年增长了两个多亿，互联网普及率高出 13.6%。手机在互联网接入设备的排行中遥遥领先，以 98.3% 高居榜首。2018 年 11 月 28 日发布的《2018 中国网络视听发展研究报告》数据显示，截至 2018 年 6 月，中国网络视频用户规模为 6.09 亿，占网民总体的 76%，较 2017 年年底增加 3014 万，比整体网民增速高 1.4%。手机在互联网接入设备中居于领头羊的地位，视频用户向手机端围拢已成定势。手机视频用户达 5.78 亿，占手机网民的 73.4%，较 2017 年年底增加 2929 万，比整体网民增速高 4.7%。网络直播的用户规模为 4.25 亿，网民使用率占 53%，比 2017 年略有下降，热门短视频的用户规模为 5.94 亿，短视频用户占整体网民规模的 74.1%，30 岁以下网民使用率占 80%。网络直播与短视频的用户规模十分可观，30 岁以下的年轻网民是短视频的主流生力军。2016 年全国传统戏曲演出票房收入达 1.49 亿元，全年演出场次达 5594 场，演出观众为 245 万人次，观演人次创 6 年来新高。与之比较，直播与短视频的各项收入、播放次数与用户规模远远领跑戏曲的票房收入、场次和观众数量，并且短视频的主流生力军是 1988 年以后出生的年轻网民，这部分年轻用户由于占有网民使用率的绝对优势，恰好填补传统戏曲年轻观众逐渐减少的趋势。显然，网络新媒介受众的激增为传统戏曲文化的传播提供了新的机遇。传统戏曲要想发展，需要依靠和挖掘年轻观众，而大多数年轻观众流向了网络直播和短视频，因此传统戏曲与网络直播、短视频融合，扩大传播规模，引领年轻用户的审美趣味成为趋势所在。

综上表明，戏曲文化从来不排斥新媒介的应用，并且始终与媒介的发展同步前进。戏曲在传统剧场基础上历经唱片、广播、电影、电视媒介的融合，在网络时代的今天，戏曲与目前鲜活的网络直播、短视频结合会引发戏曲传播的媒介变革。网络直播、短视频的诸种优势将反哺戏曲文化，带来新的审美体验和粉丝群体，戏曲文化也将以深厚、博大、精美的内容，以及中国哲学与美学范式的戏曲精神充实和提升网络媒介的文化力量。

融媒时代国漫剧传播的三大趋势

◎张开杨*

一、媒介融合造就国漫剧发展大变局

“国漫剧”是动漫艺术的一种，可以将其简单概括为中国生产、制作的动态漫画叙事剧。与网剧相似，国漫剧也是分集播出且有相对固定的时长，通过艺术化叙事交代人物、地点、事件、环境等信息。在前融媒时代，国漫剧传播存在三个问题，分别是内容匮乏、受众偏狭和渠道单一。然而，随着当下融媒趋势的不断发展，国漫剧传播的大变局悄然形成。首先，网络技术打破了内容信息流通的界壁，为国漫剧提供了丰富的 IP 资源。其次，以“优爱腾”为主的视频网站把分散的“网络游民”汇聚成一个“想象共同体”，增强了作品在粉丝群体的传播力。最后，大众化传播使国漫剧产生强大的社会影响力，在中央和地方政府的政策引导、支持下，国漫剧产业正在朝着人性化、精品化和分众化方向前进。

（一）内容来源丰富

融媒时代的国漫剧传播逻辑就是要去打通传统媒体和以互联网为代表的新媒体之间的“传播疆界”，借助技术工具改变传统媒体单一的点对面的狭窄传播形态，从而去吸引那些已经弃用传统媒体的人，让他们重新拾起对传统媒体内容的

* 张开杨，中国传媒大学“传媒艺术学”博士研究生。

兴趣，感受到技术发展带来的体验愉悦。传统媒体如漫画刊物、网络漫画连载等媒体争相登上以互联网为代表的新技术快车，在媒介融合条件下实现自身价值的不断增值，与此同时也向国漫剧输出了海量的优质 IP 资源，使得国漫剧的类型和题材得到了极大的丰富。媒介融合的关键是在于从传播思维的转换，必须从宏观层面对新旧媒介的传播效力的差异进行深刻认识。北京师范大学著名传播学者喻国明教授提出的“高维媒介与低维媒介”的思想值得认真学习。所谓“高维媒介”是指新兴的网络媒体，例如手机、电脑等，而“低维媒介”则包括纸媒、电视、电影等。“高维媒介”比“低维媒介”的传播范围广、传播效力强，因而融媒体时代是一个以“高维媒体”为主导的时代，“低维媒介”要积极融入“高维媒介”中，充分运用互联网技术作为融媒体的核心，通过技术来实现国漫剧的线下认知、线上传播与用户交流的真正融合。

（二）用户人群激增

在媒体融合形成的大变局中，不同细分市场的用户被整合到了一起，形成了一个新的庞大消费群体，显露出规模积聚效应。国漫剧的受众在前融媒时代是零落分散的，遍布在各大漫画网站平台与传统刊物阵营中。但是融媒时代渠道、内容的共享无形中把这些受众聚拢到了一起，形成了一个“消费共同体”，融媒时代为国漫剧发展带来的是用户群体数量的激增。从消费角度看，国漫剧属于“二次元”消费，介于“一次元”和“三次元”之间。“一次元”消费主要是漫画粉丝购买纸媒刊物，在现实世界中进行消费。“二次元”消费是发生在网络虚拟空间内的，主要是充值各大网站的 VIP 会员身份，进行数字影像消费。“三次元”消费目前看来主要是“二次元”世界的网络游戏消费。北京若森公司的《画江湖之不良人》《画江湖之灵主》等国漫剧在热播后即开发推出对应的手游，让“二次元”消费者继续为“三次元”产品打 call 消费。“二次元”的国漫剧具有连接“一、三次元”消费群体的作用，简单地说，国漫剧的受众将会向前寻求纸媒或网漫的再阅读，向后尝试体验手游。因此，从中国动漫发展整体的战略层面上看，各大动漫制作公司必须重视“国漫剧”的圈粉能力，并设法获取粉丝黏性，保证产品具有可观市场回报。

（三）社会影响扩大

传播渠道的增加带来的是传播范围的扩大以及传播强度的增加，纸媒漫画作为一种相对弱势的信息传播，其社会影响远远比不上动辄数亿播放量的网络国漫剧。“当动漫搭上‘互联网 +’的发展快车，便迅速成为国内各大视频网站又一‘圈粉利器’。《十万个冷笑话》原本是‘有妖气’网站上的人气漫画，由于太受欢迎，2012 年 7 月，该网站推出了动画版，仅半年多时间连载了 5 集，累积播放量超过了一亿，一些人由此开始关注动漫、喜欢动漫。此外，目前已诞生了 A 站、B 站、酷米网、淘米视频、百田、卡通等一批垂直动画视频网站，取代了传统电视频道成为动画内容产品集成分发的首要媒体。”[1] 媒体融合在互联网技术下产生的社会影响是巨大的，这对国漫剧在内容生产方面提出了更高要求，正能量成为其中一个重要的指向标。英国心理学家理查德·怀斯曼（Richard Wiseman）认为，“所谓‘正能量’指一种予人向上和希望、促使人不断追求，让生活变得圆满幸福的动力和感情。”[2] 正能量的动漫式表达、传播已经成为关乎社会能否健康发展的重要力量。那些带有暴力、色情、拜金、反动等内容的动漫剧无疑会毒害大众，造成社会思想的糜烂与腐朽，阻碍社会主义精神文明建设。融媒时代国漫剧的传播绝不仅仅是一个文化经济问题，而是一个更加重大的意识形态传播议题。国漫剧生产要积极贯彻习总书记的文艺座谈讲话精神，传播中国传统文化、进步“三观”，主动承担起社会责任，弘扬正能量的健康内容。

（四）国家政策倾斜

国家目前对整个动漫产业十分重视，中央及地方政府纷纷出台相关政策扶持动画产业发展。例如，国家新闻出版广电总局 2016 年 8 月发布的《中共国家新闻

---

[1] 张书云．网络动漫迈开大步又何妨［N］．光明日报，2016-10-08.

[2] 理查德·怀斯曼．正能量［M］．李磊，译．长沙：湖南文艺出版社，2012:1.

出版广电总局党组关于巡视整改情况的通报》中就表示要继续实施“原动力”中国原创动漫发展出版扶持计划，扶持引导优秀动漫作品的生产与传播。广东省紧接着在9月份发布了地方性政策，《关于加快动漫游戏产业发展的意见》中指出：“将会奖励第三品牌授权，鼓励中小动漫游戏企业与行业龙头公司开展深入合作，鼓励优秀动漫人才落户广州。”可以说从中央到地方都很关心中国动漫的发展壮大问题，想要把动漫产业做成网络文艺领域中的一个优质板块，成为融媒体时代视听内容领域中一个强势增量。2018年9月20日，国家广播电视总局又发布了《境外视听节目引进、传播管理规定（征求意见稿）》，其内容主要是：“境外动画节目在国内播出不得超过当天该类别节目总播出时间的30%，不能超过该类别可供播出节目总量的30%，未经国务院广播电视主管部门批准，广播电视播出机构不得在19：00—22：00播出境外视听节目等。”这份意见稿的出台无疑改变了整个动漫传播格局，国漫剧应抓住这一难得机遇，用人性化的传播手段、精品化的生产理念和分众化传播策略扩大市场份额，推动产业的高端化升级。

二、传播方式：人性化发展

“科技以人为本”是今天世界各国所普遍认同的发展原则，也是传媒业界信奉的真理。媒体融合依靠的是技术，但却严格遵循着人性需求的轨迹前进。现代人的生存状态决定了国漫剧传播形式的变化，体现为制式灵活多样、注重愉悦体验以及借助算法掌握用户需求。

（一）形式灵活

媒体融合真正实现了传播从传者本位向受者本位的转变，今天，能够对国漫剧发展走向产生最大影响的不是专业内容生产机构，也不是视频播出平台，而是千千万万的用户。在中国经济高速发展的时代节奏下，无数社会个体每天忙碌于工作之中，他们的信息接收时间被碎片化分割，以至于日久而产生了非线性认知思维。这就要求国漫剧必须转变传播模式，人性化地满足用户接受新习惯。当下国漫剧在传播形式上普遍呈现如下特征。一是时长较短，基本控制在 20 ~ 25 分钟，其中纯内容部分占 12 ~ 15 分钟。国漫剧每集的时长较短，主要是因为收视人群大多数是青年用户，这部分观众大多为在校学生或公司新人，视频浏览时间较短，因此一集内容的传播必须在较短时间内完成。二是普遍采用“周更”模式，这是由电视剧的受众群体与国漫剧的用户人群的差异所决定的。青年用户思想活跃、喜欢接受新事物、个性较强，不喜欢传统电视那种“你播我看”的单向式传播模式，而是渴望通过反馈的形式参与剧集制作。每周更新一次的播出模式在集与集之间预留出了间隔期，这让生产者有时间倾听漫粉们的心声，适当对作品进行调整和修改，人性化满足用户的审美期待心理。

（二）重视体验

传播学“使用—满足”理论表明，“人们选择一种媒介或内容必然会对应自己的某种需要。”[1]在国漫剧的受众群体里，“爽点”消费者占有相当大的比例。所谓的“爽点”其实就是一种内心需求被满足之后的体验性愉悦，如果需求没被满足，就会感到不满足并放弃追剧，去寻求新的愉悦体验。如果在剧中得到满足就会感到愉悦，成为忠实粉丝继而培养出消费欲望。最近腾讯推出的网络国漫剧《武庚纪》之所以播放量能够上亿，其实就是满足了用户对“爽点”的收视需求。首先，这部剧的主题曲《热血无赖》由林宥嘉演唱，个性狂放的歌词如：“从天堂跌倒在地狱站起来，不管能不能只问该不该，前景不够坏热血儿女不爱，有坚持总有这点变态……”完美契合了当下青年亚文化中“反叛”“解构”的特征，唱出了漫迷们心中的那个“爽点”。其次，在制作方面，“《武庚纪》还原漫画经典场景，丰富的细节，真实的光影，日渐成熟的实时 CG 技术带给观众电影级高精度画质享受。动作捕捉能力全面提升，人物打斗动作连贯流畅、碰撞打击感强烈真实，配合全新音乐制作团队（Movement Music 好莱坞配乐团队），量身定制恢宏大气配乐方案，为观众们打造全方位打造视听盛宴。”[2]总的来说，融媒时代

[1] 威尔伯·施拉姆．传播学概论［M］．何道宽，译．北京：中国人民大学出版社，201：138.

[2] 秦刚．《武庚纪》点播量破亿［J］．计算机与网络，2016（19）：20.

国漫剧传播要不断借助传媒科技力量把视听体验推向新的高峰，用“爽点”获得漫粉用户的良好口碑和持续关注。

（三）掌握需求

了解用户，精准掌握他们的个性化需求是当下各大视频网站的经营之道。媒体融合趋势下国漫剧粉丝群体被迅速聚集到了“高维互联网平台”，只有充分了解这些用户的具体需求才能做到产品精准投放、在最大程度上提高传播效果。大数据技术可以栩栩如生地给网络端的用户进行画像，较为准确地掌握性别、学历、经济、爱好等信息，将这些信息存贮在云空间并在合适的时机进行贴心推送服务。以手机为代表的移动媒体越来越成为青年人群接受信息的主要渠道，腾讯视频、爱奇艺、优酷、今日头条等应用擅长于用大数据技术搜集用户信息，然后做精准内容推送。使用者往往会发现自己正在使用的 App 似乎很了解自己，越用就越离不开它。国漫剧传播也正在朝着“大数据”方向迈进，媒体融合让手机端、PC 端的用户在欣赏国漫的时候留下痕迹，通过算法技术分析，精准地把内容投送给真正有需求的用户。

三、传播内容：精品化提升

融媒时代国漫剧传播的核心是“内容为王”，只有好的创意和优质 IP 内容才能在风云变幻的融媒时代里获得粉丝黏性和市场主动权。仅仅依靠科技手段建构一个有魅力的幻象形式或许能够吸引用户一时的兴趣，但绝不可能成为现象级作品。因此，打造内容精品提升行业整体产品质量是国漫产业未来发展的方向所在。

（一）IP 深开发

IP 是“Intellectual Property”的缩写，它是一种思想、创意的知识产权，通常指创作领域中的各种成果。放眼全球，几乎所有的动漫强国（如美国、日本）都把 IP 资源的深开发作为行业生产的一项重大策略。美国的梦工厂推出的《花木兰》《冰河时代》，迪士尼公司推出的《蜘蛛侠》《蝙蝠侠》《生化危机》等作品均不是纯粹意义上的原创，而是在优质 IP 内容基础上进行技术处理、通过艺术再创作对原 IP 进行深度开发。好莱坞动漫大片《功夫熊猫》的导演斯蒂文森曾说："绕开从创意到财富的产业规律，生产大量短平快的作品只能降低行业的整体水平。"而国内的动画产业距离成熟的发展还有相当长的路要走。所以在将 IP 改编成动画的过程中，在尊重原作，保持核心要素的基础上，应该进行适应性和创新性开发，增强 IP 内容的转化能力。[1] 可喜的现象是，国漫剧当下已经开始逐渐重视 IP 资源的开发价值。由玄机科技和腾讯视频共同打造、推出的《武庚纪之逆天之决》自 2016 年 6 月 24 日在腾讯视频首播以来，人气迅速攀升、圈粉无数，开播 6 集后腾讯视频单平台播放量便破亿。这部作品是以漫画《封神记》故事为蓝本，运用虚拟动画技术生成新的视听语言。IP 给《武庚纪》带来了什么？首先是一个好故事，讲述了商末周初神族想要奴役人类，但是神族与人类结合生下的天才少年——武庚却不甘心沦为神族奴隶，从此走上了反抗神权的道路。故事虽然"脑洞"很大，但是情节紧凑，具有很强的叙事张力。其次，IP 作品本身自带流量光环，纸媒渠道的漫粉纷纷流向网端平台，为自己喜爱的 IP 形象打 call，《武庚纪》的热播很大程度上得益于香港漫画《封神记》的庞大粉丝量。最后是 IP 的价值转移，港漫《封神记》IP 带"火"了国漫《武庚纪》，这一过程中，原 IP 发生了价值转移现象，即注意力资源和粉丝黏性的很大一部分被《武庚纪》吸收，从而创造出了新的 IP。未来，国漫剧的市场竞争将会聚焦到优质 IP 的争夺上，形成"IP 原创— IP 再生产—新 IP 生成"的良性循环局面。

（二）类型多元化

不同媒介的交互融合带来了产业化的跨界融合，"呈现出多介质、多终端、多功能融合的特质，为动漫传播提供了产品功能变化与拓展的好平台，可以使动

---

[1] 张瑰 .IP 开发对近年来国产动漫的影响［J］. 探索经纬，2018（5）：43.

漫艺术更加多样化表达、多元化呈现、多品质拓展。”[1] 内容传播策略来源于市场细分需求，为了全方位地覆盖用户的个性化审美偏好，类型发展的多元化是一种逻辑必然。腾讯作为国漫剧传播平台的巨头之一，其产品线十分完备，覆盖了冒险、战斗、搞笑、经典、科幻、玄幻、武侠、恋爱等多个类型。类型多元化的优势是显而易见的，正所谓“东方不亮西方亮”，多产品推进必定会出现爆款，为平台聚拢流量。与腾讯不同，北京若森公司走的是“专营模式”，长期以来推出的《画江湖之不良人》《侠岚》《画江湖之杯莫停》《画江湖之灵主》等都是武侠类作品，类型的单一化严重限制了公司的发展格局。第一，导致了若森公司品牌形象固化，不喜爱武侠题材的漫粉转投了其他平台。第二，造成创新困境，武侠题材的重复创作，开始出现内容同质、创意枯竭的问题。若森公司目前开始积极探索类型多元化的战略转型，在 2018 年推出了玄幻题材新作《换世门生》，该作品围绕主人公念阳枭的复仇经历展开叙事，表现了黑白两道的权谋与杀伐，运用了包括“穿越”“超能力”等时下流行创作元素，作品播出后获得了较好的市场反响。

（三）文化向内转

从文化层面看，国漫剧的“国”字彰显了鲜明的中国文化内涵。讲述中国故事、展现中国魅力、形成中国特色既是国漫剧身份识别，也是其传播竞争力所在。学者耿蕊认为：“动漫产业是一种知识密集型产业，不仅具有一般产业的共性，而且还具有文化创意产业的特性，即创意设计是动漫产业的灵魂，是其生存发展的核心，文化是动漫产业的基本内涵和价值载体。没有创意因子的动漫产业，必将失去活力；同样，没有文化因子的动漫产业，也必将失去根基。从这个角度上来说，动漫产业是一种文化的延续和传承，是一种传统文化和现代文化的表现形式，没有好的文化底蕴，就没有上乘的动漫作品，也就没有发展的动力。”[2] 文化向内转是当下国漫剧提升内容品质的一条重要路径。所谓文化向内

[1] 余远来．论媒体融合背景下我国动漫产品的对外传播［J］．知与行，2017（2）：96.

[2] 耿蕊．中国动漫产业发展的历史回顾与路径思考［J］．学习与实践，2012（4）：126.

转，就是要抛弃以往国漫跟风模仿欧美、日本动漫的国际化叙事，为了追求文化的所谓“普适性”而放弃自己的文化特色，结果不但没有实现“文化走出去”打开国际市场的目标，反而导致国内观众对作品产生了文化不适反应。《四海鲸骑》《观海策》《武庚纪》等国漫剧热播现象表明，文化向内挖掘本土文化、创新传统文化，寻找中国题材的动漫式表达是切实可行的精品化道路。一方面，文化内转使得国漫剧能够让观众在内容中找到熟悉的文化元素和标识，有助于提高国内传播的效果。另一方面，从全球化与本土化的辩证角度看，越是民族的往往越是世界的，蕴含中华文化美学精神的国漫作品不仅是对优秀传统文化、民族文化的发掘、创新，更起到了向国际传播中国故事、展示中国形象的重大作用，让世界通过国漫剧这个窗口加强对中国的正向认知。

四、传播对象：分众化覆盖

长期以来，卡通动漫的受众对象都指向低龄儿童。电视时代的动画片代表作品有《孙悟空大战白骨精》《葫芦娃》《黑猫警长》等，这些作品故事简单、形象扁平，很适合心智不够成熟的孩子们观看。但是在融媒时代，国漫剧的受众群体中不仅包括低龄人群，还有大量的成年用户，他们通过 PC 端、移动手机等渠道接入互联网，利用闲散时间碎片式收看国漫剧。各大视频网站和移动播放平台针对受众群体的结构性变化，纷纷采取“分众化”策略，重点覆盖成人、会员与“知精”（知识精英）三大群体。

（一）幼儿到成人

长期以来，“成人动漫在我国处于缺席的状态，动漫一向被认为是儿童的专利，尤其是低幼儿动画更是电视动画的表现主体和消费核心。”[1] 儿童的心智尚未成熟，审美能力处于较低水平，因此给孩子制作的内容就必须通俗易懂，还要避免成人话题对孩子的纯洁心灵造成污染。但是类似《孙悟空三打白骨精》《黑

[1] 王素芳. 国产网络动漫剧的发展趋向［J］. 艺术广角，2017（5）：26.

猫警长》之类的作品显然无法满足成年人对内容的期待，因此，“从目标受众方面来说，动漫的目标受众从少儿向大众拓展。动漫目标受众还包括青少年、成人。这样，对于动漫生产公司来说，要充分考虑到这一趋势，准确把握市场变化及动态，在动漫的创作内容方面，要考虑到‘大众’的需求，而不仅仅局限于少儿。”[1]这就需要内容生产方转变思维，研究成年人的动漫审美心理，推出审美品格更高、叙事张力更强、视听效果更佳的作品。

（二）用户到会员

来自中国产业信息网的数据显示，2015年我国核心二次元用户规模达到5939万人，泛二次元用户总人数接近2.19亿，覆盖62%的90后和00后。到了2017年，二次元产业市场规模突破了1000亿元大关，用户规模超过3亿。数据的增长反映出动漫产品的用户群体正在不断扩大，这对产业发展而言是一个利好现象。但要注意到，融媒体时代不缺用户，只缺会员，用户不等于会员，那些愿意付费使用资源的用户才是会员。在产业化发展语境下，消费是生产的动力和目的，因此付费会员对国漫发展的贡献要大于普通用户，这主要体现在两个方面。第一，在优酷、爱奇艺、腾讯等主流视频播放平台上，普通漫粉大多是免费观看剧集资源，不会为内容付费。而VIP会员则是付费使用资源，优先观看更新内容。第二，会员群体通过消费手游、纪念商品带动了新一轮的IP传播热，一方面培养起了既有会员的消费忠诚，另一方面也通过衍生品吸引到更多的新用户。因此，国漫传播要在认识层面对会员和用户有所区分，创新形式，为会员提供更多尊崇体验，例如播放优先权、提供定制内容等。

（三）普众到知精

所谓“普众”指的是普通网民，这个群体的成员可能来自各行各业，他们通过欣赏国漫释放工作中带来的压力。出于娱乐和放松的目的，普通网民大多不会刻意追求作品的美学品格，只要“脑洞大”“爽点多”“视听美”即可。然而“知

[1] 熊澄宇．国际数字动漫产业现状、趋势及对我国的启示［J］．东岳论丛，2014（1）：41.

精”群体却不同。这部分受众学识渊博，具有很强的思辨能力，其中不乏学界大咖和职业影评人。对知精群体进行传播，必须把艺术品质放在第一位，拿出审美性与思想性俱佳的作品。国漫剧《秦时明月》因其精良的制作和高超的叙事技巧受到了专家学者的一致好评。山西传媒学院动画系副教授姚桂萍在《中国广播电视学刊》撰文称：“《秦时明月》表现手法细腻、寓意深远，是集武侠、玄幻、历史于一体的武侠题材动画片，具有深层次的人文内涵和思想主题。该作品将中国深厚的历史文化底蕴融入了武侠与动漫中，利用动画特有的表现形式，巧妙地将两者联系在一起，动画特效更使得动作场面更具视觉冲击力，场景充满想象力，充分表现出了更有张力的武侠故事。”[1] 学者兰孝玲在《谈动画片〈秦时明月〉的成功之处》一文中评价道：“《秦时明月》还塑造了一批性格鲜明、各具特色的动画人物，如与天明是亦敌亦友关系的项天羽、温柔善良的高月公主、独行天涯的剑客盖聂、神秘美艳的杀手少司命等，都深受观众的喜爱，拥有极高的人气。在百度贴吧的动漫人物排名中，《秦时明月》的人物稳居国产动画的首位。”[2] 获得知精群体的肯定与赞扬，一方面可以为作品的传播积攒人气和口碑，另一方面也有助于树立品牌的高端形象，提升产品的营销潜力。因此，融媒时代国漫传播不能仅仅以市场为导向陷入“娱乐至死”式的生产逻辑，还要兼顾到知精人群的审美需求，创作一批艺术性和思想性俱佳的“高端作品”，真正把“分众化覆盖”传播策略执行到位。

---

[1] 姚桂萍．动画片《秦时明月》的侠文化表达［J］．中国广播电视学刊，2018（9）：84.

[2] 兰孝玲．谈动画片《秦时明月》的成功之处［J］．当代电视，2014（12）：99.

呼唤现实主义的回归

——马克思主义美学观照中的国产电视剧

◎舒　敏*

近年来，无论是学界还是业界都有一种印象，似乎国产电视剧再也没有出现像曾经的《雍正王朝》《大宅门》《亮剑》《士兵突击》及《潜伏》那样收视率与口碑双丰收的作品。当然，造成这种现状的成因很复杂，不是一两句话能够说清楚的。但其中一个根本原因就在于，我们略显畸形的电视剧供给侧造就了“天价明星薪酬”❶，尤其伴随着大量热钱资本的涌入，似乎只要有明星，有所谓的大IP，就可以有收视率，而忽略了对原创剧本的扶持，使得当下相当数量的电视剧作品是脱离生活的，即媒体上每每出现的所谓“悬浮剧”。顾名思义，“悬浮剧”是悬浮于现实生活之上的，尽管背景设定在现实，但剧情内容又常常脱离现实，巨大的逻辑矛盾难以取信于人，给观众一种分分钟“出戏”的感觉。❷不客气地说，当下许多都市情感剧、言情剧、青春剧几乎都是悬浮的。

显而易见的是，这样的剧作无法满足人民群众日益增长的精神需求。在国家大力倡导社会主义文化大发展的今天，要将“投资拉动为基础，原创驱动为主导，经济效益为归宿”的供给侧改革落到实处。对于我们的国产电视剧来说，就要呼唤现实主义的回归，尊重需求侧普遍的审美向往，强化电视剧的现实主义美学品格。

*　舒敏，中国传媒大学艺术研究院讲师。

❶　孙佳山．明星薪酬畸高根子在供给侧［N］．环球时报，2016-08-30.

❷　于丽臣．悬浮剧热的冷思考［J］．南方电视学刊，2016（5）：90.

一、现实主义需要现实题材

当我们把目光投向这几年播出的国产电视剧会发现，“题材同质化”现象已然是不争的事实，这是关心国产电视剧发展的有识之士难以回避的。仅以2018年11月国内中央及部分卫视黄金档所播出电视剧作为参考对象，从题材上来看，播出的抗战剧有17个、都市言情剧有7个、广义上的古装剧有9个，军事题材剧与农村剧各3个。应该说，尽管题材不能代表一切，但从现状来看，我们电视剧题材的现实性亟待加强。当然，不能说电视剧只有现实题材，但至少现实题材的比例应该在现有的基础上大大增加。正如英国著名社会学家吉登斯所说，“电视是国家和民族的私生活”，作为格外家庭化的一种艺术形式，电视剧理应以现实主义为主流。但是，现实题材与现实主义是两个不同的概念，现实题材是现实主义中的重要组成部分，现实题材是类型化的一种表现形态，具有现实性的显性表征。与之不同的是，现实主义则具有更加深刻的内涵和外延，现实主义中渗透着深刻的现实性、人民性、思想性和艺术性。

从马克思主义美学的观点来看，艺术是社会生活的形象反映，是人们认识和改造世界的有力工具，因而具有巨大的认识价值。事实上，在马恩的不少经典著作中，他们对古代的神话、史诗都表现出了极高的敬意，认为这些作品真实地反映了氏族社会生活。而一般为人熟知的是，在评价19世纪欧洲批判现实主义文学时，马克思一再指出杰出的现实主义作品所揭示的社会真理和经济细节，甚至比政治学家、政论家、经济学家、历史学家等所揭示的总和还要多，他以法国作家巴尔扎克的《人间喜剧》为例，指出这本书就是一部法国现实主义的历史。那么，处于伟大新时代的中国社会，又何尝不需要属于我们自己的《人间喜剧》呢？

纵览当下的电视剧荧屏，鲜有反映工人、农民、科学家、企业家、教师等群体的作品。人民群众最为关心的反腐、教育、医疗等社会热点话题的作品占比不大，即使有，往往也是蜻蜓点水。此外，反映我们波澜壮阔的改革开放的作品也相对不多。这恰恰证明了“某种产品的过剩，正是因为另一种产品的供给不足造成的。”[1]现实主义题材的极度缺乏，充分暴露了国产电视剧在对现实生活的丰富性、辩证性、规律性等方面所体现的严重不足。从每年举办的各式各样的电视节上也不难看出，IP已从热潮发展为一种垄断霸权，凡是被认为可能带来巨大经济收益的网络IP，都会被投资方抢着买过来加以改编，这种跟风式的投机取巧，是对广大电视剧创作者原创积极性的极大压抑与限制。[2]显然，这样的现象不可能持续下去。

要想有好的真正观照现实的作品，创作者就必须深入基层，深入群众，深入生活。广阔的现实生活，无疑为我们的电视剧创作提供了绝好的素材来源。许多人担心过分靠近现实可能影响作品的可看性（或曰戏剧性），其实此言差矣。君不见今年热映的影片《我不是药神》，就是以真实事件为蓝本，向观众展示了现代医药工业与个体患者之间所存在的矛盾关系，其中蕴含的戏剧张力与悲剧色彩比那些胡编乱造的言情剧不知高出多少。事实上，艺术最终还是要高于生活的。创作者所需要做的，是以适合的艺术手法，重构、阐释我们的日常生活，为现实赋予新的美学价值。但并不等于为了高于生活，我们会放弃“源于生活”。

二、现实主义需要关注时代生活

“任何神话都是用想象和借助想象以征服自然力，支配自然力，把自然力加以形象化；希腊艺术的前提是希腊神话，也就是已经通过人民的幻想用一种不自觉的艺术方式加工过的自然和社会形式本身。”[3]电视剧作品要想真正满足广大群众的精神文化需求，要想真正具有人民性，就必须密切关注时代进程，在时代中寻求创作的切入点，继而展开对人物形象的塑造。从这一点来说，大量历史的经验值得借鉴。这里先简单回溯一下国产电视剧的历史。自改革开放以来，我国电视剧的发展进入一个崭新的历史阶段，最早播出的一批电视单本剧都是敢于直面

[1] 韩平．高烧不退，IP给电视剧市场带来了什么［N］．中国电视报，2016-06-16.

[2] 李树榕，孙耀华．现实主义：电视剧供给侧的原创驱动［J］．当代电视，2016（12）：16.

[3] 马克思恩格斯选集（第二卷）［M］．北京：人民出版社，1972：113.

社会问题、反映社会变化的现实主义力作。如改编自小说、由蔡晓晴导演、张铁林主演的电视剧《有一个青年》，反映的是一个在“文化大革命”中失去正常学习机会的、知识贫乏的青年，不甘现状、勇于追求，终于取得科研成果并收获爱情的故事。这部剧于 1980 年播出后收获了广泛好评，正是因为它贴近现实，说出了大量处在那个拨乱反正的年代的中国青年的心声。

再比如，1991 年播出的电视剧《外来妹》。这部剧直接取材于改革开放的现实，讲述了一群农村青年来到经济发达的广东打工，在此过程中所经受的精神上的冲击与洗礼。这部剧也引起了不小的轰动。其实，最根本的原因在于，创作者敏锐地把握住了那个时代的脉搏。当然，这样的例子可谓是数不胜数，比如聚焦党和国家反腐的《大雪无痕》《绝对权力》，比如反映 20 世纪 90 年代出国热的《北京人在纽约》《上海人在东京》。这些现实主义力作所带来的轰动效应告诉我们，电视剧作为一种影响力极大的艺术形式，在我们这样一个社会主义国家，理所当然地应当坚守现实主义的美学原则，创作出充分反映时代普遍要求、回应群众关切的优秀作品，这也是作为艺术家的一份责任，一份担当。

当前我国正处在全面建成小康社会的决战阶段，各个领域的改革稳步推进。可想而知，有多少的波澜壮阔需要创作者在电视剧作品中进行描绘。在今年全国电视剧创作规划会议上，广电总局局长聂辰席提出了电视剧行业创作的 5 大方向，其中第一点就是以现实主义为主题，也就是电视剧必须坚持人民导向，反映时代精神。

其实，观众不是不愿意看有关现实的剧集，而是不愿意看那些悬浮的伪现实主义作品。像《人民的名义》《鸡毛飞上天》《情满四合院》《欢乐颂》等具备现实主义美学品格的剧作，也使得我们的电视剧市场掀起了一股久违的现实主义潮流。但我们也应该看到，诸如《创业时代》这样的作品，打着现实主义的旗号，骨子里却违背现实逻辑，这样的作品怎能让观众感到共鸣？真正好的现实主义，一定是让观众体会到创作者对于现实的观照。当前文艺创作有高原无高峰，这不单单是指艺术高峰的缺乏，也是指艺术真实的缺乏。习近平总书记在文艺工作座谈会重要讲话中指出，“应该用现实主义精神和浪漫主义情怀观照现实生活”，强调的就是我们的创作一定要坚守现实主义的轨道。

当然，现实主义的真实性并不是庸俗的复写式真实。因为，复写与完全再现生活，这本身就是不可能的。另外，我们所说的现实主义的真实性，是一种建立于生活真实基础之上的艺术真实，是经过了典型化的处理从而更抵达生活本质的真实。

三、现实主义需要塑造典型人物

丹纳曾在《艺术哲学》中提出“种族、时代和环境”。事实上，这三个概念都与艺术创作有着密切的关联，其中种族蕴含着人民性的基本内涵，而时代和环境则与典型环境有着深刻的内在关联。“现实主义不仅要细节真实，而且还要真实地再现典型环境中的典型人物。”典型人物的塑造无法脱离典型的时代环境，而典型环境是促使艺术形象展开“行动”的必要因素。而现今的电视剧中却存在着“为单一的戏剧目的而行动”的问题，人物行动目的的单一化和程式化造成了现今电视剧人物形象塑造程式化、扁平化的现象。鲁迅先生在评价《红楼梦》时曾有这样的论断：“其要点在敢于如实描写，并无讳饰，所以其中所叙的人物，都是真的人物。”[1]客观地讲，鲁迅先生所说的“敢于如实描写”，正是体现了现实主义美学在人物塑造范畴的根本要求：塑造典型环境中的典型人物。所以，以此为衡量标准，但凡那些百看不厌的电视剧作品，大都是直面现实，塑造典型人物的。如《大雪无痕》《一年又一年》《外科风云》等，不一而足。

对于文艺作品中的人物塑造，马克思主义美学有非常经典的论断，早在1888年，恩格斯在给作家哈克奈斯的信中就提出了“要真实地再现典型环境中的典型人物”的主张。这是对马克思主义美学人物观的概括。在那封谈及拉萨尔剧本《济金根》的信中，马克思除了不太满意这个剧本的思想内容外，从人物角度提出拉萨尔最大的缺憾在于人物“写的太抽象了”，“最大缺点就是席勒式地把个人变为时代精神的单纯的传声筒”。他告诫拉萨尔应该“更莎士比亚化”。

[1] 鲁迅．中国小说历史的变迁［M］// 鲁迅．鲁迅全集（第 8 卷）．北京：人民文学出版社，1981：350.

这里的“莎士比亚化”其实就是指要通过生动的人物形象与生活场景去表现现实生活。也就是说，人物的典型既是人物本身性格的典型，同时也是其生活环境的典型，缺一不可。

作为电视剧艺术的主体——人，总是生活在一定的客观环境中，而人物的性格也正是由这一环境所决定的。当然，不是所有的人物形象都能体现时代精神与主流价值观，那么，这就要求创作者有所取舍。可以说，只有真正典型化的环境、典型化的人物，才能让观众真正与那个电视剧构建的虚拟世界建立联系，建立认同，才能够在想象中缝合叙事与现实的缝隙。从这一点上来讲，电视剧创作应该将塑造典型人物提到一个非常高的位置。

综上所述，无论是韦伯提出的所谓经过计算的合理性，还是法兰克福学派的马尔库塞、阿多诺，这些哲人都以他们的思考，向我们深刻揭示了资本主义的内化商品逻辑，其实他们也从另一个“否定的”角度指出了艺术创作陷入商品拜物教而无法自拔的困境。从这一点来看，坚持高举现实主义的大旗，本就是当代中国电视剧创作的题中应有之义。对于我们的创作者来说，只有切实遵循马克思主义美学的原则为指导，秉承马克思主义的美学观点与历史观点，坚持艺术性与思想性的统一，才有可能创作出具备现实主义观照的优秀作品。